AF366982

RAMÓN LÓPEZ REINA

LA NOCHE DE LOS ASOMBROS

Leyendas, mitos y superstición
en la ciudad antigua

ExLibric

ANTEQUERA 2017

NOTA ACLARATORIA DEL AUTOR

Ruego me disculpen si algún lector o lectora se siente identificado con algún capítulo, hecho o caso determinado. Siempre he velado por la privacidad de las personas que protagonizan los artículos, es por ello que nunca se nombran ni se dan datos específicos. Salvo los que fueron de índole publica al ser divulgado en diferentes medios de comunicación.

*A mis mayores y a los testigos del
misterio por el conocimiento aportado.*

A mis padres por su apoyo.

A Mónica por su cariño.

*A Iker Jiménez y su programa
Cuarto Milenio por ser tan evocador.*

*Y a mi Hermana Rosa María por su ayuda
y su inconmensurable amor a los libros.*

AGRADECIMIENTOS

Al grupo de Facebook "Cosas Antequeranas que se han perdido con el paso del tiempo", a todos sus respetables miembros y especialmente a Juan Campos Rodríguez y Manuel Rodríguez García por su labor de aportación al grupo y ponerme sobre la pista del misterio.

Índice

"Cada cual crea lo que quiera

creer y vea lo que quiera ver…"

Introducción

Podríamos imaginarnos en el salón de una vieja y humilde casa de Antequera, ¿o por qué no?, cualquier pueblo que sintamos como nuestro. En una tarde noche fría y lluviosa de invierno, al calor de una mesa camilla y su brasero de cisco o picón sentados frente a una amable persona mayor que nos habla de relatos y vivencias en tiempos antiguos degustando un café. En esa entrañable velada no se enciende aquel televisor aún en blanco y negro, que poco menos servía de mero elemento decorativo. Tan solo se escuchaba el agua de lluvia caer por los canales y las ráfagas de viento pegando en los cristales de las ventanas que casi parece que se fueran a romper.

Aquel anciano o anciana nos brinda una paz especial al hablar y nos cautiva con la magia de sus palabras. En el transcurso de la noche podemos escuchar todas aquellas historias fantásticas, inverosímiles, que en nuestros días de plena era tecnológica ya no tienen razón de ser. Historias o leyendas que ya no se cuentan, que parece ser que a nadie interesan y, que por desgracia se pierden en la noche de los tiempos.

Esa es precisamente la esencia de este nuestro libro, estimado lector. Recuperar todos los relatos que pude oír de mis mayores y que con fundamento documental o no, con veracidad histórica o tratándose de simple tradición oral formaron parte del folklore y la vida de nuestros antepasados.

Podemos sumergirnos en la historia olvidada, en algunas supersticiones y supercherías que nadie recuerda, en extraños sucesos que se contaban al fuego de la hoguera, narraciones de fantasmas, aparecidos y hechos insólitos.

Todo por volver a ponernos en la piel de un niño al que le fascinaban estos relatos causándole no menos inquietud y miedo.

Quiero advertir que muchas de las narraciones no tienen base documental y que al ser fruto de la tradición oral, pudieran ser ciertas o no. Cada cual juzgue de la manera que crea oportuna. Siempre he intentado buscar algún fondo o fuente documental que avale la narración en sí, muchas veces sin conseguirlo, ya que mi investigación al caso no dio para más.

Todos los relatos, aunque no se produjeran en Antequera, sí que se contaban como si hubieran ocurrido en la localidad haciéndose eco en ella, de hecho es muy probable que se tomaran como nuestras narraciones pertenecientes a otros lugares de Andalucía y España. Así que no es raro encontrar hechos insólitos similares acaecidos en distintos lugares.

He puesto todo mi empeño e ilusión en este libro sobre todo para que no se pierda la memoria de la tradición, para que no se pierda todo aquello que no se quiere o no se sabe contar y que un día fue perdido en la memoria.

Bienvenido a este viaje a través del tiempo, ¡muchas gracias!

¡Qué fluya la energía!

Antiguos pozos, túneles y pasadizos ocultos

«… en la dicha çibdad ay algunas casas que tienen balcones e salidas sobre las calles publicas a cuya cabsa las fasen oscuras e paresçen mal para el ornato e bien publico desa dicha cibdad. Por ende… derribasedes los dichos balcones e salidas que salen sobre las dichas calles, e mandase qe se puedan tomar a justo preçio algunas casas pequennas… para ensanchar… desta manera la dicha çibdad será mas noblecida… que agora ende aquí adelante… non edifiquen en las calles publicas… pasadizos ni saledizos, corredores ni balcones, ni otros edificios algunos que salgan a la dicha calle fuera de la pared en que estuviese el tal edificio… por manera que las dichas calles principales queden esentas… de ningun pasadizo ni saledizo y esten alegres y limpias e claras e puedan entrar y entren por ellas el sol e claridad…».

(Doña Juana, reina, en Segovia a 27 de noviembre de 1515).

(Tomado de Francisco Alijo Hidalgo).

(Cortesía de Juan Campos Grupo de Facebook *Cosas Antequeranas que se han perdido con el paso del tiempo*).

Así se instaba al cabildo civil de la ciudad de Antequera a no utilizar ni construir pasadizos, para la salida hacia los arrabales, y adecentar el viejo recinto amurallado con motivo de ennoblecer la ciudad y darle amplitud. No me cabe la menor duda que al ser Antequera ciudad protegida por la alcazaba no existiesen vías de escape o subterfugios ocultos utilizados por las huestes militares en la misma. Así como también podríamos encontrarnos antiguos pasadizos entre edificios eclesiales o religiosos. Todos ellos ya destruidos o desparecidos en su mayoría.

Cierta vez expuse en el grupo de Facebook *Cosas Antequeranas que se han perdido con el paso del tiempo* tal tema y era muy curioso cómo la gente opinaba sobre los pasadizos ocultos de la ciudad según leyendas infundadas o no.

Pasemos a conocer según las creencias populares algunos de ellos, debo aclarar que tales afirmaciones pudieran no ser exactas o simplemente tratarse de una leyenda sin fundamento ni rigor histórico o veracidad:

Los pasadizos de la alcazaba

El pasadizo que comunicaba la alcazaba con la zona conocida como Fuente de la Mora. Donde se dice que por las noches una mujer árabe se aparecía cuan espectro para recoger agua de alguna fuente aledaña. Un túnel encontrado gracias a unas reformas en una vivienda de la calle Cuesta Infante, y que supuestamente llevaba a las murallas del castillo, obviamente fue tapado inmediatamente por el dueño. Se dice que se encontraron restos de diversa índole.

Se tiene constancia, al menos por la tradición oral de las gentes que viven desde mucho, de aquella zona de túneles ocultos comunicantes entre la alcazaba y barrio de san Juan, Cuevas de Jesús y barrio del Carmen.

Los pasadizos de conventos e iglesias

Alguna fuente comentó que existían pasadizos descubiertos tras las obras de calle el Plato —esquina Taza y Porterías— una vez que se hundió el terreno salió a la luz un embovedado que comunicaba la iglesia de la Trinidad hasta la iglesia de san Isidro, actualmente desaparecida y que se encontraba en la esquina de la calle Taza con Vega.

El pasadizo del palacio de los marqueses de la Peña hasta el convento de la Victoria

Una leyenda urbana que se comentaba entre los antiguos alumnos del colegio de los Carmelitas y que desataba la imaginación de los jóvenes al creer que pudieran haber sido utilizados por los religiosos para cualquier fin.

Un pasadizo que atravesaba la ya desaparecida capilla de la humildad, que fue construida por orden de los marqueses de la Peña que fueron los que sufragaron parte de las obras del convento de la Victoria, así que como privilegiados tenían una tribuna propia para asistir a las misas celebradas en el convento sin necesidad de salir a la calle.

El arroyón de la plaza de san Sebastián

En principio un curso de agua natural que tras la expansión de la ciudad tuvo que ser encauzado al recibir aguas fecales. Así que se construyó un embovedado también denominado Madre Vieja entre los siglos XVII y XVIII, la antigua cloaca que desemboca en la calle Fresca. Esta canalización partía desde calle Nueva, atravesaba la plaza de san Sebastián, calle Encarnación y callejón Urbina. En la calle Talavera existía todavía un sumidero en la pared perteneciente a la red. Sobre esta red se construyó parte del convento de la Encarnación y otras construcciones. No se tiene constancia de que existieran edificaciones romanas situadas encima de este a no ser que fueran casas agrícolas. Se dice que lo único romano del embovedado eran los sillares extraídos de la ciudad de Singilia Barba.

Los pozos del Pinar de Hacho

He podido constatar que son cuatro los pozos u oquedades en la zona sur del parque periurbano. Cuatro pozos excavados en la roca con la misión de almacenar agua posiblemente, pero que muy poco se conoce de ellos. Conviene resaltar la existencia de yacimientos arqueológicos como el Arquillo del Porquero un acueducto del siglo XVI que conducía agua desde el arroyo de la Magdalena y la Torre Vigía del Hacho del siglo XIII declarada bien de interés cultural en las inmediaciones.

El Arquillo de los Porqueros conserva antiguas inscripciones realizadas por nuestros ancestros y que demuestran la predilección del hombre antiguo por esta zona desde la Edad de Bronce, donde tribus nómadas atravesaban estos parajes y posteriormente se asentaban en él. La torre vigía cubría el flanco sudeste de la alcazaba con marcado carácter defensivo de la ciudad.

Los chavales en los años 80 nos dedicábamos a bajar a ellos ayudados con cuerdas o aprovechando algunas oquedades que conformaban una especie de escalera bastante sinuosa, no sin antes aguantar algunas veces el olor nauseabundo de algún cadáver de animal en descomposición arrojado al mismo o también encontrarnos con restos de piezas de motocicletas.

Mi agradecimiento a:
Marina Espejo, Jorge PT, Juan Félix Luque, José Ángel Díaz Calle, Paco Mármol, Dolores Muñoz, Frank Tejada.

Aquella sesión de *ouija*

En la década de los 80 se pusieron de moda ciertos rituales caseros —Verónica, las tijeras y el libro— y ciertas prácticas espiritistas como la archiconocida *ouija* que tuvieron gran auge entre jóvenes de la época para invocar o contactar mediante supuestos juegos con el mundo sobrenatural. Con el único propósito de pasar un rato divertido, y no siendo conscientes de una posible repercusión posterior.

Yo no fui una excepción, así que si me lo permiten ustedes, les contaré mi experiencia personal con estos menesteres, la única que he tenido con la *ouija* hasta el momento. Es una licencia para narrar una reseña dentro de este blog a modo de paréntesis. Luego cada cual juzgue como quiera, como siempre…

Serían las 12 del mediodía aproximadamente en una mañana de verano. Todos los amigos y niños de mi calle disfrutábamos de vacaciones estivales y teníamos todo el tiempo habido y por haber. Nuestras edades comprendían entre los 10 a 16 años aproximadamente formando siempre un grupo numeroso para cualquier actividad o juego. No sé por qué pero aquella mañana al «jefe del grupo» se le ocurrió hacer lo que en aquella fecha denominábamos a secas *espiritismo*, que en definitiva no era ni más ni menos que hacer una sesión de *ouija* con materiales improvisados siguiendo un ritual aprendido en un campamento de verano. Es más que probable que quisiéramos o quisiera poner a prueba nuestro valor, así que nadie rechazo la oferta bajo pena de quedar como un «gallina» o cosa peor, y es que en aquellas edades tenía uno que defender su valentía a toda costa. Así que nos dispusimos a contactar con el mundo de los espíritus como aquel que se entretiene en poner y ver la televisión.

Nos encerramos cinco mozuelos dentro de una habitación, la cual dejamos totalmente a oscuras cerrando puerta y ventanas, tan solo era iluminada por una vela blanca que para más detalle procedía de algún resto de cirio procesional. Los cinco nos acercamos en torno a una mesa redonda donde además de la vela dispusimos un vaso de cristal boca abajo que serviría de *planchette*. Como no teníamos tablero, pero éramos muy recurrentes, dispusimos en todo el contorno de la mesa redonda las letras del abecedario y los números del 0 al 9, y cómo no el clásico SÍ NO, todos ellos escritos en papel, así que lo único que faltaba era tragar saliva y hacer de tripas corazón, poniendo suavemente cinco dedos índice en el vaso esperando a que el maestro de ceremonia paranormal invocara posibles espíritus errantes que hicieran mover el vaso para manifestarse. ¡Y sí!, tengo que reconocerlo… ¡Daba un cague de narices! El maestro ceremonial repetía la clásica pregunta de apertura una y otra vez…

—¿Hay alguien ahí? ¡Si estás con nosotros haznos una señal!

En los primeros instantes no se movía nada pero a los escasos cinco minutos el vaso empezó a moverse sin accionamiento humano «aparente». Yo estaba como creo que casi todos, bastante inquieto y expectante. Me repetía a mí mismo… «¡Esto no puede ser verdad!». Pero el miedo me coaccionaba a intentar poner en duda todo aquello… «¡Ostia…!», pensaba para mis adentros totalmente desconcertado.

Se hacían preguntas y el vaso con nuestros dedos encima, muy levemente, se movía por toda la mesa transformándose en un mensaje del más allá. De todas las sesiones me acuerdo de dos en particular, dos sesiones con dos espíritus o almas diferentes…

En una de ellas pasamos un susto tremendo que nos hizo salir corriendo de la habitación dejando la vela encendida y todo dispuesto… luego ninguno quería entrar en ella para recoger, ni siquiera el dueño de la casa. Creo que fue la vez en la que el vaso decía cosas sin sentido o no paraba de moverse. Y el maestro de ceremonias no tiene otra pregunta que hacer que la siguiente:

—¿Eres un espíritu de la luz… del bien?

Lentamente el vaso se movió hacia el SÍ y casi cuando estaba llegando cambia bruscamente la dirección y se pone en el NO rotundo. Salimos como alma que lleva el Diablo, nunca mejor dicho. Pasamos bastante miedo, no queríamos ni entrar en la casa. A mí personalmente me aterraba la idea de que un espíritu maligno me atormentara por el resto de mis días, por no haber cerrado o despedido la sesión en condiciones y se trasladara ese ente a mi casa. Ahora una sonrisa vislumbra mi cara con este recuerdo… ¡Pero en aquel entonces!, era harina de otro costal.

En una de aquellas sesiones no niego que me abordaba el miedo y la inquietud, pero también había algo que no me cuadraba y decidí intervenir poniendo a prueba a aquella fuerza que venía del otro mundo. Como no podía interferir en la dirección del maestro de ceremonias, no se me ocurre otra cosa que hacer presión fuerte sobre el vaso para ver qué es lo que pasaba… El vaso empezó a rotar en círculos sin responder a ninguna de las preguntas del portavoz del juego, por contraposición de fuerzas, supuse… «¡Pues te pillé el rollo amigo!». Pensé para mis adentros, no queriendo que detectaran mi posible *boicot*. Así que alivie la presión de mi contacto sobre el vaso y le seguí la corriente como si nada. Pero he ahí que mi amigo y vecino detectó que le estaba haciendo trampas y, muy hábil e inteligente formuló una pregunta al espíritu que no había realizado en ninguna sesión hasta el momento:

—¿Hay alguien que te moleste o quieras que salga del grupo?

Pregunta inquietante sin duda, a mí me causó pavor en aquel instante. El vaso se movió lentamente hacia mí se quedó clavado en mi posición. Yo no sé si al espíritu le molestaba, pero desde luego a mi vecino sí. Me aparte del juego con una pequeña sonrisa de entre miedo y picardía aunque yo por lo menos estaba más tranquilo. No me acuerdo qué paso al final de esa sesión, solo recuerdo que algunos de los que jugamos a la *ouija* tuvimos muchas pesadillas y no podíamos conciliar el sueño durante días, y dando muestras de ello por sus acusadas ojeras, bolsas palpebrales inflamadas y la piel de rostro blanquecina. No volvimos a hacer espiritismo, máxime porque una mamá puso el grito en el cielo al saber qué es lo que habíamos hecho y alertó a toda la calle.

Pasó el tiempo, nos hicimos adultos y a día de hoy alguno de los que estuvimos allí me sigue diciendo que aquello fue real, que contactamos con espíritus del otro lado. Aunque en mi opinión el único ente con el que pudimos contactar era mi astuto vecino…

Asombros en la sierra

El viejo sendero empedrado de época romana —las escaleruelas— que nos sube hacia el pico del Camorro Alto de la sierra del Torcal y hacia la zona de los Navazos. Utilizado para el paso de carruajes, bestias y cabalgaduras desde tiempos inmemoriales, junto con la antes mencionada zona de los Navazos que se ubica en su parte alta. Es escenario para el supuesto avistamiento de los denominados *asombros*, término que emerge del antiguo saber popular rural para designar a fantasmas o apariciones espectrales.

Hemos de tener en cuenta que muy posiblemente el Torcal de Antequera sirviera de refugio y salvaguarda de los últimos almorávides que se vieron expulsados de la misma plaza, utilizando este viejo camino a través de la sierra como paso de huida hacia la costa. De ahí la leyenda de la supuesta sombra espectral de una mujer árabe que se aparece en el camino por las noches según rumores. Este relato nos cuenta cómo una mujer que viaja a través del páramo, en medio de una tormenta, es derribada por su animal asustado y desbocado tras perder la vida al tropezar su cabalgadura y despeñarse por los riscos.

Es curioso nombrar otra vieja leyenda que nos cuenta cómo en la noche de san Juan se podía oír en el Torcal el eco de la sinfonía tocada por una orquesta invisible. Pues bien, he de decir tras algunas pesquisas que en las proximidades de este lugar hay un farallón impresionante denominado Tajo del Espejo, existiendo una gran roca colgante hacia el talud que la llaman *La Comedianta* en honor a una actriz de teatro que sufrió un accidente mortal al precipitarse desde el tajo. En mi opinión personal creo que ambas leyendas, —la orquesta fantasmal y la de la comedianta— guardan algo de relación entre sí, porque se conjuran para ser hechos insólitos con denominador común.

A modo de apunte y por finalizar con este pintoresco lugar y sus asombros decir que también hay testimonios de avistamientos ovnis o similares que vienen a poner el broche dentro de un marco súper misterioso como parece ser este.

Es el testimonio de Luis Mariano Fernández que lleva años investigando estos fenómenos en la Joya de Abdalajís y que asegura haber visto un triángulo formado por tres luces en el cielo sin estructura física ni fuselaje que se movían muy despacio.

Cuando el perro aúlla

Cuánto se ha escrito y comentado sobre este menester a lo largo de los tiempos. Fruto en parte, de la cultura ancestral antigua y el saber popular de nuestros mayores. He de reconocer que desde pequeño este tema me fascinaba y es en ese tiempo, cuando oí de primera voz y en primera persona, los comentarios de mis abuelos. Con toda una serie de señales premonitorias del fallecimiento de una persona. Ese día aciago que todos en gran parte tememos.

La muerte y todo lo relacionado con ella es el gran misterio aún por resolver por parte del hombre y de su ciencia. Quizás ese sea el motivo por el cual nos aterra, nos infunda respeto, nos es extraña, queremos por todos los medios alejarnos de ella. Simplemente, no entra en nuestra forma de pensar o vivir en estos tiempos de avance tecnológico y era virtual.

Nuestros antecesores, por el contrario, no lo sentían de igual manera. Ellos vivían más la muerte como algo natural aunque respetado y temido, más cercano, y como tal, en este asunto y otros tantos, sabían escuchar e interpretar la voz de la naturaleza —sus señales—. Algo mundano y terrenal que escapaba a la importancia del presagio pero que en muchos casos era certero. Otras veces sabían hacerse eco de su voz interior, de su intuición. La parte de sí mismo que nadie comprende pero que nos habla desde lo más profundo de nuestro ser, llámesele tener un mal presentimiento o corazonada.

Sin más dilación pasemos a nombrar algunas de ellas, quizás las más características y populares, no por eso menos intrigantes.

Creo que el aullido del perro es la señal más popular y que pronostica la muerte de un ser cercano o tragedia relacionada con toda la persona que lo oía. No en vano me comentaron que algunos de los animales que adquirían esta nefasta virtud eran sacrificados de inmediato en los cortijos o casas de campo por ser tristemente mensajeros del supuesto mal augurio. Es un lamento profundo de nuestro amigo más leal, es distinto al aullido de otros canes como lobos, chacales etc. Muy lastimero lleno de suplicio, es siempre sobrecogedor. El perro y la muerte han coexistido en numerosos capítulos del misterio tal como la figura del gran perro negro con ojos ardientes en fuego que atormentaba en las últimas horas de vida al monarca y emperador Felipe II, y que él mismo calificó al extraño animal como *guarda del averno.*

O como el perro vagabundo de nombre Moro que en la localidad cordobesa de Fernán Núñez escoltaba a todas las comitivas de los sepelios en su camino al cementerio. Por esta acción fue popularizado como *el perro de los entierros.* Querido y cuidado por muchos que solían acariciarle y darle de comer, o denostado por otros que lo maltrataban por ser mensajero de la muerte. Pues empezó a promulgarse la leyenda en la que el animal podía presentir la defunción de algún vecino esperando en la puerta de la casa del difunto.

Cuentan personas del lugar que en verdad Moro no era especial ni tenía poderes sobrenaturales, sino que respondía a un estímulo animal de supervivencia por la comida. Pues un operario municipal de Fernán Núñez, encargado de poner una señal a modo de banderín en la puerta de las viviendas de los fallecidos, solía dar de comer por lastima siempre que se encontraba al perro por las calles y coincidía con él poniendo dichas señales. Es lógico pensar que el animal se acostumbraría a tal rutina y siempre que veía tal banderín en algún portal se esperara a ver si este buen hombre le daba de comer.

Es muy posible que más allá de la superchería exista cierta capacidad olfativa en el perro y el gato para detectar cambios metabólicos u hormonales en los seres humanos. Tal es el caso del gato Oscar, de la residencia de ancianos en Rhode Island, que supo vaticinar el fallecimiento de 25 personas en tal asilo, y se le atribuye la capacidad de detectar el olor corporal de las personas en los preámbulos de la muerte.

A modo de apunte, por nombrar algunas leyendas del ámbito rural relacionadas con los animales y su virtud para detectar la presencia de la muerte, hechos nefastos o la disposición del mal, también podemos señalar el caso del mulo o burro doméstico que puede presentir a las ánimas del inframundo y que cuando se las encuentran por el camino, tienden a tirar la carga y o al jinete que los monta desbocándose, dando brincos o coces. En algunos lares el rebuzno es señal de la presencia del demonio. Los caballos negros utilizados como tiro en los carruajes fúnebres tenían también la gracia funesta de determinar la muerte de una persona si el animal fijaba la mirada en él.

La gallina y el gallo también son según la tradición popular mensajeros del drástico destino. Se cuenta que cuando una gallina cacarea por las noches en la casa de un enfermo es porque puede ver el espíritu de este y va a morir. También cuando la gallina intenta imitar el canto del gallo. Si la gallina cacarea como si fuera una conversación con el gallo era señal de la muerte de una mujer soltera, si por el contrario eran dos gallinas, era una premonición de fallecimiento de una pareja.

Para terminar podíamos nombrar también a la lechuza como animal que siente el inminente deceso. No en vano hay un dicho muy popular en tierras latino americanas que dice: Cuando el tecolote —lechuza— canta el indio muere. Pero dejaré a este animal para más adelante porque es protagonista de algunas leyendas relacionadas con posibles asombros u espantos que se contaban a los niños más cerca en nuestra tierra.

*Fuente: Blog *Leyendas de la campiña, Moro el perro de los entierros,* de Talbanes

Desnuda al alba

En los primeros y fríos meses del año, no más allá de la primera semana de marzo en un lugar por determinar entre los parajes de Iznájar, Rute y Benamejí, un cazador se disponía a partir en la madrugada hacia un coto propicio para la caza de la perdiz con la ancestral técnica del reclamo. Era fundamental para esta práctica cinegética escoger bien el lugar y el tiempo para cazar con un ingenio peculiar que caracterizaba a estos hombres. Así que adelantándose a la salida del sol y teniendo como aliado el manto de la oscura noche invernal, marchó sin dilación hacia su puesto.

Todavía no había despuntado el alba y el frío se hacía cada vez más intenso. El cazador pensó que la sensación empeoraría con la quietud que tendría que adoptar para no delatar su posición y tener éxito en el cobro de su pieza. Absorto en sus pensamientos anduvo por los campos y montes para llegar al emplazamiento idóneo de acecho.

De repente una sombra le sorprendió en la oscuridad por entre los arbustos. Era una figura en principio nada reconocible que le instaba a acercarse a ella casi escondida entre las matas. El hombre extrañado y cauto se mantenía quieto presto a cualquier defensa. Templó sus nervios y acercó el candil hacia aquella aleja efigie. Cuál no sería su sorpresa cuando lentamente la luz descubría el cuerpo desnudo de una mujer temblorosa por el frío, que con sus manos y brazos se postraba para esconder su hechura.

Al ver la cara apesadumbrada de la mujer la reconoció por ser aledaña y conocida del lugar. No había salido del asombro cuando este le exclamó:

—¡Qué haces acá, por qué estás así!

La mujer con voz temblorosa y entrecortada le respondió por su nombre:

—Hombre, dame tu capa porque se me va a hacer de día.

Este le cedió su manto y tras cierto diálogo de despedida entre asombro, incredulidad y vergüenza. La mujer se alejó del cazador desapareciendo a las claras del alba.

Contaba el cazador que aquella mujer le confesó tener el poder de volar por las noches, hacerse invisible y ver en la oscuridad como las aves nocturnas. El ritual exigía desprenderse de toda la ropa invocando cierta oración:

«... *Sin Dios y sin santa María...* ».

Con la salida de la luz del sol todas las supuestas cualidades mágicas desaparecerían de inmediato.

El curandero sabio

Se cuenta que en su día existió en la comarca un curandero afamado por sus dotes como clarividente y sanador. Cierta vez un hombre aquejado de problemas para conciliar el sueño, y desesperado porque la medicina convencional no podía curarlo, decidió visitar a tal personaje para encontrar una solución definitiva a su mal.

Era un hombre desconfiado y con cierto escepticismo, el cual trama una pequeña prueba al curandero, que normalmente no aceptaba dinero pero sí ofrendas en formas de regalo, como pudiera ser un queso que se disponía a ofrecer al sanador solo si este conseguía averiguar qué enfermedad le sometía a tal malestar. Así que antes de acudir a ver al curandero esconde el queso en el hueco de un árbol próximo a la estancia de aquel viejo.

Este buen hombre en la visita al sanador le cuenta que lleva muchas noches sin dormir, que no logra descansar en toda la noche. Que aunque no siente ruidos que le perturben, ni problemas que le atormenten, ni dolor que le desasosiegue, no consigue pegar ojo. Ni siquiera esas pastillas para conciliar el sueño le pueden ayudar. Por las mañanas se siente muy cansado y por el día no puede ni con su alma. Era como si se estuviese consumiendo en vida, como si algo le robara la alegría de vivir, era una pesadilla real.

Nuestro curandero se sienta en frente de él y le mira a los ojos con templanza y en esto que acaba de escuchar atentamente al hombre en su queja, se cruza de brazos y le pregunta:

—Señor. ¿Ha pedido algo a las santas ánimas benditas? Sé que han intercedido por usted en alguna ocasión en el pasado y que le ayudaron con ciertos problemas económicos relacionados con la guarda del ganado. Por el contrario usted no ha cumplido con ellas… No tiene nada de enfermedad, pero si le están diciendo que cumpla lo que les prometió… ¡¡Hágalo sin tardar!!

El hombre se quedó boquiabierto y muy sorprendido recordando que años atrás se obró un deseo bajo petición a las ánimas, que él en su felicidad olvido de satisfacer. Raudo partió a resolver tal asunto con una misa pensando que una vez realizada terminaría con los males que le atormentaban.

En esto que se quería despedir del curandero diciéndole que le regalaría un presente por su servicio cuando este le detuvo advirtiéndole…

—Pues usted me regala lo que quiera, ¡pero por el queso no vaya…!, porque los perros se lo han llevado…

El ermîtaño

Los orígenes del convento de la Magdalena en Antequera.

Según textos encontrados escritos en latín donde se relatan todos los acontecimientos acaecidos en los conventos Franciscanos Descalzos de San Pedro de Alcántara, en la provincia de san Juan Bautista de Valencia desde el año 1661 hasta la mitad del siglo XVIII, se halla la crónica de este peculiar y popular convento antequerano, donde desde siempre, en su marco histórico, se han ubicado leyendas y todo tipo de rumores escabrosos relacionados con la Santa Inquisición. Muy popular era el hecho de que se dieron testigos que relatan las apariciones de espectros que aterraban a los pastores de la zona, los cuales no se atrevían siquiera a resguardarse en sus ruinas con sus rebaños en las tormentas que pudieran sorprenderles durante sus labores de pastoreo. Se comenta también —muy atrevidamente a mi parecer— que incluso se encontraron osamentas de niños pequeños pertenecientes a los cadáveres de bebés nacidos no deseados, abandonados a su suerte para evitar posibles escarnios sociales de religiosas o mujeres de alta alcurnia. Más allá de creencias populares rumores y leyendas urbanas con más o menos acierto o criterio verosímil, nos encontramos ante un entorno realmente misterioso que merece la pena descubrir.

Situémonos en la Antequera del año 1570 donde vivía un mercader muy adinerado llamado Ildefonso Álvarez de Tejada. Este hombre tras unas transacciones ciertamente arriesgadas pierde todo su capital y queda en la ruina dejando tras de sí gran ingente de acreedores que invirtieron en su proyecto bajo su consejo y que, por su malintencionado o no nefasto hacer comercial, perdieron el dinero como él.

Nuestro personaje decide huir de la localidad en secreto, protegido por el manto de la oscuridad en la noche, huyendo de posibles altercados o enfrentamientos con sus acreedores y su posible ajuste de cuentas. Tan solo lleva consigo viejos ropajes que le cubrían y una pintura de santa María Magdalena, a la que se encomendó durante su caminar errante y nocturno por los parajes abruptos implorando su gracia protectora en tan aciagos momentos.

La Magdalena según se cuenta no se olvidó de su adorador y lo protegió durante la noche guiando sus pasos hacia una cueva lúgubre en el amanecer. Dicha cueva disponía de una entrada muy estrecha en la que apenas cabía el cuerpo de una persona, llena de zarzales y espinos. Ildefonso penetró en ella hiriéndose y decidió refugiarse en tal oquedad. Durante tres años malvivió en la misma dedicándose a orar y meditar bajo penitencia en la compañía del cuadro de la Virgen, mendigando para subsistir disfrazado con harapos. Así día y noche arropado por el amor profeso hacia la Magdalena.

Guiado por el sabio consejo de un racionero de la iglesia de la Colegiata en Antequera, cuyo nombre se desconoce, y que era el único conocedor del paradero del ermitaño —según los textos, persona de confianza de Ildefonso—, nuestro personaje decide reparar todo el daño hecho a sus acreedores y mitigar todos los litigios y querellas en su contra. Lo que le llevo tres años de servicio a tal fin, para que al final decidiera retirarse espiritualmente a lo que él denominaba su ermita. El odio hacia su persona fue remitiendo hasta tal punto que al final de su enmienda ya contaba con la compañía de diez seguidores eremitas que compartían su pena y penitencia en pos de la adoración de la imagen. Fue llamado por los antequeranos como Ildefonso de Jesús. De modo que se conformó un grupo de ermitaños adoradores de la Virgen que buscaban la perfección o virtud en una vida de férreo pesar. Hubo algunas personas en el pueblo que pensaban que tal agrupación no respondía a fines religiosos sino todo lo contrario, a hechos relacionados con el culto pagano y maligno.

Ante la gran devoción y vida sacrificada a la Virgen por parte de los eremitas, en el año 1585 con la ayuda de su gran amigo, el racionero, Ildefonso de Jesús consiguió un permiso especial del obispo de Málaga, D. Francisco Pacheco de Córdoba para construir una pequeña capilla o iglesia y una instancia que albergara al grupo de anacoretas. El emplazamiento de tal construcción se ubicaría en un llano en las inmediaciones cercanas de la cueva entre los montes y junto al arroyo del alcázar. Esta obra fue acabada dos años después tras muchos esfuerzos económicos de donaciones y limosnas provenientes de la mendicidad.

Este eremitorio fue visitado por muchos fieles que se acogían a la gracia de la santa Madre María Magdalena como lugar de culto y recogimiento. Por fin en 1644 el obispo de Málaga D. Antonio Enríquez concedió el permiso para que se celebrase la eucaristía en él.

Fuente: Blog *Maviru (Conticuere omnes intentique era tenebant)* de Manuel Villegas Ruiz. El convento de la Magdalena de los Franciscanos descalzos de Antequera según la crónica latina inédita del siglo XVIII.

La ermíta corrompida
por el Diablo

Según se recoge en la crónica inédita de la historia de los conventos de Carmelitas Descalzos, en el año 1678, —despúes de transcurridos ciento diez años del origen del convento de María Magdalena en Antequera de la mano del eremita Ildefonso de Jesús, y haberse convertido en un lugar de peregrinación, adoración, culto y religiosidad suprema bajo la bendición de los papas Clemente X y posteriormente Inocencio XI—, este lugar, en lo que antes era un eremitorio, capilla y vivienda para los ermitaños asentados en él, se ve envuelto en una crisis de identidad moral convirtiéndose en un antro de perversión y malicie que albergaba toda clase de ladrones y malhechores.

Se cuenta que el mismísimo Satanás motivado por un rencor acrecentado por toda la santidad que manaba de tal lugar, decidió corromperlo con todo su séquito de demonios. Atacando a todos los componentes de la comunidad de religiosos que cayeron en los más bajos instintos, abandonados al pecado, lujuria y perversión o maldad.

Estos hechos relacionados con el mal llegaron a oídos del obispo de Málaga fray Ildefonso de santo Tomás y en una visita inesperada manda expulsar a todos los ermitaños y despojarles de toda la imaginería y objetos sagrados que fueron llevados a Antequera. Tal era la cólera del obispo que mandó destruir aquel lugar por haber sido profanado. No obstante, bajo la mediación de nobles antequeranos hacen que el obispo recapacite su decisión y no destruye la capilla ni la ermita, dejando tan solo un ermitaño a su cargo —el que menos pecados tuviera en su debe— y la compañía de dos nuevos ermitaños junto con su capellán al que le serían devueltas todas las imágenes. Bajo amenaza de una nueva expulsión si abandonaban el camino del bien.

Pero en los albores de 1685 vuelven a desviarse los eremitas de las leyes eclesiásticas y divinas, por lo que ya todos fueron expulsados definitivamente sin ninguna apelación posible de aquel lugar.

Es muy probable que esta crónica en sí fuera la que diera pábulo al origen de muchas de las leyendas grotescas que se le atribuyen a este entorno, y el hecho de que perteneciera según el saber popular a la inquisición. El antiguo convento de María Magdalena es un entorno especial que forma parte de la tradición mistérica en Antequera.

Fuente: Blog *Maviru (Conticuere omnes intentique era tenebant)* de Manuel Villegas Ruiz. El convento de la Magdalena de los Franciscanos descalzos de Antequera según la crónica latina inédita del siglo XVIII.

El fantasma del barrio de san Miguel, Antequera

Contaban los mayores que en plena época de posguerra civil, en los albores de la década de los 40, un extraño personaje ataviado con una sábana blanca, encapuchado, y que arrastraba pesadas cadenas, se hacía aparecer por las inmediaciones de la calle de san Miguel en Antequera. Concretamente, los callejones de la calle de la Estrella y el callejón que une a san Miguel con calle Vadillo. Cuentan que siempre pernoctaba haciendo una peculiar ronda por estos lares con distintos fines según distintos testigos. Los hay que afirman que lo hacía para pedir limosna para la caridad por las almas errantes o ánimas y otros inclusive para asaltar viandantes y robarles dado el caso bajo el pavor que les transmitía.

El caso es que tal espectro pertrechado al más estilo arquetípico fantasmal, deambulaba por las noches haciendo sonar las cadenas por los portales y sosteniendo en la oscuridad un candelabro o lámpara que le servía de guía luminaria, causando bastante inquietud en los vecinos y posibles viandantes. Se contaba que cuando se sabía de su presencia nadie salía a la calle y el público en general evitaba pasear por las calles a tales horas.

Es muy probable que fuera precisamente lo que perseguía el afán por asustar al vecindario y público o caminantes de aquel fantasma, disuadir del paso de una zona digamos «caliente» en lo que se refiere a posibles encuentros sexuales ocultos a la sociedad, ya sean de amantes prohibidos o infidelidad de personajes de cierta popularidad, evitando las miradas curiosas y murmullos o fisgones. También es presumible que existiese algún prostíbulo o lupanar en la zona, casa de encuentros, mancebías o también vulgarmente denominadas casas de trato, que no eran «oficiales» por denominarlo de alguna manera y que se ocultaban en el anonimato y la privacidad. Nadie se atrevería a espiar a posibles clientes en su entrada y salida del susodicho prostíbulo con un asombro o espanto merodeando en la zona.

En Valle de Abdalajís también pude conocer una historia parecida aunque en ella ya hubiera inmiscuidos más de un fantasma que aterraba a los vecinos desde un monte para alejarlos de una zona rupestre donde practicar sexo entre los jóvenes del pueblo, fuera de miradas indiscretas. Aunque el fantasma o "pantacma" fuera reprendido por las autoridades del ayuntamiento a través de un alguacil nocturno llamado Paco Real, que garrote en mano disuadió toda alma errante que se apareciere.

Fuente: Las 4 esquinas.com *Los fantasmas del Valle de Abdalajis* de Lucia Rodríguez Lara.

Estos personajes están arraigados en el folclore popular de nuestros mayores y en la historia de aquellos tiempos, donde la mentalidad temerosa de toda índole sobrenatural era utilizada para medrar en el valor de las gentes o quizás darle nombre a lo inexplicable. De ahí surgen términos de nuestros abuelos como *asombros, espantos, pantarujas* o *pantallas*.

El ligamento

Del saber y trasmisión popular que tiene su origen en la brujería o superchería de los siglos XVI-XVII nace una superstición o mito, peculiar sin duda, que trata sobre la forma de hacer una especie de amarre amoroso o mejunje que se utiliza para embaucar, enamorar o retener perdidamente a un hombre venciendo toda voluntad adversa de este a mantener una relación. A esta acción perversa o embrujo se la denomina *el ligamento*. Tan solo hacía falta verter cierta cantidad de sangre residual menstrual de la mujer o susodicha, que quisiese doblegar la resistencia del hombre a que la amara perdidamente, en una bebida que se le habría de ofrecer. A estos hombres «hechizados» se les denomina vulgarmente como *aliñados*. Citaré algunas obras que hacen eco del significado de este vocablo como por ejemplo *Vocabulario andaluz* (1934-1980) de Antonio Alcalá Venceslada, *Vocabulario popular malagueño* (1972) de Juan Cepas y el más específico *El polémico dialecto andaluz* (1986) de José María de Mena. Donde se describe cómo una mujer le hace un amarre con este método a su marido motivada por una exacerbada impetuosidad de celos y actitud dominante, pues la víctima en cuestión quedaba como «atontada» o en clara posición sumisa.

Amor y magia negra u ocultismo siempre han ido de la mano. De hecho este trabajo de conseguir ya fuere favores sexuales, enamoramientos, sometimiento y entrega carnal por medio de sortilegios o rituales era muy común en la labor de las hechiceras o brujas en todo el territorio español en pueblos o aldeas rurales. Así que tenemos toda una especialidad dentro de la brujería que era bastante solicitada en aquellos tiempos de represión, oscurantismo e ignorancia por personas de toda índole social y/o religiosa.

De la hagiografía de san Cipriano de Antioquia (siglo III d. C.) —cuyo libro es todo un referente popular dentro de la magia y rituales paganos. No en vano se le considera el santo nigromante por excelencia—, podemos resaltar el hecho de que antes de convertirse al cristianismo ya intentara por medio de artes de magia negra conseguir el amor de la joven Justina, consagrada a Jesucristo, por encargo de un joven que la pretendía por todos los medios. San Cipriano invoca al Diablo toda vez que ha intentado toda clase de artimañas sin éxito alguno. Pero este le comenta que Dios es el creador de todas las cosas y que debía hacer caso a sus designios, puesto que en la joven protegida bajo la cruz de Jesús no haría efecto el poder del mal. Es este hecho lo que le hace convertirse a nuestro personaje al cristianismo.

Arnold Krumm-Heller ocultista Alemán (1876-1946), ya describía en sus conferencias que la base de los rituales de magia negra u oscurantismo por parte de algunos círculos de ocultistas, a parte de las invocaciones u oraciones y vocalización a entidades o fuerzas ocultas, era el acto de estimular y dejar manar las secreciones sexuales.

Desconozco casos cercanos a Antequera aunque forma parte de la rumorología de la ciudad. Aunque citaré algunos casos de posibles ligamentos o aliños peculiares acontecidos en nuestra región andaluza como el nombrado por el estudioso Coronas Tejada, de Ana Jódar vecina de Villanueva del Arzobispo en Jaén, al que le encargaron someter la voluntad de un sacerdote y que no logró hechizar porque según ella era «hombre de Dios» y sus conjuros no le afectaban. (Publicado Por Carlos Marrero en el blog *Mundium*).

O como un caso peculiar más actual que cuenta cómo un muchacho al que llamaron a centro de reclutamiento para el servicio militar de Obejo, en la sierra de Córdoba, alega estar aliñado por su novia. Hecho que le impedía realizar tales ejercicios por no poder estar alejado de ella. Obviamente el tribunal ante tal absurda alegación le insta a hacer la prestación militar alentándole a que el ejército le quitaría tal mal o embrujo haciéndolo todo un hombre. (Publicado por Anastasio Álvarez en su blog *La agenda de Zalabardo*).

El mal de padrío

Cierta tarde noche una niña de unos 9 años de edad se encontraba sola en una habitación haciendo sus deberes. Se encontraba sola en el inmueble pues sus padres habían marchado, aunque sus abuelos sí se encontraban en el piso de abajo y dejaron la puerta abierta de la estancia para que se sintiera acompañada y bajara si necesitaba cualquier cosa.

En esto que la niña mientras estaba ocupada por su tarea escolar siente el frío y metálico sonar de un teléfono viejo en el salón de los abuelos. Al principio no le presta mucha importancia pero enseguida se percata de que sus abuelos no cogen el teléfono y se dispone a bajar para atender la llamada creyendo que podían ser sus padres.

La puerta del piso de abajo estaba entreabierta y llamando a sus abuelos se adentró en el salón sin que estos le respondieran. Se dirigió a una salita oscura donde estaba el teléfono que no cesaba de sonar y descolgó expresándose en voz baja y dulce.

—Diga, diga…

Nuestro personaje repetía una y otra vez pero nadie parecía estar al otro lado de la línea. De pronto el silencio de entrecortó por una voz muy grave y gutural que para la niña no era reconocible y que le respondió desde el otro lado. La chiquilla se asustó mucho y colgó alejándose de aquella oscura salita para retirarse a su salón con bastante temor e inquietud.

Los días pasaron y nuestra niña no comentó en principio nada de lo que había acontecido ni a sus padres ni a sus abuelos, pero algo noto que en ella estaba provocándole desazón. De hecho ni podía dormir bien, se sentía mal y perdió el apetito. La madre muy preocupada por el estado de su niña le instaba una y otra vez a que le contase qué es lo que le ocurría y como la chica no sabía bien qué fue lo que le pudo pasar, contó a su madre la experiencia ocurrida en el piso de los abuelos.

La madre decidió entonces contar con los servicios de una curandera que se especializaba en curar este tipo de males que aparecen sin explicación y cuyo origen se versa sobre la persona cuando ha sufrido un pavor o sobresalto repentino o una impresión muy fuerte en alguna experiencia traumática, el popularmente conocido como *mal de padrío*.

El ritual de sanación de este mal consistió en tumbar a la niña boca arriba debajo de su cama y despojarla de la ropa descubriéndole el torso, es entonces cuando la curandera frotaba la barriga de la niña con aceite de oliva rezando una oración.

Pasó el tiempo y pude entrevistar a la niña que ya era una mujer. Esta me comentó que aunque parece ser que su mal desapareció, pasó más miedo con la curandera que con aquella extraña experiencia y que para nada volvería a contar con una sanadora para curar a un niño.

Muy poco se sabe de esta peculiar dolencia y que posiblemente se denomine en otros lugares con nombres como por ejemplo *el meigallo* en Galicia. En mi opinión es muy probable que se trate de una especie de mal de superchería o que se incluya dentro de él como variante *light*, que tan diverso es en sus manifestaciones, ya que en su ritual de cura se utiliza el aceite y los rezos como elementos terapéuticos como con el caso del mal de ojo. Aunque este no se produzca por las malas intenciones hacia la persona afligida en cuestión.

El mal de padrío también aparecía en sujetos cuando en los velatorios miraban el rostro descubierto del difunto y se les quedaba grabado en la memoria hasta tal punto que no se lo podían quitar del pensamiento y ese rostro del cadáver era un tormento.

Asociado a cuadros de tristeza, depresión e incluso obsesiones —compulsiones, dolencias típicas de la medicina psiquiátrica— forman parte de la superstición o superchería de la tradición antigua y como tal así la hemos reflejado.

Declaraciones de testigos al escritor:

C. L
4/2/2016

Al leer sobre el mal de Padrío, he recordado que fui tratada de ese mal con apenas cinco años.

A consecuencia de haber recibido un gran susto, empecé a sentir los síntomas que se describen en el relato. Dos médicos que me trataron, no consiguieron que el malestar desapareciera.

Mis padres, no sé si por recomendación de alguno de aquellos doctores o por algún otro medio, recurrieron a una amiga y vecina de la familia que, al parecer tenía capacidad para "curar" este mal. He de decir que esta señora no se dedicaba a las labores de curandera para ganarse la vida, lo hacía como un favor personal.

El "tratamiento" consistía en masajear la barriga, tumbada en la cama, con aceite de oliva entibiado al calor de una mariposa y contenido en un cuenco de barro. No recuerdo si la señora musitaba algo o no.

El resultado, tras varias sesiones, fue mi recuperación total. ¿Realidad, sugestión? No he llegado a saberlo nunca.

Tampoco he conocido a nadie más que fuese "curado" de ese "mal" y con ese método. Mis padres tampoco recurrieron nunca más a ningún ¿curandero?

Y he de decir, por último, que no recuerdo haber sentido ningún miedo, quizás porque conocía muy bien a la señora que me dio los masajes.

M.
3/11/2016

Yo fui curada de ese mal. Era pequeña unos 4 o 5 años. Recuerdo que estaban siempre asustándome de que había una bruja en el armario y me daba mucho miedo. Me puse mal del estómago. Una vecina de San Miguel lo curaba, y vino a mi casa me tumbaba en el sofá me daba masajes con aceite y creo que rezaba el Padre Nuestro. La verdad que el dolor desapareció.

El peñón del Negro

A los niños de las inmediaciones rurales de Valle de Abdalajís y Álora en los años 40 se les solía asustar con la presencia de un hombre salvaje que habitaba en las oquedades de este enorme risco situado en las cercanías de Álora, para que no se adentraran en tal demarcación a jugar. De ahí que popularmente se le conociera por los vecinos de estas localidades con el apelativo de el Negro.

Se cuenta que este hombre huraño huía de las autoridades y gentío escondiéndose en una cueva que había en el peñón bajando por las noches a los caseríos cercanos para conseguir comida. De este personaje no se supo más que la existencia en la tradición oral, por lo que desconozco la veracidad, paradero y cómo pudieron ser sus últimos días.

Sí que existe tal paraje en sí como la denominada Ladera del Peñón del Negro, que actualmente es un yacimiento arqueológico de la Edad del Cobre. Tratándose de un enterramiento colectivo calcolítico de aquellos tiempos, y que por culpa de la explotación y expolio no se han podido encontrar más restos determinantes.

Del enterramiento ya solo existen dos grandes piedras a modo de dintel para la entrada a la cueva donde se albergaba la tumba y algún resto pétreo a modo de plano para estabilizar la exposición del depuesto cadáver.

Existe otra leyenda propia del municipio de Álora que conocí al documentarme sobre la anterior, que popularmente se conoce como *El peñón del Lirio* por Rosalía Sáenz de Buruaga y José Antonio Molero.

El relato ocurre en la época de la reconquista cristiana de la Taifa de Granada, donde un capitán de las tropas castellano-aragonesas se ve enamorado de una joven musulmana conversa a la religión cristiana tras el sitio de la plaza de Álora. Este hombre quiere conocer a toda costa a esa bella dama mora que se estaba convirtiendo en el pesar de sus desvelos. Cierto día, D. Bernardo se apresura a presentarse a la dama como claro vencedor del sitio a Álora e insta a la mujer a conocerla mejor y mostrar su sentir amoroso hacia ella.

La joven no quiere entablar conversación alguna con este por tratarse de un desconocido, rechazando toda idea de posible relación. D. Bernardo es presa de la ira que le provoca tal rechazo, tomándolo como una ofensa pretendiendo someterla o vengarse a toda costa.

Una noche es descubierta la joven por el celoso capitán, en los brazos de un hombre que intenta protegerla. Este hombre es el padre de la dama que por las noches se reúne con ella en la clandestinidad como rebelde a las tropas cristianas, refugiadas tras el peñón atravesando líneas enemigas. D. Bernardo injuria a la joven, supuesta infiel y desleal, y señala a aquel padre como motivo del rechazo arrebatando la vida a este. La joven dama huye hacia el risco o peñón atormentada en sufrimiento y dolor por la pérdida de su progenitor a manos de D. Bernardo. Este la persigue furioso amenazándola con improperios, al final ciego por la ira acaba con la vida de la dama. Se cuenta que en ese momento florecen de un almendro, donde yace el cuerpo inerte de la mujer, y caen sobre su rostro pétalos de flor blancas a modo de lágrimas sobre la cara de la joven. Una luna nueva transforma el cuerpo de la doncella en un gran lirio blanco que resplandece en la noche. Desde entonces cada primavera aquel paraje se llena de numerosos lirios blancos que forman un manto virginal.

El reloj de san Marcos

El conocimiento de esta leyenda me viene a través de una sutil broma que me gastó mi abuelo de pequeño, el cual me hizo acercarme sigilosamente a un arca de madera donde guardaba sus herramientas y escuchar una especie de tintineo metálico que supuestamente no venía de ningún sitio. Mi abuelo con cierta sorna me dijo que aquel tintineo era el popular tic-tac del llamado reloj de san Marcos. La intención de mi abuelo era asustarme, alejarme de aquel arcón para que no cogiera sus preciadas herramientas y prevenir que las pudiera perder, romper o hacer alguna diablura al uso. He de decir que lo consiguió, pero acto seguido de mi perplejidad inicial, me descubrió que el tintineo provenía de la aldaba de cierre que sonaba al abrir la tapa oculta en la parte trasera. Cierta o no la leyenda, al indagar sobre ella, resulta curiosa cómo forma parte de la superstición popular de Antequera y con toda seguridad en la de muchos lugares.

El reloj de san Marcos o también denominado el reloj de las desgracias, es una especie de señal de mal augurio que puede avisar de una muerte cercana o tragedia al oyente. Es un tic-tac parecido al de los relojes de maquinaria antigua con un característico sonido metálico constante y frío. Cada vez se oye más fuerte y nunca deja de sonar, hasta tal punto de que el oyente se acostumbra a él. El día fatídico en el que deja de sonar es el día donde sucede la desgracia.

Pude hallar en internet una poesía escrita de este inusual hecho cuyo autor firma bajo seudónimo Byron Love Clan Raymond, en un club literario denominado *Cerca de ti* y que cataloga esta leyenda como popular en España según su administrador Juan Ignacio Arias Arjona.

Encontré foros donde comentaban que se dio el mismo caso a algún vecino en la calle de los Hornos en Antequera, donde el tic-tac de un reloj guardado en una alacena sonaba cada vez más hasta tal punto que lo tuvieron que desarmar para ver si sufría algún desperfecto. Preguntaron a los vecinos por si tenían algún reloj que produjera aquel incesante ruido y no tuvieron respuesta afirmativa. Semanas después la familia es víctima de una noticia aciaga donde uno de los componentes casi fallece en un accidente de tráfico.

Testimonio escrito al autor por lectores:

Silvia
4/8/2017

Mi nombre es Silvia soy de Montevideo, Uruguay.

En mi familia todos lo escuchamos, hijos, padres y abuelos, y no por horas ni días tan solo minutos, y en un corto plazo de uno o dos días había noticias, malas malas o realmente buenas.

Siempre teníamos miedo de la noticia.

El rezo a las ánimas benditas

El culto a las ánimas está fuertemente arraigado en la creencia religiosa popular de nuestra tierra desde el medievo. Altamente veneradas, y no menos, respetadas o temidas por su supuesto poder para obrar milagros e interceder por el bien del sujeto que las implora, así como para hacerle recordar el deber contraído de su ofrenda hacia ellas si no se ven satisfechas en la promesa.

La iconografía y representación de estas singulares figuras se hace muy impactante al mostrarlas como almas quemándose en el fuego eterno implorando por su salvación y a la espera de su posible absolución divina.

Y los arrojarán en el horno de fuego allí será el llanto y el rechinar de dientes, san Mateo capítulo 13/42. Santa Catalina de Génova nos cuenta en su libro *Tratado del purgatorio* que se haya una mezcolanza de gran dolor y gozo como pena a sufrir. Otros autos afirman como doctrina común que el mayor sufrimiento del purgatorio es *la pena de ausencia,* pues las almas no gozan de visión beatifica temporalmente y no pueden ver a Dios. Cuenta la creencia popular que estas almas perdidas en la oscuridad conceden cualquier favor a cambio de una luz y una oración que les sirva de guía o amparo.

Suelen ser oradas según leyendas urbanas para avisarnos haciéndonos despertar del sueño con toques en el cabecero de la cama, susurros o inclusive gritos, tras decir la hora y rezar un avemaría antes de acostarnos.

Dato curioso es sin duda el mito de la aparición de las ánimas benditas a menudo confundido, con la acción de invocar o evocar la presencia de los muertos —tal como se realizan en algunos ritos espiritas como la *ouija*— y la supuesta potestad de las almas errantes, a pedir la ayuda de los mortales en sus apariciones o manifestaciones por designio de la bondad de Dios.

Muchas son las historias que nos salen al paso sobre personas que en su día pidieron algún favor a las ánimas y una vez concedido la persona se olvidó de cumplir la promesa. Quizás sea lo más llamativo del culto hacia ellas el hecho de que se muestran extremadamente resentidas con estas promesas incumplidas y harán saber a la persona en cuestión con toda índole de fenómenos que deben hacerse cargo de sus deudas hacia ellas.

Tal es el caso de cierta mujer que tras no cumplir su promesa, empezó a notar un olor muy fuerte a cera de velas quemada en casa, caída de objetos o cuadros, etc., hasta que cierto día al entrar en casa observó una figura negra que subía hacia las habitaciones superiores. Tras seguir su estela la mujer se encontró con una anciana vestida de negro con el rostro muy demacrado que le instaba a cumplir su ofrenda.

—¡Cumple lo que prometiste! —Y sin más dilación desvanecerse sin más.

El viejo Cementerio Moro

Suele pasar que yendo tras la pista de cierta leyenda u hecho insólito que pudiera investigar o por lo menos conocer, divulgar y recopilar en este entorno virtual, encuentro hilvanada otra que brinda la posibilidad de desarrollar otro tema. Tal como me pasó con un capítulo que escribió en su blog y libro del mismo nombre D. José Luis Sánchez Garrido: *Antequera, Antequera recuerdos de anteayer,* que nos habla de un viejo cementerio casi denostado y olvidado donde los niños de otras décadas tenían prohibida la entrada. Aunque por parte de estos se hiciera caso omiso a esta prohibición y fueran muchos los chavales que presa de la curiosidad y puestos a demostrar su valor se adentraran en un sitio siniestro donde estaban enterradas según la creencia popular los cuerpos de «las almas perdidas». El llamado y conocido Cementerio de los Moros. Ya que en otras épocas no se podían dar sepultura en un cementerio cristiano a difuntos por su condición religiosa o por ser suicidas.

Su ubicación exacta no se conoce, se cree por los datos que da este autor anteriormente citado, que está situado al pie del cerro de la cruz o quizás en su ladera norte en las inmediaciones del camino de la quinta. Cuatro muros y una verja a modo de entrada lo acotaban.

En el libro *Enciclopedia moderna. Diccionario universal de literatura ciencia y artes, agricultura, industria y comercio,* escrito por D. Francisco de P. Mellado y editado en 1831, se nos habla de un cementerio ubicado a espaldas del cerro del Infante o de la

Vera Cruz e inmediato al camino de Granada. Aunque es muy probable que no se refiera al Cementerio Moro en cuestión.

Como bien apunta D. Miguel Ángel Melero Vargas en su blog *De la esperanza al sometimiento: república, guerra y franquismo en Andalucía*, en una sesión de gobierno del 23 de agosto de 1936 se aprueba destinar una superficie de 1,15 hectáreas para un cementerio marroquí en el cerro de la Cruz aprovechando que fue lugar de enterramiento de soldados regulares que murieron en la ocupación de Antequera en la contienda.

Un camposanto protervo, maldecido por muchas personas que acudían a él para injuriar a todos aquellos que habían matado a sus padres, hermanos o hijos en tan cruel guerra, según los recuerdos de la niñez de D. José Luis Sánchez Garrido. Sin duda un lugar cargado de triste recuerdo y de pasado oscuro donde para más inri se maldijeron a los muertos.

No deja de sorprenderme y me llama la especial atención el hecho de que ya en anteriores *post* publicados aquí como es el caso de *El ente maligno*, da la casualidad que en las inmediaciones de este lugar, una casa en las espaldas del cerro de la Cruz o la Quinta, fue donde acontecieron los hechos de apariciones de fenómenos paranormales atribuibles a fuerzas desconocidas de quizás naturaleza maligna.

Todavía existe una calle en Antequera que se llamaba el Cementerio de los Moros y que en la actualidad se denomina calle Árabe.

Extrañas luminarias

Al final de los años 80 y principios de los 90, en Antequera empezaron a circular comentarios como curiosa leyenda urbana del avistamiento de insólitas luminiscencias de extraño origen en la noche. Las visiones de estas raras luces fueron avistadas en la conocida zona de la Tahea, proximidades al convento de la Magdalena, la Vega, el cerro de san Cristóbal, inclusive la sierra del Torcal.

A las luces verdes de la zona de la Tahea —que se dice que se veían desde la plaza de Capuchinos— y las próximas al convento de la Magdalena, se les daba todo tipo de explicaciones como luces reflejadas en cristales rotos de vehículos que circulaban por allí, focos emitidos por cañones de luz de discotecas o terrazas próximas, e incluso reflejos de los primeros focos halógenos que se reflejaban en los cristales de las ventanas de una vieja vaqueriza de la zona. Todo para aclarar tal misterio.

Se comenta que las luces nocturnas plateadas de la Vega eran producidas por restos de pescado en descomposición, dato curioso y cuestionable sin duda.

Hay testimonios de personas que se asustaron muchísimo al contemplar en la noche, de camino hacia una casa de campo en las inmediaciones del cerro de san Cristóbal. Una Luz muy fuerte que iluminó todo el monte y tras un breve instante desapareció.

En ámbitos como el Torcal se pueden producir microsismos o movimientos sísmicos de baja escala solo apreciados por sismógrafos y que bien pueden explicar la aparición de tal efecto luminario. Estos movimientos de placas tectónicas son producidos por el desprendimiento de rocas en las laderas de las montañas o el hundimiento de cavernas inclusive modificaciones en el régimen fluvial. Que pueden producir a bajo nivel luminarias en la antesala del fenómeno en sí. Siendo denominadas *luces de terremoto*, una inusual manifestación lumínica en los cielos por la noche, parecida a la aurora boreal.

Fantasmas en un antiguo cine de verano

Fue a través de un comentario que me hizo cierto señor, ya de avanzada edad, en la ciudad de Málaga capital, el que me puso sobre la pista de un acontecimiento inverosímil, casi rozando lo jocoso, de posibles fenómenos *poltergeist* en un espacio público. Este buen hombre me contaba cómo había vivido muchos años en Antequera y comentaba cómo en un antiguo cine de verano de los años 20 ubicado, según él, en una calle que no pudo recordar de la localidad, acontecían hechos extraños en medio de la reproducción de la película que se exhibiera en cuestión. Recuerdo sus palabras textuales:

«Cuando a los fantasmas les daba por aparecer… allí nadie podía ver la película».

Durante el visionado del *film* las luces se apagaban y se volvían a encender sin intervención plausible. Muchas veces sombras oscuras se superponían a las imágenes como sombras chinescas cruzando por el ámbito de la pantalla y las sillas a modo de butacas se caían solas ante el pavor y la molestia del público que tenía que abandonar la sesión.

He de decir que más allá de la anécdota que me pareció muy curiosa y graciosa, cuanto menos, decidí indagar un poco más sobre este asunto y ponerme un poco al día de los cines de verano antiguos y si alguien conocía de este hecho tan peculiar.

A través del grupo de Facebook *Cosas Antequeranas que se han perdido a lo largo del tiempo,* puse en debate tal afirmación y nadie recordaba la existencia de este cine ni había nada al respecto que pudiera corroborar la existencia del susodicho local, por no hablar de la aparición de los supuestos fantasmas. Aunque sí que se expusieron bastantes cines que en verdad existieron y los que posiblemente fueran los señalados hipotéticamente por aquella historia. No me deja de sorprender tal relato y me hubiera encantado, tan romántico que soy, que alguien más hubiera afirmado tales apariciones. A título personal y en mi opinión creo que aquel viejete se refiriese a dos posibles cines.

Uno ubicado en los antiguos jardines del actual museo de la ciudad, en la plaza del Coso Viejo, cuyo nombre era el Salón Olympia que contaba con un aforo para casi 5362 localidades y que estuvo funcionando hasta mediados de los años 20.

Y el segundo —a mi parecer el más propicio para albergar una crónica insólita—, el cine próximo montado en la plaza de san Sebastián denominado Pascualini, de carácter itinerante, cuyo propietario era D. Emilio Pascual, que tuvo sus comienzos en el año 1900 y que podía trasladarse de un sitio a otro. Contaba con un aforo de 260 butacas y 336 localidades en general. Según las crónicas fue destruido por una bomba cuyo objetivo principal era atentar contra el banco de España que estaba justamente al lado de este en Málaga ciudad.

La batalla de los cuernos

Se trata de un capítulo militar y desde luego peculiar en la historia de Antequera. Más que nada por cómo acontecieron los hechos y sobre todo por cómo se fraguó una estrategia singular, que me atrevería a señalar como psicológica, precursora de técnicas de guerra como la merma de la moral de combate y maniobras de distracción o aturdimiento que se utilizaron por los ejércitos desde entonces hasta nuestros días.

Este episodio transcurre en mayo del año 1424 a manos del Rodrigo de Narváez en uno de sus últimos actos heroicos en la defensa de Antequera ante los musulmanes pues se sabe que poco después moriría.

La batalla en cuestión pasaría a ser llamada como: la Batalla de la Matanza, la Batalla del Chaparral o la más popular conocida como la Batalla de los Cuernos. En base por orden de enumeración a las bajas humanas que causo, emplazamiento de la misma y estrategia.

Algún autor sitúa este hecho en el puerto de la Boca del Asno, lugar donde se albergaban en asentamiento las tropas cristianas dispuestas al asedio a la ciudad. Otros sitúan la batalla a los pies de la peña de los Enamorados, lugar fronterizo con el frente musulmán de la plaza de Archidona, zona donde según se cuenta se podían encontrar vestigios de la batalla como: espuelas, puntas de flechas, lanzas y otros restos.

Todo comienza con la noticia de que el general Helin Zulema, por orden del mandatario granadino Muhammad, conforma y se hace con el mando de un ejército como horda de ataque fiero y destructor que se componía de 1500 jinetes y 4000 infantes hacia las plazas cristianas de Écija, Osuna y Estepa. Estas fueron saqueadas y exterminadas sin piedad. Todo fue robado a sus gentes, tomando todas sus pertenencias y cabezas de ganado que encontraban a su paso.

Rodrigo de Narváez es avisado por un capitán que fuera apresado y después lograría escapar del ejercito de Zulema refugiándose en Antequera. Noticias que fueron refrendadas por distintos espías ubicados en la Vega y el mensaje del alcaide de Estepa que le ofrecía su apoyo de algunas tropas aliadas estepeñas.

Todo hacía presagiar una tragedia para Antequera pues casi no había tiempo para preparar una defensa contra esta amenaza. A Rodrigo de Narváez se le insta a abandonar huyendo la plaza de Antequera desplazando gentío, animales y pertenencias, pues el capitán de las hordas árabes sujeto a ira, tenía órdenes de arrasar Antequera a toda costa.

Narváez rechaza esta opción con coraje y determinación, así que manda ordenar una guarnición de 150 jinetes con 300 infantes apostados y escondidos en los huecos rocosos de la Peña. Narváez era conocedor de que la diferencia en número de efectivos era notable, así que aprovechó la disposición en la formación de avance del ejercito de Zulema que tras arrasar otras localidades hizo formar a los animales —ganado variopinto, yeguada y vacuno— así como todos los prisioneros cristianos esclavos martirizados en la avanzadilla, no se sabe si para preparar algún escudo humano o jactarse de su acción devastadora.

Para ello Narváez en la media noche parte con su guarnición hasta la zona del chaparral para no ser descubierto por los árabes, zona que se encontraba a menos de una legua de Antequera y según las crónicas se conforma una línea ofensiva casi invisible en la angostura del paso de la Peña. Es allí cuando ordena a sus hombres encender grandes lumbres añadiéndoles todo tipo de restos animales que pudiesen hacer mucho humo y sobre todo un olor nauseabundo, quemándose cascos, cuernos, pieles, cueros y pelaje.

El olor era tan fuerte que las reses y ganado de la vanguardia de Zulema se encabrita, se revuelve y se produce una gran estampida que hace que se produzca un gran caos en la formación de avance donde el ejército tiene que intentar restablecer el orden tras de la estampida que los acomete y los desordena por completo. Es en ese momento cuando entre tanta confusión Narváez manda distintas oleadas de ataques de caballería contra los árabes que caen con bastante facilidad entre brumas, humo, mal olor y casi no saber que les estaba atacando.

Tal mortandad dicen las crónicas que alcanza Narváez en las filas de los árabes que estos tienen que huir despavoridos por su propio pie hacia Archidona hasta donde son perseguidos sin descanso.

La beata Marina de Alonso

Una de las leyendas más arraigadas en el saber popular antequerano es sin duda la referente a la beata María, Marina de Alonso, cuyo cuerpo incorrupto descansa en su sarcófago que se encuentra en la iglesia de los Remedios de los siglos XVII-XVIII. Es una especie de ataúd de madera en forma de arcón que cubre una urna fúnebre y se encuentra a la derecha del sagrario.

Cuenta la leyenda que esta beata avisa cuando las luces del sagrario se agotan. También y más conocido es el hecho de que los fieles que le recen o imploren sus favores, si también se prestan o atreven a dar tres golpes a su arcón, esta los devuelva de inmediato.

En el romancero heroico dedicado a Marina de Alonso que aparece en el libro del presbítero Cristóbal Fernández, *Historia de Antequera desde su fundación hasta 1800…* se recoge cómo una vez muerto su marido el hidalgo y varón Juan Delgado se le aparece.

Describiéndolo como penar de alma errante, tres veces para pedirle que oficiaran misa en su honor por sus pecados cometidos en vida. Quizás sea este el origen de tal leyenda.

La venerable beata Marina de Alonso nació en el año 1572 y murió a la edad de 64 años en la primavera de 1636. Perteneciente a la orden franciscana tuvo una vida de rectitud que le llevó a poseer una fe inquebrantable atribuyéndole pasajes de milagros tanto en vida como en la muerte. Fue enterrada en la capilla mayor del colegio de Santa María de Jesús, templo que solía visitar con frecuencia al ser esta una orden cuyos miembros les servían de guía espiritual.

Diez años más tarde al iniciarse unas obras de rehabilitación en el altar mayor, encontraron el cadáver incorrupto de Marina de Alonso junto con sus hábitos que le sirvieron de mortaja. Ni el paso del tiempo, ni la humedad, ni la tierra habían hecho mella al cadáver e inclusive desprendía un olor característico de flores que son consideradas signo de santidad en innumerables casos similares. Fue depositada en una urna de cristal para que todos los antequeranos pudieran en aquella fecha observar tal prodigio en la plazuela del Portichuelo. Hay que señalar que efectivamente se le hizo cierto daño al cadáver de Marina de Alonso durante los trabajos de exhumación y con una pica se le desolló la nariz y el pie izquierdo, en cuyas heridas, según la rumorología popular, manaba sangre.

El inusual hecho de que la incólume beata apareciera indemne, fue reforzado por la aparición de los cadáveres de otros religiosos que se encontraron reducidos a cenizas en el mismo ámbito. El padre fray Antonio Pérez circunscrito religioso provincial fue quien interesado por lo acontecido puso en manos del Santo Oficio —Tribunal Inquisitorial de la jurisdicción de Sevilla— bajo la supervisión del padre fray Miguel de Badillo, la constancia en acta e informe de la veracidad de los milagros acontecidos y atribuibles a la beata. Testificados bajo juramento de las gentes del pueblo de Antequera.

En el antes mencionado libro del presbítero Cristóbal Fernández y con más énfasis en el romancero heroico dedicado a esta beata, aparece descrita su forma de vida y algunos milagros acontecidos, como el hecho de conseguir que la talla del

Cristo de Jesús Nazareno le mirara y moviera la cabeza como atendiendo a sus plegarias.

Andaba descalza todos los sábados a recibir sacramento sin que la lluvia, frío, o tormenta se lo impidiese. Dormía en una cama de tablas con solo un cuero que la cubriese, ayunos en cuaresma y toda clase de sacrificios por tener más cerca a Dios. Socorría al enfermo y a las parturientas. Daba de comer al hambriento y pedía oficiar misas por todo aquel difunto que conociere. Actos que le llevaron a ganar licencia episcopal para peregrinar a Roma, no pudiéndose realizar tal viaje por una enfermedad que sufriera.

Para terminar añadiré un hecho insólito acaecido en tiempos de la exhumación del cadáver de la beata y que según Cristóbal Fernández escribe en su obra, fue presenciado por el padre rector obispo de Málaga. Se cuenta como del cerebro de Marina Alonso manaba una especie de elixir que curaba todos los males y enfermedades a todos los vecinos que acudían en pos de favorecerse de este milagro. Tal es la demanda de este líquido que se ve agotado rápidamente. El rector pide al cadáver que siga manando el líquido extraordinario y la beata obediente en vida como en la muerte vuelve a producir el efluvio prodigioso hasta tal punto que corría por sus brazos y pechos.

La casa derruida

Poco sé sobre esta leyenda que escuché cuando era niño en una de esas noches de verano en Antequera. Donde todavía salían al fresco los vecinos con sillas o butacas de playa sentándose en las aceras. No conozco referencias similares de historias de tal tipo y no puedo ubicar el lugar o tiempo donde transcurrió. Así que simplemente me limitaré a contar lo que oí y que de alguna manera quedó grabado en mi memoria para siempre.

¿Puede un lugar dar señales o avisos de que alguna desgracia está por llegar?, o por el contrario, ¿acaso existe un sexto sentido en las personas que vela por la seguridad de las mismas?, ¿fue una simple casualidad del destino? Incógnitas que nos asaltan al conocer tal relato de tradición oral y que en manos del lector dejo para que saque su personal conclusión.

Transcurrían los días en una pequeña y vieja casa rural donde vivía una familia de pobres campesinos que apenas tenían para subsistir. Todo era en principio normal, la mujer hacia los quehaceres de la casa y el cuidado de los niños y su marido acudía para atender su labor diaria muy temprano en el campo y dar de comer a su familia.

Cierto día la madre empezó a observar cómo salían unas manchas de color amarillento en las paredes, y oscuras en el colchón donde dormían. Al principio no le dio mayor importancia y la mujer se apresuraba a limpiar tales manchas, eso sí, bastante extrañada pues no sabía el origen de la formación de tales moteas. Pasaban los días y las ennegreces volvían a aparecer por la mañana mucho más grandes que el día anterior. La mujer del campesino, que en principio no quiso decir nada a su marido, ya empezó a inquietarse y sentirse mal. Todos los días limpiaba los muros y las sábanas de la cama, frotando con ímpetu el colchón para borrar todo rastro de necrosada. Pero estas entintas volvían a manifestarse mucho más grandes al día siguiente. Aterrada por tal fenómeno decidió contarle a su marido lo que pasaba, el marido no le da mayor importancia pero sí que percibe que su mujer lo está pasando mal y empieza a alertarse ante tal hecho. Ni las oraciones o rezos de la mujer aplacaban tal extraño acontecimiento. Nada hacía pensar que aquellas manchas o lo que fueran iban a cesar de aparecer.

No se sabe cuánto tiempo estuvieron aguantando el fenómeno en aquella casa, pero una noche aterrorizada la mujer por aquel hecho insólito sin explicación plausible, entre lamentos llenos de angustia y desesperanza ante un marido que casi no daba crédito a lo que estaba contemplando, estaba dispuesta a abandonar la casa que les daba cobijo y donde estaba cuidando de sus hijos. Cargó sus enseres en una mula, recogió a sus animales y con sus niños, huyeron de la casa en mitad de la noche.

Se cuenta que al poco tiempo de abandonar la casa en una de las muchas miradas hacia atrás para contemplar por última vez lo que fue su hogar, vieron desmoronarse los tejados y sus vigas de madera, cañas y piedra en un gran estruendo. El hecho los dejó perplejos sintiendo un escalofrío que les heló por dentro. La casa estaba casi totalmente derruida pocos minutos después de que ellos marcharan. No volvieron a mirar atrás sin dejar de rezar toda la noche.

La huida del renegado

También se hallan en las inmediaciones de Antequera hechos relacionados con el bandolerismo andaluz del siglo XIX. A manos del célebre forajido Antonio Díaz Ortega "El Renegado". Algunos historiadores lo tildan de bandolero y otros cronistas como guerrillero de los carlistas. Su apodo le fue otorgado por renunciar a la fe del cristianismo, convirtiéndose al islam en un exilio en tierras africanas tras huir de un doble asesinato cometido contra su juez y su escribano que instruían una causa contra él.

Se alistó en las filas de José María "El Tempranillo" y tras una temporada bajo sus órdenes se aprovechó del popular indulto de Fernando VII para quedar absuelto volviendo a Benamejí, donde se casaría e intentaría vivir una etapa sin delinquir. Pero vuelve a estar fuera de la ley protagonizando saqueos en la provincia de Córdoba con un antiguo compañero apodado "El Borrego" de su etapa anterior del grupo del Tempranillo. Y vuelve a ser apresado de nuevo consiguiendo otro indulto que lo vuelve a hacer regresar a Benamejí donde trabaja de guarda de olivares.

Siguiendo los pasos de su gran maestro bandolero, forma un gran grupo de salteadores denominado la cuadrilla del Renegado o del Morito, donde protagoniza múltiples enfrentamientos con los estamentos de seguridad y en los que se cobra la vida de 10 hombres. Es en esta precisa etapa donde ocurren los hechos del asalto al cortijo Antequerano.

Según información de los periódicos de la época como la Revista Española, en la mañana del 17 de agosto en 1835 en el cortijo de las Ventanas del ámbito de Antequera hay un enfrentamiento entre el grupo del Renegado contra una partida de caballería del 4º regimiento de ligeros donde mueren cuatro de sus hombres. Salvándose solo El Renegado gracias a la velocidad de su caballo, según publicaba este periódico.

Posiblemente fueron sorprendidos en el asalto al cortijo próximo al de Garcidonia por el regimiento de caballería al mando del teniente D. Julián López que según el parte de un superior al mando acababa de regresar de las angosturas de la peña de los Enamorados y tras su aviso va en persecución de los bandoleros. En una acción arriesgada pues los forajidos del Renegado abren fuego sin dilación en su huida contra los soldados. En el parte de incidencia se describe cómo cuatro de los asaltantes son acuchillados en la reyerta por no quererse rendir a la autoridad. Los cadáveres son llevados a la ciudad del Antequera a las 6 de la tarde entre el gentío y la muchedumbre que aclamaba la valentía de los soldados. Pues la banda del Renegado era muy temida en toda la comarca.

El *modus operandi* del Renegado era asaltar los cortijos para pedir dinero, por lo general 1000 o 2000 pesetas en valor de la moneda de la época, maravedís o reales de plata. Si bien no era, o no pretendía ser violento ni causar muertes ni daño a sus víctimas, sí que les exigía el pago del dinero a cambio de no matar el ganado o quemar las cosechas de la gente adinerada. Cumple Antonio Díaz con el estilo del forajido que roba a los ricos, y por lo menos, no molestaba a los pobres, lo que le concedió el favor de la clase más humilde que en varios momentos puede ocultarle y protegerle de las autoridades.

No se sabe nada de Antonio Díaz después de esta última época delictiva con su banda, se dice que consiguió un tercer indulto pero ahí se le vuelve a perder la pista según los investigadores. Su nombre y apodo constan en las actas de las listas de los guerrilleros carlistas que lucharon en Andalucía, pero su rastro se pierde en el tiempo.

La iglesia del horror

En la historia remota de Antequera existen leyendas que describen el pavor que infunde un respeto ancestral del hombre al recibir el encuentro con las sombras más allá del umbral de la muerte.

Tal es el caso de la leyenda que presento a continuación, en la cual un noble antequerano, Hernando de Narváez, a través de un ingenioso ardid, defendió su posible suplanto como alcaide de la ciudad ante el mismísimo rey de España en el siglo XV.

En el año de gracia de 1467, el rey Enrique IV de Castilla acompañado de su séquito y una gran guardia militar encabezada por D. Alonso de Aguilar se dirigía a la plaza de Antequera con el propósito de sustituir al alcaide vigente en aquel tiempo Hernando de Narváez.

El alcaide conocedor de pasados hechos acontecidos que revelaban las intenciones del monarca, y a su vez, conocedor de la fragilidad en el temperamento del rey, fragua una estrategia sin parangón que haría temblar hasta al más valeroso de los hombres.

Hernando de Narváez ordena cerrar las puertas de la ciudad a la comitiva real. Tan solo dejaría pasar al monarca a través de un pequeño postigo advirtiendo a este de que no poseía las llaves de la plaza. Su majestad con una compaña de dos soldados atraviesa el dintel del postigo y es recibido por el anfitrión Hernando de Narváez. Este le tranquiliza y le rinde pleitesía diciéndole que de ningún modo corría peligro alguno, sino la pretensión de velar por la seguridad de separar la compañía de

Alonso de Aguilar, señalando a este como traidor al reino, al que nunca se le flanquearía el paso a la ciudad. Dicho aquello se encaminaron hacia la ya desaparecida iglesia de san Salvador a celebrar la acogida del rey.

Cuál no fue la horrible sorpresa que se llevó Enrique IV al ver un escenario dantesco por atravesar las puertas de la iglesia. Tan solo con pisar el suelo del templo, el soberano enmudeció de terror al contemplar tal escenario. Sus ojos presenciaron un lugar oscuro y sombrío, tan solo iluminado por ocho cirios colocados alrededor de un féretro cubierto de paños y oro. Instancias como el altar, presbiterio y bóvedas estaban llenas de esqueletos y osamentas desenterrados, adornados con signos de muerte por doquier. Hombres y mujeres proferían llantos desgarradores.

En el féretro descansan los restos del primer alcalde y héroe en la conquista de la ciudad Rodrigo de Narváez. Un cadáver embalsamado que en sus manos prendía las preciadas llaves que solicitaba el rey, y que maliciosamente Hernando de Narváez profirió a que las cogiera el mismo Enrique IV. Cuenta lo inverosímil del relato que el difunto yacente en su tumba, blandía estas para que su rey las cogiera.

Ante tal horror el soberano calló de rodillas y dando fe de todo lo acontecido, juró nunca arrebatar el cargo de alcalde regente a la estirpe de los Narváez.

★ Málaga hoy *Antequera tierra de Leyendas*, Mar García.

★Tradición Antequerana *Las llaves de la plaza*, Trinidad de Rojas

La niña aparecida
al pequeño pastor

Apenas cumplía los 6 años de edad cuando aquel pequeño se disponía a obedecer a su madre y se encargó de cuidar unas cuatro o cinco ovejas llevándolas a pastar más allá de la humilde casa de campo, atravesando una cañada hasta los prados y monte, zona rural conocida como las Cuerdas entre Antequera y Valle de Abdalajís.

Llevaba un pequeño zurrón con algo de pan y queso. Pantaloncillo y camisa limpia con piezas a modo de parches cosidas y zapatos con la suela agujereada. Cuán feliz era alejándose de la casa con la única compañía de su ínfimo rebaño, como si le hubieran encomendado un propósito importantísimo que solo él podría cumplir. Así que cada vez se alejaba más y más, quizás haciendo caso omiso a la advertencia maternal de no alejarse tanto como para no ver a lo lejos la casa.

Nuestro personaje encontró al final un paraje donde las ovejas pastaban tranquilas y él podía jugar con las piedras como coches imaginarios y la arena que le servía de carretera. La quietud del lugar y su paz envolvían al niño en una felicidad especial ensimismado con su juego que le hizo perder la noción del lugar y del tiempo. Pero el anochecer le sorprendió de repente y cuando quiso darse cuenta que tenía que regresar, la oscuridad se lo hacía realmente difícil. Las ovejas al notar cerrazón en la caída de la noche se apiñaron entre ellas y no querían moverse ni acompañar el regreso del pequeño pastor a casa. El niño intentó tirar de ellas, empujándolas a emprender el camino de vuelta pero las ovejas no respondían a sus voces ni a sus propósitos, cada vez el manto de la noche se hacía más oscuro.

El pastorcillo empezó a tener bastante miedo y en la desesperación intentó tirar de su rebaño avanzando muy lentamente hasta una cañada bastante sinuosa, donde ante la resistencia de los animales a atravesarla, no pudo más que echarse a llorar resignándose a que ocurriera cualquier desgracia.

No se sabe cómo, ni de qué manera razonable, de pronto, empezaron las ovejas a caminar para atravesar la cañada. El pastorcillo las siguió intentado que no se volvieran a parar. Nuestro pequeño sentía que ya no tenía miedo secándose las lágrimas y que una presencia humana le acompañaba sin saber de dónde había salido. No sabía cómo agradecer lo que aquella figura hizo por él. Volvió la cara para mirar quién era el acompañante que había hecho que los animales reanudaran la marcha y le acompañara en su camino de vuelta. Tan solo vio la cara de una niña mayor que él que le sonreía sin articular palabra. El chico creía que podría ser la hija de algún vecino aledaño que habría salido en su busca. Sin más preocupación ni dilación, siguió su camino de vuelta hasta que a lo lejos tras atravesar la cañada se podía vislumbrar muy pequeñita la luz de la casa de campo. Fue entonces cuando ya sintiéndose a salvo quiso agradecer y despedirse de aquella chiquilla y volviendo a mirar a su espalda se percató que la niña había desaparecido sin más.

El pequeño pastor de la historia es en la actualidad una persona mayor de 74 años de edad, a la que pude entrevistar. Nunca supo quién era aquella niña, ni tampoco pudo explicar lo que pasó exactamente aquella noche. Nunca comentó nada más de este asunto por miedo a que lo tildaran de loco o a que se rieran de él, eso sí, la experiencia la recordará toda su vida. Máxime con el descubrimiento final que hizo a este hombre temblar de la emoción cuando ya habían trascurrido sesenta años desde el hecho hasta que cierto día pudo contemplar consternado el retablo de la iglesia del Carmen…

Solo un pequeño y curioso detalle para terminar. En el camarín de la Virgen del Carmen, en el mismo centro del retablo de la iglesia hallaréis la cara de la niña que vio nuestro pastorcillo.

La niña sensitiva

No hace mucho que una tarde cualquiera de primavera, mientras almorzábamos en el descanso de una ruta de senderismo en la conocida sierra de las Nieves, tuve la oportunidad de obtener el testimonio de una mujer vecina de Antequera cuyo domicilio se encuentra en las afueras en una casa de campo hacia Valle de Abdalajís. Como en otras ocasiones, surgió una conversación en pos a temas mistéricos y sobrenaturales que amenizaron en gran medida a los contertulios de aquella reunión.

Me llamó muchísimo la atención el testimonio de aquella mujer que hacía referencia a la zona conocida en Antequera como cuesta de las Ánimas y cortijo de las Ánimas, hacia la carretera del Valle.

Esta vez era una aseveración en primera persona. Un atestado que difícilmente se suele dar por miedo a quedar por loco o demente, máxime si el receptor o auditor es un perfecto extraño como lo era yo en aquellos instantes. Motivo de más para agradecer tal casualidad y hacer que conste en este libro. Este es, con más o menos exactitud, el testimonio de aquella mujer.

«Usted me llamará loca, pero yo le voy a contar algo que me sucedió no hace mucho tiempo.

Yo tengo una nieta de unos cinco añitos. Una noche íbamos en coche camino de Antequera. Mi hija conducía y mi niña iba en la parte de atrás. Me acuerdo perfectamente que íbamos bajando por la carretera de la cuesta de las Ánimas. De repente miro hacia atrás y me encuentro a mi nieta saludando por la ventana hacia la oscuridad de la noche tan solo alumbrada por el reflejo de los pilotos traseros. A mí me extraño tal cosa y exclame: ¡Niña qué haces! Yo suponía que estaba jugando sola o algo por el estilo, a lo que ella me contestó: Abuela un hombre vestido de negro me está diciendo adiós, ¡está allí en los árboles!

Mi hija y yo quedamos asustadas y decidimos no hablar más del tema. Desde luego nosotras no vimos nada, ¡ni queríamos verlo!

Tiempo más tarde una conocida de la familia que tiene don de curar me dijo...

No te extrañe nada que tu nieta vea cosas donde no las hay... pues tiene el don de ver a los fallecidos y le pedirán cosas. A mí esta niña me tiene preocupada pero no trataré de ninguna manera de regañarle o hacerla sentirse rara...».

Yo la tranquilicé diciéndole que hacia lo correcto, al no darle importancia al asunto y por supuesto no traumatizar a la niña bajo ningún concepto por el hecho de tener tal experiencia. A menudo los niños en su inocencia son realmente sensitivos y tienen una apertura de miras más allá del racionalismo y raciocinio de los adultos. A mi parecer, bendita fantasía que nos abre puertas a otros mundos más felices. Le comenté a la mujer que no se preocupara en lo sucesivo, posiblemente tales experiencias desaparecerían con el crecimiento, tal como afirman versados psicólogos. Si no ya se encargaría la sociedad en la que vivimos, llena de estereotipos y modelos a seguir, de eliminar cualquier capacidad receptora sobrenatural sensorial más allá de nuestras narices.

Y por terminar, aunque no vaya a colación del tema, pero sí a propósito del lugar conocido como zona misteriosa, el inverosímil y estrafalario caso —supuestamente popular— aunque no puedo dar fe de ello porque era la primera vez que lo oía, de un perro fantasmal o ente que se subía o encaramaba a las motos que pasaban por tal carretera de las Ánimas por la noche...

Las apariciones en el palacio del conde de Colchado

El palacio del conde de Colchado cuya construcción está fechada en el siglo XVIII perteneciente al grupo de casas solariegas de Antequera, fue escenario supuestamente de dos apariciones espectrales que se presentaron a varios obreros de la construcción estando trabajando en el mismo recinto. No es extraño que se diera esta situación porque este palacio en sí ha sido a lo largo de su historia sometido a infinidad de reconstrucciones o remodelaciones para adaptarlo a usos públicos como oficinas o cultura, tal es así que en la actualidad alberga la oficina de la Consejería de Agricultura. Inclusive fue inhabitado por muchos años por su amenaza de ruina y mala conservación.

No se sabe cuándo acontecieron los hechos de las supuestas apariciones pero sí que existe una tradición oral constatada entre albañiles muchos años atrás que por lo menos daban fe de que siempre ha habido fantasmas en aquel sitio o inmediaciones.

Gracias al testimonio más concreto de un obrero que trabajó en el palacio y que fue entrevistado por un amigo del misterio y compañero de radio José Manuel Lebrón, conocí a través de sus indagaciones, la supuesta aparición de dos personajes de otra época que se presentaban con cierta asiduidad a los trabajadores o moradores del palacete.

La primera aparición se manifestaba como una anciana vestida de negro con ropajes antiguos y una toquilla de encaje que le cubría la cabeza. Según testimonio inclusive mantenía cierta conversación con el testigo. Este hombre describía que era una mujer afable que siempre saludaba y que le preguntaba qué es lo que el trabajador estaba haciendo allí. Ella, o la aparición en cuestión, le decía que se disponía a ir a misa y desaparecía por los pasillos. Al principio no supuso extraño alguno por parte del albañil que casi lo vio como algo usual creyendo que era una persona que vivía allí o tal vez que se había colado por algún sitio, hasta que preguntó a sus superiores y estos asombrados le dijeron que nadie albergaba la casa en obras y que desde luego nadie pudo entrar.

La segunda aparición quizás más siniestra corresponde a un hombre enjuto, alto y de cara muy pálida. Vestía con ropas antiguas también de color negro u oscuro y usaba un sombrero de ala ancha. Este espectro se presentaba de repente y no emitía sonido ni mediaba la más mínima palabra, solo miraba fijamente con cara de pocos amigos muy desafiante y que invitaba a marcharte de allí presto.

Investigando en algún foro pude encontrar a algunos personajes que vivieron en el palacio como por ejemplo el tutor de los hijos de los condes de Colchado, el profesor Jerónimo Orellana, hijo del ilustre notario Jerónimo Orellana que realizó el testamento del José María "El Tempranillo". Este hombre fue acogido en la familia y según las declaraciones de algún usuario del foro vivió en el palacete hasta su muerte, fue enterrado en el panteón de los condes.

Las torturas sufridas
por santa Eufemia

En el libro de D. Agustín de Tejada y Páez, teólogo de la escuela antequerana-granadina (1567- 1635) *Poesías mitológicas y legendarias,* descubrí un poema singular sobre los supuestos tormentos a los que fue sometida la santa patrona de Antequera, santa Eufemia de Calcedonia —Calcedonia, 289-16 de septiembre 304— venerada como santa mártir por las iglesias católica y ortodoxa.

En este poema se describe cómo fue torturada por tres medios como el de la rueda —santa Catalina—, el del fuego —san Lorenzo—, y por último el de la espada o metal —haciendo referencia a la lanzada de Jesucristo—.

Lo verdaderamente escabroso es que también hallé un estudio sobre la divulgación de mitos, cuya autoría firmada por Jacobo de la Vorágine —arzobispo dominico de Génova— titulado *La leyenda aurea,* donde en uno de sus pasajes denominado *La Passió de la Santa,* describe toda una serie de infortunios o torturas a los que se sometió a la mártir y que según versión de muchos estudiosos está basada en hechos tildados de fantasiosos, exagerados y con poco rigor veraz, por lo que se nos aconseja que no nos los tomemos al pie de la letra. De todas maneras me pareció tan sorprendente y tan poco conocido que me parece de recibo exponer un resumen de las calamidades a las que fue sometida santa Eufemia por defender su ideal religioso y a los que eran mortificados por sus creencias en el cristianismo.

Santa Eufemia nació en Calcedonia —ciudad de Bitinia, provincia de Asia Menor, y que en la actualidad sería Estambul—. Se cuenta que el gobernador procónsul de la ciudad, Prisco el europeo, solía torturar en público a los cristianos para quebrantar su fe y hacer de escarmiento a todo aquel posible seguidor. Santa Eufemia al ver tan dantesco espectáculo monta en cólera y empieza a increpar a los torturadores erigiéndose con su buena palabra como defensora de la bondad de la obra de Jesús —de ahí su nombre que significa en la lengua griega «la que dice cosas buenas»—, acto que la llevó a ser apresada tras ser delatada por algún espectador del gentío. En esos instantes fue fuertemente golpeada hasta que su nariz y boca sangraran pero ni por esas lograron amedrentarla, comenzando así su peculiar calvario al hacer enojar sobremanera al procónsul.

Las fallidas supuestas torturas

Actos y violencia sexual forzados

Según *La Passió* de Jacobo de la Vorágine, una vez encarcelada y en esa misma noche donde es prendida ya en su celda, Prisco intenta violarla para abatir su fe y su voluntad. Pero he aquí que cuando ya santa Eufemia no puede defenderse más y a punto de ser ultrajada por el procónsul, siente este la mano paralizada y temiendo que sea alguna brujería se retira por el momento.

En otra ocasión manda a un grupo de jóvenes libertinos entrar a la celda con órdenes de violarla sistemáticamente, someterla a vejaciones y sodomía. Pero estos no pueden infringirle ningún daño al ser defendida por una fuerza sobrenatural que los hace entrar en pánico y querer huir de la celda.

El procónsul preso de la ira por no poder hacer daño a la santa, manda colgarla del cabello en el techo y hacer pender sobre ella piedras que la aplastasen cuando cediera en su suplicio. Pero según la leyenda aguanto estoica una semana y las piedras se fundieron en el techo como si fueran pegadas.

La rueda del fuego

Cuenta la leyenda de Jacobo de la Vorágine que Prisco el procónsul manda hacer martirio y dar muerte a santa Eufemia por medio de una rueda donde es atada desnuda, haciéndola pasar por fuego que terminaría braseando su cuerpo. Pero por error de los verdugos misteriosamente queman al torturador. La familia de este entra en cólera y queman arrojando directamente en la hoguera con la rueda inclusive a la santa que una vez más sale ilesa de las llamas y el gentío estupefacto puede contemplar como todo es consumido por el fuego menos el cuerpo desnudo de santa Eufemia. Se intenta decapitar a espada y desmembrarla con sierra pero tampoco el metal consigue hacer nada para darle muerte. Prisco no da crédito a sus ojos y cree encarecidamente que la mártir está protegida por encantamientos y brujería. Se dice que sus torturadores y verdugo se convirtieron al cristianismo y murieron mártires al ver tales prodigios.

El foro de las fieras

Prisco ya no tiene más recurso que mandar arrojarla al foro del teatro para que fuera devorada por leones, que sorprendentemente en vez de atacarla se disponen en torno a ella mansos y serviciales. En esto que la santa manda a uno de los leones arrancarle el brazo y este sumiso acata la orden, cuando cae al suelo desangrándose es momento de que el verdugo acabe con la vida de santa Eufemia a mano de su espada. Su cuerpo fue debidamente enterrado por cristianos devotos y por centenares de paganos que tras ver toda clase de actos milagrosos de la mártir se convirtieron.

Podemos encontrarnos muchas teorías de distintos autores como Asterio, obispo de Amasea o el hagiógrafo Tillemont que son más partidarios de no ser tan fantasiosos como Jacobo de la Vorágine y de no dar pábulo a tales fábulas.

En varios aspectos sí parecen coincidir casi todos los eruditos, santa Eufemia existió y su vida fue consagrada a la virginidad, y efectivamente fue martirizada quemada en la hoguera.

Los artistas del mal fario

Sirva como apunte anecdótico dentro de mi compilación de hechos que originaron superstición dentro de la tradición popular en este blog, la afirmación de ancianos que aseguraban haber oído hablar en su niñez de sus mayores, que en los primeros años del albor del siglo XX hasta mediados del mismo —época de hambre y miseria o pobreza después de la guerra civil o la anterior crisis española de 1917—, ciertos grupos de artistas itinerantes deambulaban por los pueblos y aldeas ofreciendo espectáculos clásicos, como pudieran ser por ejemplo los trompetistas gitanos y la cabra que podía sostenerse hasta en un tapón de botella amenizando con su música a los viandantes. Pues bien, se decía que la aparición de estos y su presencia en las plazas y calles presagiaba una época de hambruna o escasez económica y de bienes para la localidad en cuestión. No sé si detrás de tal afirmación pudiera existir cierta inquina hacia estos entretenimientos que forman parte de la idiosincrasia y antigua cultura gitana. En algunos lugares como Cádiz también se cuenta que los gitanos utilizaban los cristales de un espejo que rompían para luego pisarlos descalzos o recostarse sobre ellos como si fueran faquires. Dando si cabe más sentido aún a la posible supuesta mala fortuna que pudiera traer el hecho de romper espejos.

De igual manera aunque no he podido constatar el hecho con documentos o pruebas que den cierta veracidad al caso, se cuenta como leyenda en la tradición oral que existían pequeños circos itinerantes o barracas que albergaban personajes pícaros que robaban en las aldeas mientras sus compañeros hacían labores de divertimento refugiándose después en él. Es posible que estos ladrones no tuvieran nada que ver con el espectáculo y lo utilizaran como pantalla de distracción sobre las gentes.

Quizás esta mala fama injusta fuera desmesurada en aquella época y llevada a la exageración. Pero la vida de estas gentes nómadas, en libertad y actitud bohemia no era aprobada en aquella sociedad y posiblemente no ayudara a mejorar su mala impresión de titiriteros, payasos o saltimbanquis.

Los tres avisos

En 1607 un miembro perteneciente a la hidalguía, antiguo vasallo de los grandes magnates de Antequera y administrador de sus propiedades, D. Tomás de Santiesteban, deambulaba por las oscuras calles en busca de los placeres carnales que pudieran ofrecerle sus amantes. De pronto su caminar cesó repentinamente al oír una voz sepulcral que le instaba a abandonar el camino de la lujuria o perdición. Nuestro personaje escrutó por todos lados y rincones de aquel lugar —que según fuentes determinan su emplazamiento donde actualmente se halla el pequeño jardín de la plaza de las Descalzas— para ver cuál era el origen, de dónde provenía aquella voz, incluso se cuenta que escaló muros de viviendas aledañas para ver si alguien se escondía para sorprenderle y no halló alma alguna. Los hechos se repitieron noche tras noche hasta una tercera donde Tomas de Santiesteban oía el mismo mensaje de ultratumba que le instaba a abandonar su pecaminosa pasión. De todas maneras no hizo caso alguno a los extraños avisos que se le presentaban cada noche y siguió en su afán por acudir a sus experiencias carnales y viciosas desafiando al destino. Un destino aciago que le reserva la muerte, al atravesarse en su caminar una sombra oscura que le apuñala y le arrebata su vida.

Tomas de Santiesteban era un personaje rico y popular entre las gentes de la época, noble sin título y descendiente de renegados de la religión judía o también llamados judeoconversos. Su tendencia era a ser un personaje promiscuo y nada leal a las normas o ética, pendenciero de una integridad moral bastante baja. Mostraba poco respeto por las leyes siendo bastante desenfrenado a la hora de obrar y hablar. Se cree que pudiera tener en propiedad una casa solariega en la zona de la cuesta de Barbacanas.

Todavía podemos encontrar en Antequera calle y hornacina con un cristo en honor a esta leyenda bajo su mismo nombre, la calle y el Cristo del Señor de los Avisos.

Se cuenta que en el momento de su misterioso asesinato, sonaba el órgano y las voces de las monjas que procedían del convento de las Descalzas «las místicas esposas de Cristo». Era el más triste cántico de la iglesia. De *Profundis clamavi ad te, domine.*

Mis agradecimientos a Juan Campos Rodríguez del grupo de investigación y divulgación *Cosas Antequeranas que se han perdido con el paso del tiempo.*

Versión de la leyenda de D. Trinidad de Rojas.

No rompas esta cadena

Mucho antes del *marketing* viral, *spam*, *fakes* y de los ataques de correos virtuales masivos, más o menos perniciosos de toda índole que se fomentan en nuestros días en plena era tecnológica, existían, y muchos recordarán, como antesala o precursor, aquellas cadenas de mensajes en correo postal ordinario, que se mandaban a múltiples destinatarios en modo piramidal con la duplicación de las mismas como copias realizadas a mano o fotocopias que debía realizar y hacer entrega a otras personas el receptor de la misma.

Una carta que instaba a seguir su entramado y divulgación bajo precepto de sufrir como castigo si no se realizaba, toda una serie de infortunios que llegaban inclusive hasta la muerte.

Los mensajes de estas cartas eran variopintos pero todos tenían un denominador común que era asegurarse de que el receptor cumpliera los requisitos de la misma con historias de chantaje emocional o motivo religioso apelando a la superstición y a la mala suerte.

Posiblemente hoy nos resulte un tanto jocoso y nos tomemos tal asunto a broma, pero en la década de los años 70 y 80 en nuestros pueblos fueron bastante populares y temidas. Tal era el respeto que se les tenía que existen testimonios de víctimas de tan insólita carta que no sabían cómo actuar frente a tal situación y llevaron al párroco de una iglesia la carta para ver qué era lo moralmente correcto para hacer en tal caso. No cabe la menor duda que el sacerdote rompió esa carta en presencia del asustado feligrés que pudo marchar en paz. Estas quizás eran las más representativas y son denominadas como mensajes de cadena de oración por carta o nota, que si bien eran de índole católica, no son sino burda superstición.

En principio —y digo en principio porque podemos encontrar en la antigüedad hechos que bien pudieron inspirar el tema como señalaré más adelante— nos tenemos que remontar al año 1919 donde el norteamericano y emigrante italiano Carlo Ponzi supuestamente diseño un plan para ganar dinero a base de mandar 10 cartas a distintos destinatarios con una moneda dentro incluyéndose su nombre y dirección en una lista sugerida de envíos en todas ellas. Lo que pasó a denominarse *el esquema Ponzi* de mensajes encadenados. Muchos son los que dudan de que este personaje fuera el creador de tal sistema, aunque su fama de estafador le precedía.

En 1935 y 1936 en EEUU la moda de las cadenas de mensajes alcanzaron un grado de histeria colectiva que inclusive el departamento de correos tuvo que intervenir para frenar tal oleada irracional y sin sentido.

Para remontarnos a los orígenes de tal hecho podemos encontrar en la Edad Media lo que se conocían como *cartas divinas* que tenían la facultad de interceder por las personas. En *El libro de los muertos* egipcio podremos encontrar un meme que otorgaba la vida eterna y resurrección a todo aquel que copiase la tumba e inclusive en el *Apocalipsis* 22-19 podremos encontrar reminiscencias: «*Y si alguno quita de las palabras del libro de esta profecía, quitará Dios su parte del árbol de la vida*».

Un ente maligno

A mediados de los 80 cuando todavía no estaba urbanizada la zona de la Quinta y solo existían campo, explanada y cerro, a las espaldas y en la base del mismo, se encontraba una casa muy aislada por aquel entonces de la urbe o más concretamente de la Cruz Blanca. Cerca de esta casa siempre había aparcado medio abandonado un viejo camión clásico posiblemente de los años 20, propiedad de transportistas más conocidos en Antequera como "Los Campitos". Era una casa ubicada al final de un camino no asfaltado, sin apenas iluminación urbana y rodeada de olivos a los pies del cerro de san Joaquín. Cuando caía la noche sus habitantes estaban aislados por la oscuridad del entorno, intentaban no salir de la casa por la noche por todos los medios cerrando todas las puertas por su seguridad.

En aquella casa vivían bajo alquiler algunas de las personas que conformaban uno de los primigenios grupos amateur de parasicología y esoterismo —el único que recuerdo o me consta en Antequera—. Algunos miembros de dicho grupo pretendieron una noche grabar posibles psicofonías dejando oculto en los muros del cementerio, un viejo radiocasete de la época con grabadora, que dejaron funcionando toda una noche para obtener tales psicofonías. El resultado fue según me consta muy fructífero pero a su vez aterrador, porque al reproducir el contenido de aquel casete en el salón de la casa, pudieron los oyentes apreciar toda una serie de susurros y lamentos provenientes del otro lado. Comentaban que se reunieron una noche encerrándose en el salón de la casa todos juntos, quizás para no pasar tanto miedo con el trance de ser testigos del resultado de la prueba sonora.

El hecho insólito viene a continuación cuando al término de la audición de aquel casete, sus auditores empiezan a notar cómo el ambiente del hogar se enrarecía y se daban fenómenos como fuertes golpes en las paredes. Según una testigo el olor era muy fuerte a azufre y los golpes se trasladaban a las puertas de toda la casa. Muy asustados se agruparon en un viejo sofá de escay encerrándose en el salón y solo se les ocurrió rezar para ahuyentar a lo que fuere que los estuviera instigando. En medio de sus rezos notaron cómo unas manos invisibles arañaban la espalda del sofá produciendo un sonido característico algo perturbador. Fue entonces cuando la anfitriona de la casa empezó a ordenar a voces que aquel supuesto ente, espíritu, o fuerza sobrenatural les dejara en paz y se marchara si no quería nada de ellos. A los pocos instantes toda la fenomenología cesó de inmediato.

¿Qué era aquello que los visitó aquella noche?, ¿por qué les paso aquello? … Incógnitas sin resolver y sin respuesta. Nunca supieron qué fue lo que realmente ocurrió, sí que lo relacionan con el hecho de grabar sonidos de una de las tapias del campo santo como si fuera una actividad que nunca debieron de haber cometido. El tan popular marchamo de respetar siempre el descanso eterno de los muertos. Y desde luego lo que se les presentó en esa noche no parecía tener una naturaleza de bondad. Fuerte sugestión tal vez acompañada de cierta histeria colectiva… cada cual piense lo que quiera.

Algunas personas protagonistas de tal crónica viven en la actualidad según mis fuentes en Málaga capital. La vieja casa sigue en la misma ubicación aunque mucho más arropada por la construcción de la urbanización nueva.

Una apuesta de valor

Supuestamente —y digo esto por ubicar en el tiempo esta leyenda, que se antoja como tantas otras atemporal—, corría el año 1885 bajo reinado de Alfonso XII "El Pacificador" cuando el cólera azotaba a las gentes humildes en tierras de España, padeciendo Antequera un brote de notables proporciones de esta temible enfermedad. Dos caballeros alguaciles o con cualquier cargo funcional dentro de los estamentos de la época acordaron hacer una apuesta para demostrar el mayor valor de uno de ellos, siendo el emplazamiento el recién inaugurado por aquellas fechas cementerio de Antequera, con años de trabajo de construcción en su haber.

La apuesta consistía en asaltar los muros del campo santo y clavar tres estacas en la tierra del mismo invocando, vociferando a gritos las supuestas almas que rondasen por allí.

La noche se presentaba fría para calar hasta los huesos y en el ambiente se respiraba toda la humedad cargada después de haber estado todo el día lloviendo incesantemente. La lluvia cesó y un viento muy fuerte a ráfagas hacía silbar el ramaje de los cipreses y arboleda.

En la hora bruja de la noche, uno de los caballeros salta al interior del patio del cementerio y empieza a clavar las estacas una a una en la tierra, invocando a los espíritus para demostrar su valía. El frío era insoportable y se cubrió con una especie de capa antigua. El miedo le apresaba por momentos y casi sin ninguna iluminación no podía atisbar lo que estaba haciendo en verdad. Por fin terminó su quehacer y aterrorizado se apresuró súbitamente a incorporarse escapando de allí como alma que lleva el Diablo. Pero algo le sujetaba y le impedía su huida, algo que le hizo caer en campo y que le oprimía con su misma capa el cuello. Como una mano del inframundo que le sujetaba la capa. El pánico se apoderó de su alma. Pensó que los muertos le reclamaban el pago de su vida por quebrantar su descanso eterno con tal broma. Se levantó y volvió a caer... pero ya no pudo levantarse más.

A la mañana siguiente al abrir al público el cementerio, los operarios encontraron el cuerpo sin vida de aquel caballero. Ajustada al cuello su capa que había sido fuertemente clavada al suelo por él mismo y que fue vencido por su propio terror siendo este su brutal asesino.

Aunque esta leyenda en un principio la oí siendo un niño en viva voz de mi abuelo, y el desarrollo de la misma situara su emplazamiento en Antequera, se trata de una leyenda adoptada que tiene sus raíces en el levante almeriense tal como afirma la tesis doctoral de Doña Ana María Martínez García, *Cuentos de tradición oral del levante almeriense*. El cuento bajo el título de *La capa negra del cementerio*, narra parecida historia.

Es curioso como en ella se describe la invocación de los muertos de uno de los personajes tal que así:

«¡Tres clavos clavo aquí! ... ¡Vivos y muertos me salgan a mí!...».

Como nota ilustrativa decir que los orígenes del cementerio de Antequera se remontan al año 1829 cuando se ubicó a espaldas del convento de la Trinidad actual, siendo el corregidor D. Fernando Reinoso. Curioso sin duda el hecho de que el proyecto se abandonara a poco de iniciarse las obras.

Bibliografía

- https://malagapedia.wikanda.es/wiki/Antonio_Díaz_Ortega_El_Renegado
- http://sobrenatural.net/blog/2006/07/06/avistamiento-ovni-en-antequera/
- http://www.laopiniondemalaga.es/malaga/2017/05/21/ovnis-malaga-platillos-volantes-visitas/931928.html
- https://www.iaph.es/patrimonio-inmueble-andalucia/frmSimple.do
- http://www.curiosidadesenlared.com/cartas-que-se-envian-en-cadena/
- http://www.fecaza.com/hemeroteca/95-el-rincon-del-federado/1930-la-caza-tradicional-de-perdiz-con-reclamo.html#.WUFgTGjyjIU.
- https://talbanes07.wordpress.com/2010/04/10/leyendas-de-la-campina-moro-el-perro-de-los-entierros-de-fernan-nunez/
- http://mundiumhispanico.blogspot.com.es/2014/07/la-brujeria-y-las-brujas-del-santo.html
- http://www.iglesiapueblonuevo.es/index.php?codigo=historiap0.
- http://agendazalabardo.blogspot.com.es/2014/03/estar-alinao.html.ç
- https://angeologia.es.tl/Libro-De-San-Cipriano--k1-Grimorio-Completo-k2-.htm.

- http://www.patronadeantequera.com/marinaalonso/marinaalonso_ie.htm.
- http://malagaysushistorias.blogspot.com.es/2012/02/historis-cronicas-y-leyendas-malaguenas.html
- http://calatayud1497222.blogspot.com.es/2016/02/de-la-esperanza-al-sometimiento_8.html
- http:// eutimius.blogspot.com.es/2008/08/el-convento-de-la-magdalena-de-los.html.
- http://las4esquinas.com/los-fantasmas-del-valle-de-abdalajis/
- www.malagahoy.es/ocio/Antequera-tierras-leyendas-0-209679701.html.
- http:www.malagahoy.es/ocio/Antequera-tierra-leyendas-0-209679701 HTML de Malagahoy Mar García 30 nov 2008.

- "La revista Española" periódico edición del 17 de Agosto 1835.
- "Tradición Antequerana" Poesías de Trinidad de Rojas.
- "El polémico dialecto Andaluz" José María de Mena.
- "Vocabulario popular Malagueño" Juan Cepas.
- "Vocabulario Andaluz" Antonio Alcalá Venceslada.
- "Tradición Antequerana" Trinidad de Rojas. Las llaves de la plaza.

- Alijo, F. *Antequera en el Siglo XV. El Privilegio de Homicianos.*
- De Tejada, A. *Poesías Completas.* Edición de Jesús M. Morata. Grupo de Estudios Literarios del Siglo De Oro.
- De Tejada, A. *Poesías mitológicas y legendarias.*

- Escalante, J. *El puzle de la historia (Antequera como paradigma).*
- Fernández, C. *Historia de Antequera desde su fundación hasta el año 1800.*
- Lara, E. *Hechiceras y brujas en la literatura Española del siglo de Oro.*
- López, F. *Poética de la Frontera Andaluza (Antequera 1424).*
- López, O. *Ciudad de Ángeles: historia del cementerio de la Recoleta.*
- Martínez, A. M. *Cuentos de transmisión oral del Levante Almeriense.*
- Melero, M. A. En su blog *De la Esperanza al Sometimiento: República, Guerra y franquismo en Andalucía.*
- Plan General de organización urbanística Antequera. Excmo. Ayuntamiento de Antequera.
- Revista de Folklore. Extraído de https://dialnet.unirioja.es/servlet/revista?codigo=2246
- Sánchez, J. L. *Antequera, Antequera recuerdos de anteayer.*
- Semboloni, L. (2004). *De Villa en villa, sin Dios ni Santa María. LIV (2).* Historia Mexicana, Cacería de brujas en Coahuila, 1748-1751.

Ramón López Reina nació en Antequera el 28 de Julio 1974. Cursó estudios técnicos en el Centro de Formación Profesional San Francisco Javier La Salle (Virlecha). Es un apasionado de la escritura en prensa Local. Colaboró con sus artículos en medios de información como: *El Sol de Antequera, El Periódico de las Comarcas, Revista Zona y Revista Antequera es*.

También en Radio realizo distintas colaboraciones para *Top Music FM* y *Radio Torcal*, concretamente para los programas *Las 4 Esquinas Magazine* y el programa de misterio *Los Ojos de la Luna*, donde se aprecia su afición por los temas ocultos y enigmáticos. Investigador amateur realiza por último el blog: *Misterios de Antequera, leyendas, mitos y superstición* donde recopila aquellos casos más insólitos de Antequera y comarca. Obteniendo sorprendentemente gran aceptación y éxito que le lleva a editar su primer libro.

Sommario

NUTRACEUTICA (o NUTRICEUTICA), una nuova scienza

Sin dall'antichità l'uomo ha rivolto particolare attenzione all'alimentazione attribuendo ad essa proprietà salutistiche e medicamentose; in molte civiltà il cibo - o almeno alcuni alimenti - era considerato come una medicina.

"...le differenze nelle malattie dipendono dall'alimentazione"
Ippocrate (460-377 a.C.)

Nel Papiro di Ebres *(una sorta di Enciclopedia medica, 1534 a.C.)*, si menziona la pianta dell'aglio come rimedio per curare disturbi cardiocircolatori, parassitosi ed infezioni.

Gli Egizi utilizzavano anche una bevanda a base di cicoria tostata per i disturbi gastrointestinali; la cicoria viene anche citata in Aristofane, Orazio, Ovidio e Plinio il Vecchio *(Storia naturale)* [1].

Era inoltre di comune utilizzo in tutta l'area mediterranea l'olio di oliva considerato come sostanza benefica per l'organismo.

In Oriente si attribuivano proprietà medicamentose al tè, in particolare quello verde.

La scienza ha poi confermato le caratteristiche funzionali di questi alimenti come di molti altri.

Ad esempio individuando:

> ➢ Nell'aglio la presenza di sostanze idro e lipo-solubili in grado di contribuire a prevenire malattie degenerative, in particolare del solfuro di allile, antiossidante e battericida;
> ➢ Nella radice di cicoria l'inulina e gli oligosaccaridi, (zuccheri che possono avere funzione positiva sui batteri intestinali benefici);
> ➢ Nel tè verde i flavonoidi antiossidanti;
> ➢ Nell'olio d'oliva acidi grassi benefici.

Alcune delle caratteristiche benefiche degli alimenti sono poi entrate nelle conoscenze condivise, come la vitamina C degli agrumi, il potassio delle banane, il betacarotene delle carote e in genere dei frutti arancioni [2].

Nella cultura cinese la dieta, o regime alimentare quotidiano, è stata fin dall'antichità considerata fondamentale per la prevenzione ed il trattamento delle malattie croniche; si pensava che alimenti e farmaci derivassero da un'unica fonte.
Nella Medicina Tradizionale Cinese, cibi dotati di effetti sia preventivi che curativi sono descritti già dal 1000 A.C. e nel libro di medicina *"Shinongbochokyung"* erano consigliati ad uso terapeutico 365 tipi di differenti piante, animali e minerali, suddivisi in classi.
Per la cura delle patologie croniche erano inclusi anche alimenti di uso comune come riso, grano, sesamo, zenzero e porri [3].

Fino ad alcuni anni fa lo studio e l'analisi degli alimenti era limitata al solo valore nutrizionale; recentemente la ricerca si è indirizzata verso lo studio di altri fattori presenti negli alimenti - oltre ai classici nutrienti - che possono svolgere un ruolo fondamentale sia punto di vista nutrizionale che per la loro influenza sulla salute, i Nutraceuti.

Il termine **Nutraceutica** deriva dalla contrazione delle parole ***nutrizione e farmaceutica*** ed è stato creato nel 1989 dal Dott. **Stephen De Felice**, fondatore della *Foundation for Innovation in Medicine*.
La Nutraceutica - secondo la sua definizione - si riferisce ad *"ogni cibo o parte di esso che apporta benefici da un punto di vista medico o sulla salute dell'organismo, inclusa la prevenzione e/o il trattamento della malattia"* [4].

Un Nutraceutico è un alimento salutare o **"alimento-farmaco"** (*il suffisso "ceutico" sta ad indicare una funzione benefica sulla salute umana*) che associa alle sue caratteristiche nutrizionali le proprietà funzionali e salutari di altri suoi componenti.

Con tale termine si indicano sia le **proprietà nutritive, che le capacità terapeutiche del cibo.**

Il suo utilizzo nell'alimentazione in modo adeguato contribuisce alla prevenzione cosiddetta pro-attiva.

Ogni alimento ha la sua proprietà "Nutraceutica".

Si può dunque preservare la propria salute semplicemente mangiando ...."bene"!

Il consumo regolare di frutta e verdura fornisce la maggior parte degli elementi necessari al normale sviluppo e al mantenimento in buona salute dell'organismo. Numerose ricerche collegano questi alimenti ad un diminuito rischio di patologie croniche.

Tra i circa 30.000 fitocomponenti identificati nei vegetali, tra i 5.000 e i 10.000 sono presenti negli alimenti vegetali di uso comune.

È raccomandato da molte parti e in alcuni Paesi anche con pubblicità capillare di assumere almeno cinque porzioni al giorno di frutta e verdura. Ciò garantirebbe una quota notevole di fitocomponenti Nutraceutici [5].

(ad esempio: nella capitale francese, per le strade e nei metrò, vi sono cartelloni pubblicitari che ricordano questa regola di salute sia sotto forma di messaggio unico, sia come "sottotitolo" a pubblicità di altri cibi meno salutari).

Una dieta varia ed equilibrata consente di introdurre i principali Nutraceuti necessari per il buon funzionamento ed il benessere generale della persona.

E' da sottolineare come i vari Nutrienti e i diversi principi Nutraceutici si combinano e si integrano negli alimenti in modo unico *e quindi chimicamente non replicabile.*

Alimenti Funzionali e Nutraceutici

Secondo alcuni Autori **si dovrebbe distinguere fra Nutraceutico ed Alimento funzionale** -"Functional food" o "Pharma food"-: il <u>primo</u> indicherebbe una specifica sostanza con certe qualità terapeutiche estratta dagli alimenti, impiegata da sola o in miscela nella produzione di integratori alimentari o di alimenti funzionali, mentre l'<u>Alimento funzionale</u> sarebbe un cibo vero e proprio (anche addizionato) che esplica i suoi benefici attraverso la sua presenza nella quotidiana dieta alimentare [6, 7, 8, 9].

In altre fonti troviamo come i due termini e relativi concetti siano usati come sinonimi.

In tal caso i Nutraceuti sono considerati come *sostanze alimentari dalle comprovate caratteristiche benefiche e protettive nei confronti della salute sia fisica che psicologica dell'individuo* [10].

Vari cibi contengono numerose sostanze Nutraceutiche: un esempio sono i **cosiddetti "Protonutrienti"** (come le alghe) nei quali vi sono numerosi principi nutritivi quali Aminoacidi, Acidi grassi essenziali, Antiossidanti, Sali minerali, Vitamine, etc.

I **Nutraceutici sono sostanze biologiche,** solitamente concentrate, contenute in molti alimenti, per lo più vegetali.

La scienza della Nutraceutica è un nuovo campo di studio e ricerca, in cui -come vedremo- gli studi più approfonditi provengono dal Giappone, Paese che già da tempo ha una sua legislazione in materia; da qui l'interesse si è diffuso, in una fase iniziale, soprattutto in Usa e Inghilterra.

Nel dibattito sull'esatto significato della terminologia da utilizzare si inserisce l'articolata (ed in parte originale) definizione di **Kalra** che considera:

Functional food i *cibi preparati usando "intelligenza scientifica" con o senza la conoscenza di come o perché si stanno usando; questi cibi riforniscono l'organismo della necessaria quantità di vitamine grassi proteine, carboidrati, etc., per la salutare sopravvivenza.*

Nutraceuticals *sono dei cibi funzionali che aiutano nella prevenzione e/o nel trattamento di malattie o disordini (tranne l'anemia)* [11].

Sembra da tale definizione che l'anemia determini la distinzione tra i due termini....

Un cibo può essere "funzionale" per un consumatore, ma non per un altro.

Secondo altri Autori, un cibo funzionale somiglia o può essere un cibo convenzionale che, consumato come *parte di una dieta non abituale* svolge effetti riconosciuti come benefici a livello fisiologico e/o riduce il rischio di malattie croniche oltre le funzioni nutrizionali di base.

In tale caso si può parlare in termini generali di un cibo che va oltre la semplice nutrizione, in quanto comporta effetti addizionali per il consumatore [8].

Esistono anche cibi ai quali sono aggiunte specifiche sostanze Nutraceutiche, in modo da renderli funzionali al mantenimento o al ristabilimento della salute **(cibi arricchiti).**

➢ DEFINIZIONI

Forniamo qui di seguito alcune definizioni, evidenziando che, purtroppo, rispecchiano la scarsa chiarezza concettuale e l'assenza di un riferimento legislativo sia nazionale che europeo.

Nutraceuticals: another term for functional food

Functional food: food that has substances that are good for your health specially added to it
(Oxford English Dictionary)

Nutraceuticals: a food or natural substance that contains or is supplemented with ingredients purported to have health benefits *(thefreedictionary.com)*

Nutraceutico: si dice di sostanza presente in un alimento, in grado di influenzare positivamente una o più funzioni dell'organismo; anche, del prodotto alimentare che la contiene.

Nutraceutica: scienza che propone di consumare alimenti con proprietà terapeutiche per ridurre l'assunzione di farmaci
Nutraceutical: Nutraceutico (m.) (alimento ricco di sostanze nutritive).
http://www.garzantilinguistica.it

Nutraceutico; Neologismi (2008)
Sostanza nutritiva arricchita da principi attivi, di origine perlopiù vegetale....
"...... afferma Carlo Fideghelli, direttore dell'Istituto sperimentale per la frutticoltura di Roma – per le colture di domani si stanno tenendo in particolare conto i requisiti gustativi delle nuove varietà e se ne studia il patrimonio

genetico per *"arricchire i frutti di Nutraceutici, sostanze nutritive ad azione farmacologica come l'acido clorogenico, i flavonoidi, gli antociani, ad azione antitumorale"* [12].

......

V. anche cibo funzionale, functional food.
http://www.treccani.it/vocabolario/Nutraceutico_(Neologismi)/

Nutriceutico (o Nutraceutico): sostanza alimentare che agisce positivamente sulle funzioni fisiologiche dell'organismo, favorendone il benessere e contrastando i processi degenerativi. I n. sono sostanze, estratte da alimenti od ottenute per mezzo di biotecnologie, che hanno dimostrato effetti preventivi (antiossidanti, immunostimolanti, protettivi, ecc.). <u>Sono spesso considerati n. anche gli alimenti stessi che li contengono o gli alimenti addizionati con n., detti alimenti funzionali (functional foods).</u> Tra i n. più noti vi sono gli acidi grassi omega-3, alcuni ceppi batterici (→ probiotico), il licopene, le vitamine, i coenzimi, alcuni amminoacidi (arginina, metionina), ecc.
http://www.treccani.it/enciclopedia/nutriceutico_(Dizionario-di-Medicina)/, 2010 (sottolineatura dell'A.)

In conclusione, secondo **la letteratura in materia e la legislazione,** peraltro ancora abbastanza imprecisa e differente a seconda dei Paesi, **come Nutraceutici si possono identificare sia alimenti integri, sia specifici componenti di alimenti** che, per le loro proprietà funzionali, possono essere impiegati da soli o in miscela nella produzione di integratori alimentari o di alimenti funzionali.

In questo ultimo caso i costituenti di un alimento possono essere assunti a concentrazioni superiori a quelle ottenibili con la dieta, con funzioni anche al di là di quella nutritiva (integratori).

I Nutraceuti comunque non devono essere confusi con gli integratori alimentari in senso stretto, in quanto sono sostanze biologiche già contenute negli alimenti o aggiunte ad essi durante la lavorazione industriale, che interagiscono con delle funzioni fisiologiche; la loro assunzione avviene normalmente attraverso una dieta equilibrata che ha il vantaggio di contenerli nella loro naturale combinazione con altri nutrienti, specifica per ogni tipo di alimento.

➤ DI QUALE CIBO PARLIAMO?

Novel foods o cibi nuovi: cibi o ingredienti di cibi non utilizzati in quantità significative per abituale consumo o prodotti con procedimenti che comportano una significativa modificazione nella loro composizione o nel valore nutrizionale o ancora nell'utilizzo previsto.
Per il Regolamento CE 258/1997, in vigore dal 15 maggio 1997, i Novel Foods sono alimenti o ingredienti non commercializzati o non usati nella CE prima del 15 maggio 1997.
Quella dei Novel Food è una categoria eterogenea in relazione alla novità proposta; l'unico denominatore comune è rappresentato dalla mancanza di storia di consumo. Il regolamento è stato introdotto per accertare la sicurezza di nuove sostanze proponibili come alimenti o ingredienti alimentari [13].
La norma sui novel foods è finalizzata ad accertare solo la sicurezza dei prodotti, mentre la rivendicazione degli effetti fisiologici o delle proprietà salutistiche passa attraverso l'applicazione del Regolamento 1924/2006 sui claims (descrizione degli effetti del cibo).

Esempi di decisioni favorevoli sui Novel Food

- Polpa disidratata del frutto del Baobab;
- Bevande di riso addizionate di fitosteroli e fitostanoli;
- Acido linoleico coniugato CLA come ingrediente;
- Preparati a base di frutta prodotti mediante pastorizzazione ad alta pressione (8 Kbar per 6 min. a 20°C invece che 85°C per 10 min.);
- Succo di noni (frutto di Morinda citrifolia): i dati disponibili depongono per l'accettabilità del succo, ma non per particolari effetti benefici, superiori a quelli di altri succhi di frutta;
- Licopene: preparati da varie fonti come nuovi ingredienti;
- Semi di chia (Salvia hispanica L.) per la panificazione;
- Olio di Echium: deriva dal Plantagineum echium (Borraginaceae), è simile a quello di borragine e alternativo all'olio di pesce.

Cibi arricchiti o fortificati: sono cibi manipolati industrialmente, cui vengono aggiunti dei componenti, aumentati quelli che già essi possiedono, aumentata la loro biodisponibilità o, infine, eliminate sostanze potenzialmente dannose [14].

Un procedimento di quest'ultimo tipo, facente parte delle usanze tradizionali, è quello di mettere in ammollo in acqua calda e leggermente acida per almeno 12 ore i legumi e i cereali integrali secchi per neutralizzare una parte dell'acido fitico in essi contenuto.

Eguale procedimento si segue per alcuni tipi di frutta secca oleosa, come le mandorle, con l'ulteriore effetto di aumentare la biodisponibilità di alcuni nutrienti benefici [15].

Un cibo *"recuperato"* può considerarsi la frutta dolce essiccata, che, messa in acqua, riprende non solo morbidezza, ma anche parte delle proprietà del frutto fresco.

Cibi designer: nel 1989 il National Cancer Institute ha creato questa definizione per indicare cibi che naturalmente contengono o sono arricchiti da sostanze che prevengono il cancro, come i fitochimici.

Cibi medici: in Usa la FDA ha stilato una classificazione legale di cibi speciali da usare esclusivamente sotto controllo medico per sopperire a richieste nutrizionali in specifiche condizioni mediche.
Essi si riferiscono a formulazioni utilizzate per la nutrizione di pazienti ospedalizzati affetti da gravi e rare malattie.
Tuttavia alcune "derivazioni" di queste formule hanno iniziato ad essere vendute al pubblico, soprattutto agli anziani, come fonte di nutrimento supplementare.

Integratori naturali: ci riferiamo a quegli integratori i cui componenti sono sostanze di origine vegetale estratte dalle piante, concentrate o potenziate con procedimenti chimico-industriali.
E' da considerare l'eventuale aggiunta di eccipienti e la loro composizione.

Superfoods: una definizione che proviene anch'essa dal mondo anglosassone e riguarda uno specifico tipo di integratori. Essi sono costituiti dall'alimento intero -di solito vegetale- sottoposto a disidratazione e ridotto in polvere, in modo che se ne possano assumere quantità molto maggiori rispetto all'alimento di provenienza. Sono da preferire quelli provenienti da coltivazioni biologiche e sottoposti a procedimenti controllati per quanto riguarda la temperatura e gli altri processi di produzione. Solo in tal caso sarà conservata la maggior parte dei nutrienti originari.

Fitochimici/Fitonutrienti: componenti di origine vegetale che hanno proprietà benefiche per la salute. Di solito venduti nelle erboristerie o nei negozi di alimenti biologici e naturali.
Per fitocomplessi si intendono tutte le sostanze presenti all'interno della pianta che agiscono in sinergia con il principio attivo [16].

> **CENTRI di RICERCA e STUDIO**

Recentemente all'Università di Pisa è stato creato il Centro interdipartimentale di ricerca *Nutrafood - Nutraceutica e alimentazione per la salute* di cui è Direttore dal 2013 la prof.ssa Manuela **Giovannetti** (di cui riportiamo le parole sotto in corsivo).
L'obiettivo del Centro è di coordinare e svolgere ricerche interdisciplinari in cui far convergere conoscenze provenienti da varie scienze quali biologia, chimica e medicina sulle proprietà Nutraceutiche del cibo, con specifico riferimento alle sostanze che - presenti negli alimenti integri o considerate come singoli fattori estratti dagli stessi - possono svolgere un effetto preventivo e/o curativo di patologie.

"La Nutraceutica è un nuovo campo di studio riguardante le molecole contenute nei cibi, animali e vegetali, che hanno valenza salutistica.

E' elemento basilare della catena alimentare.

*Il settore è quello **della filiera** di produzione del cibo, dalla trasformazione alla tracciabilità, fino all'utilizzazione nella prevenzione delle malattie e cura delle disfunzioni umane ed animali. Poiché la Nutraceutica <u>è una scienza interdisciplinare</u>, le molteplici competenze presenti nel Centro assicurano la possibilità di sviluppare progetti di ricerca a 360 gradi: dalla produzione del cibo alla sua caratterizzazione nei laboratori biologici, farmaceutici e medici, fino alla sua valutazione preclinica e clinica".*

Una precisazione interessante riguarda l'importanza della provenienza del cibo:

"Per quanto riguarda la produzione alimentare primaria, dobbiamo occuparci di valorizzare i prodotti che coltiviamo, sottolineando che la prima condizione per ottenere cibo sano e ad alto valore salutistico è rappresentata da un ambiente sano e di alta qualità – suolo, acqua, aria."

In Europa **Horizon 2020** è il nuovo Programma del sistema di finanziamento integrato destinato alle attività di ricerca della Commissione europea che comprende 3 pilastri relativi alle scienze, tecnologie e società/ambiente con particolare attenzione - per quello che qui ci interessa - ai temi della salute e benessere, sicurezza del cibo, sostenibilità dell'agricoltura, bio-economia.

"Stiamo finalmente superando il produttivo che ha fatto grande uso di fertilizzanti chimici, pesticidi, erbicidi, alcuni dei quali molto nocivi per la salute umana, e dovremo mettere a punto nuovi sistemi per la produzione di cibo di elevato valore

salutistico e che possa, per le sue caratteristiche, avere anche un elevato valore di mercato." [17].

*** *** ***

Il 6 e 7 Giugno 2014 si è tenuto al *Palacongressi di Rimini* il 2° Forum nazionale su:
"Nutraceutici e alimenti funzionali in medicina preventiva: limiti e indicazioni" [18].

*** *** ***

A Napoli la scorsa estate è stato istituito il primo corso di laurea in *Scienze Nutraceutiche*, nell'ambito del Dipartimento di Farmacia dell'Università Federico II.

Il Nutraceutico *".....alimento-farmaco avente proprietà curative proprie di principi attivi naturali di riconosciuta efficacia può trovare la sua massima accezione nel concetto "beyond diet, befor drug" ovvero oltre la dieta ma prima del necessario uso del farmaco..* - così afferma Ettore Novellino, Direttore del Dipartimento-.

Gli alimenti medicali, gli integratori alimentari e i Nutraceutici sono l'evoluzione del nuovo approccio globale alla prevenzione e al trattamento delle patologie correlate spesso ad un errato comportamento alimentare..." [19].

*** *** ***

Riassumendo le opinioni presenti tra i vari Autori ci troviamo di fronte ad almeno due possibili definizioni del termine Nutraceuti:

- Nutraceuti intesi come molecole o composti contenuti negli alimenti (che perciò sono alimenti funzionali) dotati di principi attivi cui si riconoscono effetti positivi - preventivi o curativi - sulla salute. Tali effetti sono riconducibili anche all'assunzione dell'alimento integro in quanto tutte le sostanze in esso contenute concorrono a determinare le caratteristiche e gli effetti specifici del singolo alimento (secondo la relazione che lega ogni parte al tutto, facendone qualcosa di valore diverso e maggiore della semplice somma delle parti).

- Nutraceuti intesi come categoria specifica di integratori. Le sostanze cui è riconosciuto effetto salutare sono estratte dall'alimento che le contiene, talora modificate, potenziate o private di eventuali molecole dannose; infine confezionate in compresse, capsule, tinture, macerati, polveri.

In questo lavoro abbiamo descritto:

- Alcuni Nutraceuti principali intesi come composti funzionali biologicamente attivi all'interno dell'alimento che li contiene, ai quali è riconosciuta un'azione positiva sulla salute con efficacia di prevenzione e/o terapia.
- Alcuni Cibi funzionali suddivisi a seconda delle loro prevalenti caratteristiche nutrizionali. Di essi sono stati elencati i principali nutraceuti e nutrienti.
- Lo stato della legislazione extraeuropea (Giappone, USA) e di quella europea sui cibi funzionali, le definizioni di alcune Istituzioni operanti nel campo

della nutrizione, i Progetti avviati in campo europeo e le possibili linee di sviluppo della scienza nel campo della nutrizione

- Nelle conclusioni riprendiamo il concetto di cibo funzionale alla luce di quanto esposto per allargarlo e approfondirlo con il contributo di altri Autori; evidenziamo alcune delle implicazioni politico-economiche, etico-ambientali e di salute-benessere che, a vari livelli, influenzano le nostre scelte alimentari. Per arrivare a delineare una possibile cornice entro la quale costruire il nostro benessere, a partire da una salutare nutrizione.

Bibliografia

(1) Aspetti normativi dei functional foods, in www.unife.it

(2) Jorgelina Di Pasquale-ALIMENTI FUNZIONALI:PROFILI DI CONSUMO E DISPONIBILITÀ A PAGARE ALCUNI PRODOTTI LATTIERO CASEARI ARRICCHITI CON CLA, 2010-Dottorato di ricerca in economia e politica agraria ed alimentare, Università di Bologna, in amsdottorato.unibo.it

(3) Emanuela Leoncini-ALIMENTI FUNZIONALI E COMPONENTI NUTRACEUTICI COME BIOMODULATORI, 2009-Dottorato di ricerca in biochimica, Università di Bologna, in amsdottorato.unibo.it

(4) De Felice, S.L., 2002. FIM Rationale and Proposed Guidelines for the Nutraceutical Research & Education Act-NREA, November 10, 2002. Foundation for Innovation in Medicine. Available at http://www.fimdefelice.org/archives/arc.researchact.html.

(5) Silvana Hrelia, Alimenti Funzionali e Componenti Nutraceutici, Bologna, 2010

Dipartimento di Biochimica "G. Moruzzi", in http://www.arpa.emr.it/cms3/documenti/_cerca_eventi/2010/1003 25alimenti/10-hrelias.pdf

(6) Cesare Sirtori, Nutraceutica attualità e prospettive, IV congresso nazionale SINUT Rimini 6-7-giugno2014, in http://www.riminiinforma.it/Download/EasyCms/Cesare-Sirtori_87967.pdf;

Cesare Sirtori, Arnoldi A. "Introduzione". In Borghi C, Cicero AFG "Nutraceutici e alimenti funzionali in medicina preventiva". © Bononia University Press, 2011; pp 9-14;

http://www.Nutraceuticanews.org/cose-la-Nutraceutica/ .

(7) Rotimi E. Aluko, Functional foods and Nutraceuticals, Food Science Text Series Springer Edition, General Introduction 2012

(8) S.A. El Sohaimy, Functional Foods and Nutraceuticals-Modern Approach to Food Science, in World Applied Sciences Journal 20 (5): 691-708, 2012 -ISSN 1818-4952 - © IDOSI Publications, 2012 -DOI: .5829/idosi.wasj.2012.20.05.66119

(9) Aldo Martelli, INTEGRATORI, ALIMENTI FUNZIONALI, NUTRACEUTICI E NOVEL FOODS, maggio 2011, in

https://www.pharm.unipmn.it/sites/production/files/allegati/incontr
o8.pdf

(10) I Nutraceutici (Sostanze Nutraceutiche e Alimenti funzionali /o
Farmalimenti)
http://www.cpsico.com/Nutraceutici_sostanze_Nutraceutiche_alimenti
_funzionali.htm

(11) Kalra, E.K., , Nutraceuticals--definition and introduction. AAPS
Pharm. Sci., 5: E25, 2003

(12) Roberta Salvadori, Corriere della sera, 8 luglio 2001, p. 27,
economia.

(13) Aldo Martelli, Integratori, alimenti funzionali, Nutraceutici e novel
foods, 2011, in

https://www.pharm.unipmn.it/sites/production/files/allegati/incontr
o8.pdf

(14) Ruth DeBusk, PhD, RD Cibi Funzionali - Traduzione a cura di
Serena Corallini e Luciana Baroni, in IVD Vol 7, n. 3, Spring 1998

http://www.andrews.edu/NUFS/functionalfoods.html

(15) Semi e frutta secca, in

 http://riccamente.blogspot.com/2012/03/semi-e-frutta-secca-meglio-
se-in.html

(16) D. Misuratti, G. Bertagna. G.A.Morina, Fitoterapia applicata alle
scienze naturopatiche, EbookMorinaEditore

(17) http://www.unipi.it/index.php/tutte-le-news/item/3097-
%C3%A8-nato-il-centro-di-ricerca-Nutraceutica-e-alimentazione-per-la-
salute

(18) http://www.riminiinforma.it/

(19) http://www.scienze-ricerche.it/?p=601

NUTRACEUTICA NUTRIGENOMICA ED EPIGENETICA.

La Nutraceutica può essere definita come la scienza che studia le molecole che presentano principi attivi benefici per la salute, contenute in piante, animali, minerali e microrganismi.

La Nutrigenomica è la scienza che studia i modi in cui il cibo interagisce con il nostro DNA, in particolare gli effetti delle molecole degli alimenti sui geni e di conseguenza sulla salute.

L'ambiente in genere -stressors di vario tipo, inquinamento, clima, fattori relazionali e sociali, etc.- e le scelte nutrizionali determinano modificazioni chimiche del gene che, a loro volta, possono portare a mutamenti nell'espressione genetica, senza che sia influenzata la struttura del DNA.

In altre parole, la struttura del DNA è "disegnata" dai geni in modo immutabile, ma essi, nel corso della vita, possono esprimersi oppure no.

Secondo la nutrigenomica, attraverso la mappatura dei geni o analisi genomica, è possibile identificare gli alimenti che possono avere effetti positivi o negativi sulla salute, aiutandoci a proteggere l'organismo, a conservare la salute e ritardare l'invecchiamento.

Una corretta e mirata nutrizione rapportata alle caratteristiche genetiche individuali potrebbe favorire l'elaborazione di efficienti strategie di prevenzione e lo sviluppo di nuove terapie [1], [2].

Ricordiamo comunque come un regime alimentare naturale a base vegetale, di "qualità" e rispettoso delle esigenze e dello stile di vita di ognuno, insieme alla drastica riduzione di alimenti conservati, raffinati o comunque lavorati e snaturati, può assicurare quella buona salute cui tutti aspiriamo senza metterci a tavola con la ....scienza!

L'**Epigenetica** è la scienza che studia i meccanismi molecolari per mezzo dei quali l'ambiente controlla l'attività dei geni.

Lo sviluppo, dalle prime forme di vita unicellulari a quelle pluricellulari (filogenesi) e lo sviluppo del singolo individuo (ontogenesi), ci mostrano come la cellula sia dotata di una intenzionalità e di uno scopo e sia connessa all'ambiente; essa cerca attivamente gli ambienti adatti alla sua sopravvivenza evitando quelli nocivi, apprende dalle esperienze legate all'ambiente e ha una sua memoria [3].

Al nostro interno vi sono associazioni organizzate di milioni di cellule in funzione del compito che svolgono (organi, sistemi, vari elementi anatomo-fisiologici). La specializzazione delle cellule (citologica) comincia fin dall'embrione.

L'epigenetica ci dice che l'informazione che controlla i processi biologici parte dai segnali ambientali; essi influenzano la forma che assumono le catene di aminoacidi, la cui infinitamente diversa combinazione dà vita alle proteine specifiche.

Conseguentemente l'ambiente* influisce anche sul legame tra proteine regolatrici e DNA. Sono queste proteine a controllare l'attività dei geni [4].

Riassumendo

Ogni cellula ha nel suo nucleo il genoma, cioè una caratteristica struttura ad elica chiamata DNA formato da una sequenza di geni.

La struttura è predeterminata. Rappresenta una potenzialità.

Ma i geni possono esprimersi, cioè trasformarsi "in atto" oppure rimanere allo stato di potenzialità.

La loro espressione dipende al 90% e più dall'ambiente.

L'ambiente - interno ed esterno - influisce sul funzionamento della cellula, il cui "cervello" non è il DNA ma <u>la membrana</u>, struttura di scambio tra l'interno e l'esterno della cellula stessa.

Riflettiamo:

L'attribuzione solo all'influenza dei geni (ereditarietà) del fatto che, ad esempio, spesso i figli soffrono le stesse problematiche dei genitori, talora anche anticipatamente rispetto a loro, evita di valutare l'aspetto cruciale del ripetersi delle stesse deleterie abitudini di vita dei genitori, precocemente apprese e ripetute, talora in modo inconsapevole.

Un altro aspetto è quello relativo al mantenimento di abitudini alimentari, legate a lavori manuali faticosi, rimaste invariate anche dopo il passaggio ad uno stile di vita sedentario.

La genetica dunque è utile, ma relativamente a quelle poche malattie la cui origine è nella struttura del DNA.

Geni= determinismo e deresponsabilizzazione
Ambiente= responsabilità ed autonomia

La scienza con queste scoperte ci restituisce la responsabilità della nostra vita.

*

Per ambiente *intendiamo:*

- *da un punto di vista fisico: clima, aria e inquinamento di ogni tipo, livello di esposizione al sole, territorio e sue caratteristiche, acqua, nutrimento, tossine accumulate, esercizio fisico, etc.;*
- *da un punto di vista psicologico: condizionamenti ed abitudini apprese, stress, livello di alienazione dal proprio Sé,*

atteggiamento mentale prevalente, coscienza degli effetti di pensieri, parole, immagini ed emozioni, consapevolezza delle proprie risorse, responsabilizzazione, etc. ;

- *da un punto di vista sociale: tipo e modalità di interazione prevalente (azioni libere o reazioni all'ambiente fisico, sociale, culturale, emotivo, etc.), gradi di integrazione nel tessuto sociale (lavoro, svago, etc.), equilibrio con le proprie specificità individuali;*

- *da un punto di vista culturale: "usi e costumi" tradizionali della cultura cui si è esposti; discernimento e ricerca dell'equilibrio tra assimilazione ai propri bisogni, caratteristiche individuali e adattamento attivo o passivo ad essa, etc.*

Bibliografia

(1) Anna Cerchiaro, Alessio Calabrò, Caterina Rosselli, Nutraceutica e nutrigenomica, elisir di lunga vita? in

http://www.adiitalia.net/documenti

(2) Katia Petroni, Dieta e genetica segreti e promesse della nutrigenomica.

vide intervista a Katia Petroni. Ciò che mangiamo influenza il DNA e la salute, persino nei nascituri, in The Future of Science 2014 http://www.fondazioneveronesi.it

(3) Bruce H. Lipton, La biologia delle credenze, Come il pensiero influenza il DNA e ogni cellula, Macroedizioni, 2006

(4) Guido A. Morina, Epigenetica, emozioni e nutrizione, Casa Editrice Ebook Morina Editore

I NUTRACEUTI

Premessa

A causa dell'alimentazione oggi ancora prevalente basata su un eccesso di prodotti industriali e raffinati l'organismo manifesta una perdita di equilibrio a vari livelli e con varie conseguenze:

- a livello fisiologico: mancando i nutrienti necessari ad un sano funzionamento l'organismo continua a richiederli mentre spesso si continua ad introdurre cibo-spazzatura (*alcune persone lamentano di avere "fame" nonostante abbiano mangiato da poco o in modo abbondante poiché solo il cibo ricco di nutrienti è saziante*);
- a livello psicologico: le motivazioni per cui molti di noi assumono del cibo esulano dalla fame di nutrienti (l'unica che dovremmo soddisfare adeguatamente), ma sono spesso legate a gratificazioni o compensazioni che si ricercano nel cibo essendo incapaci di affrontare la vita per come è, al momento attuale, di riconoscere ed esprimere le proprie emozioni in modo diretto, di superare i condizionamenti ancora operanti, etc.
- molti disturbi e malattie anche gravi e croniche come diabete, ipercolesterolemia, ipertensione, obesità, sindrome metabolica, hanno la loro origine in una cattiva alimentazione associata a uno stile di vita sedentario.

Il miglior modo per affrontarle, arginarle o - meglio ancora- prevenirle è alimentarsi in modo sano con una rilevante percentuale di alimenti vegetali sostituendo in tal modo (con le modalità e i tempi adeguati alle specifiche caratteristiche di ognuno) i cibi raffinati e lavorati e introducendo, a seconda delle necessità, una maggiore quantità di alimenti funzionali.

Gli effetti benefici di un elevato consumo di alimenti di origine vegetale sulla salute sono dovuti sia alla presenza dei nutrienti essenziali (proteine, grassi carboidrati; vitamine, sali minerali etc.,) che ad altri componenti dotati di una loro rilevante attività biologica.

Questi sono i **Nutraceuti,** o ingredienti funzionali, cioè *molecole o composti contenuti soprattutto nelle piante (fitochimici) in grado di apportare benefici fisiologici e biochimici, quali la prevenzione e/ola cura di patologie anche gravi* [1].

Molti di essi sono prodotti del cosiddetto *metabolismo secondario* delle piante (metaboliti), in quanto considerati non essenziali per la crescita, sviluppo e riproduzione dell'organismo, anche se svolgono un ruolo importante nelle interazioni della pianta con l'ambiente circostante: difesa dai predatori, erbivori e patogeni, dalle influenze climatiche nocive, facilitazione dei processi riproduttivi, supporto meccanico (es.: lignina), etc.

Essi sono di solito presenti solo in alcune cellule specializzate.

I Nutraceuti hanno, come già sottolineato, un valore assoluto dovuto alle loro intrinseche caratteristiche e un valore aggiunto essenziale, dovuto al fatto di venire assunti nell'alimento che li contiene, il cosiddetto cibo funzionale.

Tali composti fitochimici comprendono migliaia di molecole diverse con attività soprattutto antiossidante, in quanto neutralizzano i radicali liberi agendo come veri e propri *spazzini* cellulari. Oltre ciò svolgono azione detossificante, antibatterica e antivirale, stimolano il sistema immunitario, hanno influenza positiva sulla modulazione ormonale, sulla fluidità del sangue e la pressione sanguigna, come è emerso da varie ricerche [2].

E' stata studiata prevalentemente la loro struttura chimica, l'attività in vitro (su cellule in laboratorio) e l'evidenza epidemiologica (distribuzione e frequenza nelle popolazioni).

Alcuni autori (Carratù, Sanzini) hanno messo in evidenza l'importanza degli studi sulla cinetica, ovvero l'approfondimento della biodisponibilità del nutraceuta e della sua emivita* in quanto, se velocemente metabolizzato o attaccabile dagli acidi organici, potrebbe risultare inefficace (2bis).

* *"....tempo necessario perché, nell'organismo vivente, la quantità o la concentrazione o l'attività di una sostanza, soggetta a trasformazione, decomposizione o decadimento, si riduca alla metà di quella iniziale ..."*

Una dieta varia e bilanciata, ricca di frutta, verdura e alimenti vegetali, da tempo è considerata, da vari esperti del campo della nutrizione, come una garanzia per la salute.

I Nutraceuti, secondo il nostro punto di vista, (condiviso da vari Autori) vanno consumati nel cibo che li contiene, definibile come cibo funzionale, e non come integratori, se non in casi specifici e con le dovute attenzioni al prodotto.

Gli integratori benché naturali e sotto forma di superfoods vanno assunti in caso di necessità specifiche, e, in linea di massima, solo dopo aver corretto la propria alimentazione e il proprio stile di vita in senso salutare.

In tal modo si diviene attori responsabili della propria salute.

Tali **metaboliti** (metabolismo secondario della pianta) vengono di solito distinti in

- sostanze aromatiche
- coloranti
- sostanze di interesse farmacologico

La loro produzione segue questo iter: attraverso la fotosintesi clorofilliana si attiva il metabolismo dei carboidrati, degli acidi grassi e dell'azoto (proteine).

Da questi processi originano i metaboliti secondari secondo una distinzione che può risultare utile per comprenderne la natura chimica:

- metabolismo dei carboidrati: tannini, cumarine, chinoni, **flavonoidi;**
- metabolismo degli acidi grassi: polichetidi, terpeni, **alcaloidi;**
- metabolismo dell'azoto: glucosidi cianogenetici, glucosinolati.

La suddivisione tuttavia non è così netta in quanto alcuni composti (esempio in grassetto) sono prodotti di più di un metabolismo. [2 ter].

Alcuni Nutraceuti

Una delle proprietà più studiate è la capacità antiossidante dei composti Nutraceutici.

In condizioni di stress (come ad esempio carenza idrica soprattutto in piante sensibili alla siccità) anche le piante reagiscono aumentando la produzione di specie reattive dell'ossigeno (ROS), che possono generare i radicali liberi.

L'ossigeno è una molecola essenziale alla vita, ma, nelle sue forme ridotte, può essere tossico (degradazione della componente lipidica delle membrane cellulari).

Queste forme sono presenti nelle cellule come prodotto della normale attività metabolica, per questo i vari organismi aerobici hanno sviluppato la capacità di difendersi dai potenziali danni producendo molecole antiossidanti, al fine di mantenere il cd. equilibrio ossido-riduttivo [3].

Prebiotici
"Sono parti non digeribili di alcuni alimenti che stimolano la crescita di una o più specie batteriche considerate utili per l'uomo" [4].
La loro importanza è dovuta al fatto che essi svolgono una attività di sostegno alla crescita e all'attività dei batteri intestinali benefici per la salute (probiotici).
Tra di essi vi sono galattooligosaccaridi e fruttooligosaccaridi, cui appartiene l'inulina.
I fruttooligosaccaridi sono fibre presenti soprattutto nelle cipolle, aglio, barbabietole, carciofi, topinambur e banane; favoriscono l'aumento degli acidi grassi a catena corta che forniscono l'energia necessaria alle cellule del colon.
L'inulina, in particolare, è una fibra vegetale ricavata dalla radice della cicoria che si gonfia con l'acqua e costituisce il nutrimento di alcuni batteri tra cui i bifidobatteri.
La conseguente azione favorevole porta a: eliminazione scorie azotate, riequilibrio ph intestinale, migliore assorbimento di ferro e calcio, protezione dal colesterolo [5].

Probiotici
I probiotici possono essere fermenti lattici, spore o miceti; appartengono a ceppi differenti di microrganismi probiotici ed hanno una diversa sensibilità all'ambiente acido di stomaco ed intestino (i più comuni: lactobacilli e bifidobatteri).
Spesso i termini FERMENTI LATTICI e PROBIOTICI sono usati come sinonimi; ma non tutti i fermenti lattici sono probiotici.
I primi sono microrganismi capaci di metabolizzare il lattosio, mentre i probiotici sono microrganismi viventi in grado di svolgere un'azione benefica sulla salute a livello intestinale.

La loro funzione è quella di ripristinare l'equilibrio e la funzionalità della microflora batterica intestinale.

Vanno usati quelli "specie-specifici", cioè adatti all'uomo, ed è importante che essi arrivino fino all'intestino vivi, vitali e dotati di buona adesività, in modo che permangano per più generazioni per svolgere la loro azione di colonizzazione della mucosa intestinale.

Essi si trovano naturalmente negli alimenti fermentati come il kefir (di latte e d'acqua), prodotti fermentati della soia (tamari, shoyu, miso, etc.) yogurt, verdure fermentate (crauti, melanzane, kimtchi, etc.), etc. [6].

Acidi grassi

Gli acidi grassi o lipidi sono un gruppo di sostanze contenute in alimenti di origine sia vegetale che animale, poco solubili in acqua e con differenti strutture molecolari.

Gli acidi grassi possono essere a catena corta, media o lunga, a seconda del numero di atomi di carbonio presenti.

Quelli a catena corta e media sono tutti saturi.

I grassi saturi a catena corta, tra i quali l'acido acetico, si trovano in alcuni alimenti, ma sono prodotti soprattutto nel colon durante la fermentazione delle fibre da parte dei batteri.

Da alcuni esperimenti in vitro sono emersi alcuni effetti potenzialmente benefici per la salute dell'intestino.

I grassi saturi sono considerati nocivi se assunti quotidianamente e in grandi quantità (es.: burro rispetto agli oli vegetali).

I grassi a catena lunga (14 o più atomi di carbonio) si dividono in saturi e insaturi; questi ultimi vengono suddivisi in monoinsaturi e polinsaturi.

Tra i **monoinsaturi** benefici: **l'acido oleico** contenuto nell'olio di oliva in buona quantità e nelle mandorle, nocciole, arachidi, pistacchi e rispettivi oli.

L'organismo ha bisogno anche di una quota di polinsaturi.

Gli oli vegetali in genere sono una buona fonte sia di grassi mono che polinsaturi.

Non tutti i grassi vegetali sono comunque salutari, soprattutto a causa del tipo di lavorazione industriale cui sono sottoposti (ad es.: margarina).

I grassi polinsaturi (PUFA) che si trovano in particolare nell'olio dei semi sono importanti per la biosintesi degli ormoni cellulari (eicosanoidi), mediatori chimici coinvolti nei meccanismi dell'infiammazione e di altri composti che modulano la salute.

Tra questi grassi i più conosciuti per i loro effetti benefici sono gli **omega-3** e gli **omega-6,** acidi grassi essenziali (EFA) che devono essere assunti con l'alimentazione.

Vi sono controversie sui livelli di assunzione di questi acidi in chi segue una dieta esclusivamente vegetale.

Tra gli omega3 vi sono: EPA (*Acido Eicosapentaenoico*), DPA (*Acido docosapentaenoico*), DHA (*Acido docosaesaenoico*).

Quello che conta, come vedremo più avanti, è l'"efficienza" della conversione dai precursori ai vari tipi di acidi grassi.

I PUFA (grassi polinsaturi) in genere esplicano effetti benefici sul **funzionamento della membrana cellulare**, sulle concentrazioni plasmatiche di trigliceridi, sull'aggregazione piastrinica e sulla pressione sanguigna; sulla salute cardiocircolatoria e della retina; sulla circolazione in genere, e su quella linfatica in particolare, sulla microcircolazione e sulla modulazione insulinica.

Tra gli effetti specifici:

Omega-3: abbassano i livelli plasmatici di trigliceridi.

Sembra che sarebbe sufficiente, ad esempio, l'assunzione di 1 gr. di omega-3 quotidiano per prevenire l'infarto al miocardio.

Omega-6: abbassano la colesterolemia riducendo i livelli plasmatici delle LDL. Tuttavia, gli omega-6 riducono anche il colesterolo "buono" HDL.

Acido linoleico LA, precursore degli omega-6, presente in tutti gli oli vegetali, tra cui l'olio di girasole, olio di mais, olio di soia nonché in alcuni grassi di origine animale. E' studiato il suo ruolo nella prevenzione e nel trattamento di diverse malattie, tra cui infarto, cancro, diabete, fibrosi cistica [7], [8].

Dalle ultime ricerche è emersa l'importanza del **rapporto tra omega3 e omega6**: si parla di un rapporto ottimale di 3:1 o 4:1 (3 o 4 parti di omega 6 e 1 di omega3), mentre l'alimentazione attuale è spesso sbilanciata verso un eccesso di omega-6 che può arrivare anche a 20, 25:1 [9].

L'importanza di questa proporzione sta nel fatto che mentre gli omega-3 vengono convertiti nell'organismo in eicosanoidi anti infiammatori, per gli omega-6 avviene il contrario, vengono cioè convertiti in eicosanoidi pro infiammatori.

Per comprendere il meccanismo dobbiamo distinguere tra precursori che si ricavano dal cibo e molecole "mature" biologicamente attive: normalmente a partire dai precursori il nostro organismo sintetizza le molecole "mature" (PUFA).

Se assumiamo troppi cibi con omega-6, questi ostacolano la trasformazione degli omega3 (dai precursori presenti nei cibi alla forma matura), in quanto utilizzano gli stessi enzimi, entrando così " in concorrenza".

Un ottimale rapporto tra questi due acidi grassi è contenuto nell'olio di pesce "grasso" come il salmone, merluzzo, tonno, sgombro, pesce azzurro e, tra i vegetali, nell'olio di canapa, e, a seguire, nell'olio di lino e di noce (come anche negli alimenti integri da cui vengono estratti); un rapporto svantaggioso ha invece l'olio di girasole.

Tuttavia il pesce presenta lo svantaggio dell'inquinamento da mercurio, altamente tossico, presente nelle falde acquifere (anche nel Mediterraneo), che tende ad accumularsi maggiormente nei pesci grandi in quanto si trovano alla fine della "catena alimentare".

Noci e lino contengono i precursori di entrambi questi acidi grassi, mentre le molecole in forma matura si trovano nelle **alghe** oltre che nel pesce grasso.

Il precursore degli omega3 è l'Acido Alfa Linolenico (ALA).

Il precursore degli omega6 è l'Acido Linoleico (LA).

Metaboliti secondari

I metaboliti secondari sono raggruppabili in tre grandi classi:

- **isoprenoidi**
- **composti fenolici**
- **alcaloidi** [10]

Le vie biochimiche che portano alla sintesi delle varie classi di composti fenolici hanno molte caratteristiche in comune. Ciò si tramuta talvolta in una difficoltà di classificazione univoca.

> **ISOPRENOIDI O TERPENOIDI**

Sono molecole organiche di derivazione animale o vegetale, con una particolare strutturazione delle unità costituenti (regola isoprenica).

Comprendono:

carotenoidi, steroidi, saponine, tocoferoli etc.

I Terpeni si differenziano tra loro a seconda della complessità delle molecole (numero degli atomi di carbonio).

I monoterpeni sono sostanze attive presenti soprattutto negli oli essenziali: erbe aromatiche, spezie, buccia del limone, etc. (es.: mentolo, limonene), sono altamente liposolubili e biodisponibili, aromatici e con effetti protettivi: antitumorali, antimicrobici, ipocolesterolemizzanti.

Tra le molecole strutturalmente intermedie (sesquiterpeni) riportiamo il bisabololo della camomilla con attività anti-infiammatoria.

Tra le molecole più complesse (tetraterpeni) vi sono *i carotenoidi.* [11]

CAROTENOIDI

I carotenoidi sono pigmenti vegetali - tra i più diffusi - di natura lipidica, che svolgono anche una funzione fotoprotettiva. Si tratta di circa 700 composti, di cui finora una cinquantina sono stati riconosciuti importanti per la nutrizione umana

Una ottimale assunzione di carotenoidi richiede l'associazione con alimenti contenenti vitamina C, vitamina E, selenio e lipidi (es.: olio di oliva).

Essi svolgono una potente azione antiossidante, neutralizzando i radicali liberi, molecole che si formano nell'organismo soprattutto a seguito di eventi stressanti o in presenza di inquinanti (radiazioni, fumo), esposizione a raggi UV, additivi chimici, attacchi di virus e batteri etc.

Stimolano inoltre il sistema immunitario, contribuendo alla prevenzione delle malattie cardiovascolari; viene loro inoltre attribuita efficacia ipocolesterolemizzante e anti-cancerogena.

Sono divisi **in caroteni** (ad esempio *alfa e beta carotene, licopene*), **xantofille** (ad esempio *luteina*) e **acidi carotenici.**

I più studiati: ***betacarotene, licopene e luteina,*** precursori della Vitamina A.

Si trovano in frutta e verdura di colore arancione, giallo o rosso e a foglia verde, in tutte le parti della pianta, compresi frutti, semi, foglie e radici. Si possono naturalmente assumere attraverso un abbondante e regolare consumo di alimenti vegetali.

Ne sono particolarmente ricchi la zucca, la carota, l'anguria, il peperone, il pomodoro, l'albicocca ed il melone; insalate, prezzemolo, cavoli ed altri vegetali a foglia verde; tra gli alimenti animali: salmone, crostacei e tuorlo d'uovo.

Alcuni carotenoidi ed in modo particolare il beta-carotene sono dei precursori della vitamina A (o retinolo), sostanza tipica del regno animale. Altri come l'alfa-carotene, producono meno vitamina A ma hanno un'attività antiossidante maggiore.

Non tutte le fonti cedono il loro completo contenuto di carotenoidi. Ad esempio, le carote cedono al corpo solo il 36%, la papaia il 46%, e di media le altre verdure circa il 33%. Inoltre il tipo di cottura influisce anche sul loro assorbimento.

La luteina, che appartiene alla classe delle xantofille insieme alla zeaxantina ha effetto antiossidante sulla retina e nella prevenzione della degenerazione maculare senile.

Il licopene, contenuto soprattutto nel pomodoro, nelle carote e nei kiwi (ma anche nell'olio di pesce), ha un elevato potere antiossidante soprattutto su fegato, testicoli e prostata [12].

Il suo assorbimento è risultato maggiore nel caso di cottura ed associazione con un grasso come l'olio di oliva.

Betacarotene, licopene e luteina migliorano la comunicazione cellulare.

Il betacarotene ha una tipica azione **fotoprotettiva.**

La zeaxantina ha un effetto antiossidante benefico per la funzione visiva, affine alla luteina. E' di colore giallo-arancio, ed è presente in: mais, tuorlo d'uovo, peperone, spinaci, broccoli, radicchio, crescione, etc. Ha la capacità di assorbire le radiazioni solari e quindi, come la luteina, protegge le cellule della retina [13].

Coenzima Q-10 o Ubichinone (10 indica le unità di isoprenoidi) è una molecola di natura lipidica; ha proprietà antiossidanti e facilita la produzione di energia e la respirazione cellulare. Da un punto di vista strutturale è più simile alla vitamina E che ad un enzima.
Alimenti vegetali che ne sono ricchi: spinaci, broccoli, arachidi, germe di grano e cereali integrali.

Tocoferolo è un composto organico liposolubile la cui forma più attiva è conosciuta come Vitamina E.
La sua azione prevalente è antiossidante e coadiuvante nei processi infiammatori; la sua carenza è associata ad alterazione del sistema nervoso e sterilità.
Abbonda nei cereali integrali, negli oli delle cariossidi dei cereali (riso, germe di grano), ortaggi verdi, tuorlo d'uovo, latte e burro [14].

> **COMPOSTI FENOLICI o POLIFENOLI**

I composti fenolici sono un gruppo eterogeneo di varie migliaia di sostanze naturali (circa 5000) e sono classificati, sulla base della loro struttura chimica, più o meno complessa, generalmente di alto peso molecolare, in **composti non flavonoidi (acidi fenolici, stilbeni e lignani), tannini e flavonoidi.**
Essi derivano dall'aminoacido fenilalanina. La condensazione di due gruppi fenolici avviene grazie all'azione di specifici enzimi che, per mezzo di una serie di reazioni chimiche, danno origine a differenti famiglie di composti che si differenziano per la struttura chimica [15].
I pigmenti fenolici contribuiscono al colore di fiori e frutti, attraggono con il loro odore (es.:vanillina) gli insetti impollinatori e gli animali erbivori in modo da facilitare la dispersione dei semi.

L'analisi delle miscele di composti che originano i segnali odorosi ha rivelato la presenza di derivati degli acidi grassi e di composti azotati e solforati [16].

L'apporto di polifenoli nella dieta varia in relazione al tipo, alla quantità e alla qualità dei vegetali consumati.

Inoltre la concentrazione di polifenoli in uno stesso tipo di alimento varia in relazione alle tecniche di coltivazione, al grado di maturazione e al tempo intercorso tra raccolta e consumo.

Anch'essi difendono la pianta dagli attacchi di sostanze patogene, insetti ed animali erbivori, effetti delle radiazioni solari.

Effetti positivi: azione antiossidante, contrasto dei radicali liberi, riduzione degli effetti dell'invecchiamento cellulare e dei processi infiammatori, prevenzione di alcuni tumori, proprietà antibatteriche e in grado di contrastare l'arteriosclerosi.

Abbondano nella frutta e nella verdura fresca, in particolare nei frutti di bosco, agrumi, ciliege, polline, olio di oliva spremuto a freddo, aglio, cipolla, radicchio, cavoli, broccoli e pomodoro; tè nero e verde, cacao e cioccolato fondente.

Polifenoli della mela

Alcuni esperimenti in vitro e su animali hanno messo in evidenza i benefici per la salute dell'elevato contenuto in polifenoli delle mele (con un'alta percentuale di flavonoidi) che agiscono in sinergia con vitamina C, magnesio e calcio. Essi includono tra gli altri antocianine e quercetina e sono contenuti nella polpa ma soprattutto nella buccia.

Hanno effetti antiossidanti, antiinfiammatori, e protettivi a livello neuronale [17].

Polifenoli del carciofo

Il carciofo contiene un complesso di polifenoli che, con la loro azione sinergica, hanno dimostrato di possedere attività epatoprotettiva, coleretica (aumento del flusso biliare) ed ipocolesterolemica. Le proprietà antiossidanti fanno ipotizzare anche una loro azione di prevenzione delle patologie coronariche e tumorali collegate a stress ossidativi [18].

Composti non flavonoidi

- **Acidi fenolici**

Sono studiati soprattutto per il loro interesse dal punto di vista farmacologico, come estratti vegetali.

Gli acidi idrossicinnamici, soprattutto acido caffeico ed acido ferulico, sono presenti in tutto il mondo vegetale.

La valutazione dell'apporto alimentare di acidi fenolici e del loro effetto biologico è complessa in quanto ancora non si conoscono tutti i composti degli alimenti, né la loro percentuale di assorbimento e biodisponibilità.

Vino, caffè e tè sono le maggiori fonti alimentari di acidi fenolici.

Si sta consolidando l'ipotesi che siano i metaboliti degli acidi fenolici ad avere la capacità di modulare i vari processi cellulari [19].

L'acido ellagico

E' un acido fenolico che si trova prevalentemente nei frutti rossi come bacche di goji, melograno, lamponi e fragole.

E' considerato un antitumorale, antinfiammatorio e antipatogeno.

Cumestani

Sono composti che si formano soprattutto durante i processi di germinazione. Si trovano in legumi quali piselli e fagioli, in particolare quelli di Lima, nell'erba medica e nel trifoglio [20].

Rutina

E' contenuta soprattutto negli agrumi, eucalipto, grano saraceno, menta piperita, rabarbaro, vino rosso, mele ed anche nel tè, nel vino rosso e nelle cipolle.
Ha evidenziato effetto anticoagulante sia nelle vene sia nelle arterie.

Curcumina

E' un pigmento vegetale di colore giallo-arancio che appartiene ai cd. curcuminoidi, dei polifenoli dal caratteristico colore dorato; è presente soprattutto nel rizoma della curcuma.
E' studiata per le sue potenzialità antiossidanti, antinfiammatorie e preventive nei confronti di alcuni tipi di cancro [21].
Sembra sia in grado anche di svolgere una efficace attività antinfiammatoria.
La curcumina viene però rapidamente distrutta dai succhi digestivi.

- **Stilbeni**

Si tratta di più di 300 composti fenolici che si trovano nei tessuti legnosi della pianta come prodotti costitutivi e in quelli carnosi, come reazione di difesa verso attacchi ambientali.
Vengono considerati degli antibiotici di origine vegetale (fitoalessine).

Resveratrolo

E' un importante *stilbene* presente nel vino rosso, nella buccia dell'uva ed in altri vegetali, comprese le arachidi. Viene prodotto dalla piante in risposta a stimoli esterni quali infezioni fungine e raggi solari nocivi; per questo è considerato anch'esso una fitoalessina.

Inibisce l'ossidazione delle LDL e l'aggregazione piastrinica, proteggendo l'organismo dalle malattie cardiovascolari (attribuzione di: azione antitrombotica, antinfiammatoria, antiaterogena e vasorilassante).

Possibile azione antitumorale, estrogenosimile e antivirale.

Da osservazioni epidemiologiche (distribuzione e frequenza di malattie in una popolazione) si è riscontrata una associazione tra regolare consumo di vino rosso e ridotta frequenza di patologie coronariche e tumorali; da studi in vitro (su cellule) è emersa la attività antitumorale per la sua azione a livello cellulare.

Vanno considerate le quantità di resveratrolo necessarie a determinare tali effetti benefici; tenendo presente che il consumo di vino e birra, in quanto alcolici, deve essere moderato, appare difficile ottenere significativi effetti dal loro consumo [22].

- **Lignani**

I lignani (correlati alla lignina) sono dei composti fenolici presenti nei tessuti legnosi delle piante, nei semi di sesamo e lino, nei cereali integrali (segale), nei fagioli, in alcuni frutti e vegetali: carote, broccoli, cavoli, fragole e frutti di bosco.

Intervengono nella difesa da patogeni e agiscono anche come antiossidanti.

Nella dieta svolgono funzioni protettive: vengono modificati dai batteri intestinali e partecipano alla circolazione enteroepatica.

Essi sono classificati come fitoestrogeni al pari di isoflavoni e cumestani.

Sono loro attribuite anche proprietà antibatteriche e antifungine [23], [24].

Tannini

Sono una classe di composti aromatici (sapore amaro) di natura polifenolica, con sapore astringente, abbondanti nei frutti poco maturi con funzioni di difesa nei confronti di predatori e parassiti.

I tannini, ampiamente diffusi nel regno vegetale, si trovano nella frutta (buccia dell'uva, cachi, mirtillo, melograno..), nel tè, nel cioccolato, nel trifoglio, negli alberi (quercia, acacia, mirto..) in alcune erbe (sorgo..). Sono contenuti nella corteccia, nel legno, nei baccelli dei frutti, nei tegumenti dei frutti, nelle foglie, nelle radici e nelle escrescenze che si formano su rami e foglie come reazione ad un trauma causato da lesioni di insetti o parassiti.

I florotannini (*una delle 3 classi di tannini insieme agli idrolizzabili e ai condensati*) sono presenti in varie specie di alghe brune.

Con il termine **proantocianidine** ci si riferisce alla classe dei tannini condensati chiamate anche picnogenoli o leucocianidine, presenti in elevata concentrazione nei fiori, in frutti, bacche, semi (ad es. i semi d'uva) e corteccia (ad es. la corteccia di pino).

Le proantocianidine, in alcuni studi, sono considerate una classe di flavonoidi [24].

Effetti dei tannini in vitro: azione antivirale, stimolazione del sistema immunitario, azione anti radicali liberi, probabilmente antitumorali.

I tannini se assunti in elevate quantità e per lunghi periodi possono risultare epatotossici [25].

Agrimoniin, appartenente alla famiglia degli ellagitannini (tannini idrolizzati) presente nella fragola selvatica e nella fragolina di bosco; tale molecola era conosciuta ed utilizzata nella medicina orientale per le sue proprietà antimalariche, antitumorali, antinfiammatorie.

Picnogenolo è composto da un insieme di diversi polifenoli che, agendo in maniera sinergica svolgono azione antiossidante.

Viene estratto principalmente dalla corteccia di Pino marittimo e dai semi della Vite.

Tra gli effetti positivi allo studio quelli sulla pelle (collagene), sul sistema cardio circolatorio (antiaggregante) e su quello immunitario.

Flavonoidi

Il loro nome deriva dalla colorazione gialla (flavus) che danno ai tessuti vegetali, che, in alcuni casi, non si manifesta a causa dell'interazione con ioni metallici o altri pigmenti colorati. Essi svolgono in modo diverso numerose attività biologiche.

La loro più importante funzione è antiossidante; svolgono anche attività antibatterica.

I flavonoidi costituiscono il più grande gruppo di fenoli naturali ed hanno tutti come struttura di riferimento il flavonone.

Sono stati individuati circa 4500 flavonoidi composti (prima definiti come vitamina P) presenti in molti tessuti vegetali.

Vengono suddivisi in diverse famiglie o **classi** di cui, di seguito, indichiamo alcune delle sostanze oggetto di studio:

- **antocianidine**

antocianine in tutti i frutti dalla colorazione blu, rossa, viola rosa, etc. come *mirtilli, malva fiori, lampone, uva rossa, bietola rossa, melanzana*

- **flavani, flavanoli o catechine ed epicatechine**

nel *cacao, cioccolato, tè, vino rosso, albicocche, ciliegie, uva, pesche, mirtilli, mele, fagioli*

- **isoflavoni**

genisteina, daidzeina

con funzioni di fitoestrogeni (attività similormonale) e fitoalessine (antibiotici naturali) in *leguminose, soia, trifoglio*

- **flavoni**

apigenina, luteolina, rutina in *prezzemolo, sedano e in genere nelle erbe come erba medica*

- **flavanoni**

esperidina, naringenina, erioditiolo negli *agrumi (pompelmo arancia, etc.)*

- **flavonoli**

quercetina, kemferolo, miricetina sono molto diffusi ad esempio *in sambuco, cassia, equiseto, ruta , cacao, capperi, cipolle, cavolo riccio, broccoli, porri, frutti di bosco, uva e in alcune erbe e spezie come aneto e prezzemolo..*

- **auroni e calconi**

xantumolo, presente nella birra.

I calconi sono pigmenti gialli poco diffusi e quindi ancora parzialmente sconosciuti.

La loro azione farmacologica è collegata alle proprietà antiossidanti e di controllo glicemico.

La nomenclatura non è univoca sia perché, come già evidenziato, alcune sostanze sono chimicamente simili o hanno in comune un precursore, sia perché talora i differenti termini si sono succeduti nel tempo come nel caso dei flavonoidi e dei tannini. Quest'ultimo termine è antico, mentre il primo molto recente: essi si riferiscono a sostanze dalla struttura chimica simile, tuttavia nel linguaggio comune si è mantenuta la distinzione.

I termini flavonoidi - antocianidi - tannini condensati - tannini idrolizzabili possono essere considerati come parte di una scala di composti polifenolici a crescente complessità [24], [25], [26].

Numerosi studi sono stati fatti o sono ancora in corso per verificare le loro proprietà biologiche come antiossidanti, antinfiammatori, vasodilatotori, agenti di prevenzione del danno cardiovascolare e di protezione del connettivo e della microcircolazione [27].

La loro biodisponibilità risulta molto bassa; è stato ipotizzato che essendo prodotti dalle piante per difesa (talora essi risultano amari o piccanti) ad alte concentrazioni possano essere dannosi anche per il nostro organismo [28].

Alcuni dei flavonoidi maggiormente studiati per il loro effetti benefici sull'organismo

Antocianine
Tra cui cianidina e procianidina. Sono presenti nelle bacche dei frutti rossi, nell'uva rossa, fragole, ciliegie, mele, cavolo rosso, etc. e ne determinano i caratteristici colori che vanno dal rosso al blu.
Hanno un elevato potere antiossidante e svolgono un ruolo neuroprotettivo, contrastando il declino della funzione cognitiva legato all'invecchiamento; sostengano anche il processo di detossificazione dell'organismo [29].

Apigenina
Flavone presente in prezzemolo, salvia, cipolla, sedano, tè, pompelmo, camomilla; si trova anche nel vino rosso e nella birra. L'apigenina è nota per le proprietà antinfiammatorie, antiossidanti, antiangiogeniche, in quanto migliora le pareti vascolari, antiallergiche, antigenotossiche (difesa da alterazioni del DNA) e anticancerose [30].

Luteolina
Flavone isolato originariamente dalle foglie di timo, tarassaco e salvia. Si trova in quantità apprezzabili nelle carote, nel finocchio, nei peperoni e nel sedano. Il suo nome si riferisce al colore "giallo biondo" (luteus).
È' studiata in quanto risultata dotata di interessanti proprietà biologiche, legate soprattutto al campo oncologico [31].

Isoflavoni
Molecole dotate della proprietà di modulare il metabolismo degli estrogeni nell'organismo *(comportandosi, a seconda dei*

casi, come sostanze anti o pro-estrogeniche riducendo quindi sia i disturbi dovuti ad eccesso di estrogeni che a carenza).
Le più attive sono daidzeina e genisteina.
I fitoestrogeni contenuti negli alimenti vengono attivati ad opera della flora batterica.
Tra le piante che li contengono: legumi, cereali integrali, soia, trifoglio,   aglio, carote, anice, finocchio avena, datteri, fagiolini,   gramigna, luppolo, grano, liquirizia, mele, orzo, salvia, patate, riso.
Viene loro attribuita la proprietà di prevenire e mitigare i sintomi della menopausa e i relativi disturbi. Molti studi si sono basati su osservazioni epidemiologiche condotte per la maggior parte sulle popolazioni asiatiche (in quanto la loro alimentazione è ricca di soia, uno degli alimenti che contiene più isoflavoni).
Essi vanno comunque assunti con il cibo che li contiene, in quanto non vi è una valutazione positiva univoca sull'assunzione degli estratti come terapia ormonale sostitutiva o come prevenzione antitumorale [32].
Tra gli effetti benefici che gli vengono attribuiti quello di contrastare   il colesterolo "cattivo" e proteggere da alcune forme di cancro, sostituendosi agli estrogeni, come ad esempio nel tumore al seno e alla prostata.

Quercitina

Flavonolo presente soprattutto nelle cipolle e poi nel biancospino, tè verde, calendula, camomilla, cipolla, ginkgo biloba, iperico, ippocastano, luppolo, mela, mirtillo. Inibisce l'aggregazione piastrinica in vitro ed potrebbe avere un'azione antitrombotica.

Kemferolo

Flavonolo che si trova nei broccoli, nei cavoli e nello zenzero; è un antiossidante cui si attribuisce una notevole azione antinfiammatoria, per la capacità di inibire un enzima la cui presenza viene rilevata solo durante i processi infiammatori(COX-2) [33].

Mericitina

Flavonolo presente nell'uva e nei mirtilli con proprietà antiossidanti

Xantoni

Classe di *fenoli* strutturalmente analoghi ai flavonoidi; sono presenti in pochi vegetali tra cui il mangostano, l'iperico e la genziana, in alcuni funghi e licheni.
Vengono loro attribuiti effetti antibatterici, antivirali, antinfiammatori [34].

Xantumolo

Calcone prenilato (un *flavonoide*) contenuto nelle infiorescenze del luppolo con cui si fa la birra.
Allo xantumolo si attribuiscono un'azione antiossidante, la prevenzione dei rischi infiammatori, un'azione protettiva nelle patologie cardiache e nell'osteoporosi, un rallentamento del processo di invecchiamento delle cellule (anti-età) [35].

Catechine

Flavanoli presenti nei semi di cacao e nel cioccolato nero, meglio se crudo (non tostato), nel tè verde e nero e in molti tipi di frutta: susine, mele (bucce), fragole, ciliegie, mirtilli neri, uva; nelle verdure; nel vino rosso e nella birra; nelle lenticchie e nei fagioli; nel cioccolato, nelle arachidi. Si ossidano facilmente come si può osservare per tè e vino che si scuriscono.

Hanno una potente azione antiossidante. Tra le catechine **l'epigallocatechingallato** (EGCG) è in particolare responsabile del potere antiossidante del tè verde. E' stato osservato come esso abbia un'azione di riduzione delle cellule tumorali e di inibizione dei processi di invasione, caratteristici delle metastasi [36].

GLUCOSINOLATI

Sono più di un centinaio di composti contenenti zolfo e azoto.

Sono presenti in tutte le crucifere: cavolo, cavolfiore, broccolo, cavoletti di Bruxelles; nella senape, nella rapa, nel rafano.

Vengono loro attribuite proprietà antiossidanti, ipocolesterolemizzanti; in alcuni studi sono state riscontrate correlazioni fra consumo di *Brassicaceae* (altro nome delle Crucifere) e ridotto rischio di cancro [37].

Per azione enzimatica o distillazione liberano, tra gli altri, gli isotiocianati, che hanno proprietà espettoranti, antitumorali e riducono il colesterolo [38].

La stessa pianta sintetizza alcuni enzimi che degradano i glucosinolati, portando alla liberazione di varie molecole anche tossiche, che rimangono inattive fino a quando non avviene la rottura cellulare [39].

Gli indoli e gli isotiocianati (cui si deve l'odore che questi vegetali sprigionano durante la cottura) **sono glucosinolati** che, legandosi a potenziali cancerogeni, bloccano indirettamente il processo di cancerogenesi. Inoltre promuovono l'attività di certi enzimi che agiscono come detossificanti: studi sugli animali hanno evidenziato che gli indoli inibiscono il cancro alla mammella e allo stomaco.

Gli isotiocianati possono interferire con l'attività tiroidea nel senso di inibire l'incorporazione dello iodio e la formazione di tirosina [40].

> **ALCALOIDI**

Sono definiti come composti di origine vegetale, farmacologicamente attivi, contenenti un azoto basico.

Le piante contenenti alcaloidi sono state i primi farmaci dell'umanità.

Questi estratti vegetali sono stati infatti usati fin dall'antichità (da circa 3000 anni) come ingredienti di pozioni o veleni: purganti, antitosse, sedativi, come rimedi contro la febbre e la pazzia.

Ad oggi sono noti circa 12.000 alcaloidi utilizzati nella farmacopea.

Alcuni sono serviti come modello per farmaci di sintesi [41].

La capsaicina

La pungenza del peperoncino piccante é dovuta al gruppo di composti detti capsaicinoidi.

La capsaicina mostra attività antiossidante e preserva gli alimenti dalla rancidità; stimola la secrezione gastrica acida, ma esercita anche attività protettiva sulla mucosa gastrica. Essa inoltre mostra attività antibatterica verso *l'Helicobacter pilori*, una causa dell'ulcera gastrica [42].

Per assumere buone quantità di polifenoli è sufficiente:

> consumare un'ampia varietà di vegetali freschi, di stagione e variati ogni giorno *(la conservazione abbatte il contenuto in polifenoli dell'alimento)* preferendo la verdura cruda ad inizio pasto e la frutta a colazione, lungo l'arco della mattinata, come spuntini;

> limitare il sale sostituendolo con erbe aromatiche e limitare l'uso del pepe;

> preferire l'olio extra vergine di oliva spremuto a freddo, olio di canapa, di sesamo;

> utilizzare metodi di cottura come il vapore leggero che proteggono da una eccessiva perdita di nutrienti;

> integrare la propria dieta con una piccola quota di frutta secca, utile per aumentare l'apporto di polifenoli ed acidi grassi essenziali.

Alcune altre sostanze nutraceutiche

Acido oleanoleico contenuto nella buccia degli agrumi; la sua struttura è servita per creare delle sostanze oggetto di studio in vitro (laboratorio) e in vivo, antitumorali.

Acido lipoico è una sostanza lipidica che svolge attività antiossidante, soprattutto in sinergia con le vitamine C ed E; sostiene il funzionamento delle vie nervose e contribuisce al trasporto del glucosio nella cellula. Efficace nei fenomeni ossidativi dovuti a stress ambientali, alimentari, iatrogeni e malattie degenerative ad essi collegate.
Si trova nelle verdure a foglia verde, patate, germe di grano, orzo, pomodoro, carni rosse, fegato e asparagi [43].

Monacolina è presente nel riso rosso fermentato; le viene attribuita una spiccata attività ipocolesterolemizzante.
E' una sostanza statino simile, infatti le statine sono state sviluppate da sostanze prodotte da ceppi di lievito rosso del riso.

Teanina e teine presenti nel tè, hanno funzione stimolante.

Oleocantale presente nell'olio di oliva; la sua asprezza è la causa delle proprietà di bruciore-pizzicore. Elevate concentrazioni sono contenute specialmente in alcuni oli italiani, fino a 200 mg/L per 50 g di olio extravergine di oliva, quantitativo assorbito per il 50%-90%, pari a circa 9 mg. [44].
Mostra proprietà antiossidanti simili a quelle del tocoferolo; svolge azione antiinfiammatoria naturale simile all'ibuprofene, un farmaco anti-infiammatorio, in quanto è un potente inibitore di due enzimi coinvolti nella risposta infiammatoria.

Alcune ricerche hanno evidenziato effetti protettivi su malattie degenerative [44 bis].

Fitosteroli sono contenuti in frutta, semi e oli di semi.
Attivi nella riduzione dei livelli di colesterolo nel sangue, sono elementi essenziali della membrana cellulare.
Hanno delle proprietà utili per la salute dell'individuo, infatti riescono a bloccare l'assorbimento di Colesterolo "cattivo" (LDL) a livello intestinale, con effetti benefici sull'apparato cardiovascolare.

Ficocianine pigmenti verde-azzurro delle alghe con proprietà antiossidanti e di modulazione dei processi infiammatori, come è emerso da esperimenti su cavie. La loro azione potrebbe essere utile nelle allergie respiratorie e nell'asma. Sono contenuti in misura elevata nella Spirulina e nell'alga Klamath [45].

Clorofilla è una sostanza contenente un atomo di magnesio, presente nelle parti verdi delle piante. La clorofilla può essere considerata un rigeneratore cellulare per il suo apporto di ossigeno.
Nel corpo umano la clorofilla ha vari effetti benefici, contribuendo ad aumentare i globuli rossi, portare ferro agli organi, purificare il fegato, rivitalizzare la circolazione, etc. [46].

Bibliografia

(1) *L. Guidi, E. Degl'Innocenti, S. Tavarini, Proprietà Nutraceutiche di ortaggi e frutta, in L'orto della salute a cura di M. Giovannetti, Ed. ETS, 2009*

(2) *B.Carratù, E. Sanzini, Alimenti di origine vegetale: composti fitochimici biologicamente attivi, pag. 23, 35 e ss., in L'orto della salute a cura di M. Giovannini, ETS Edizioni*

(2bis) *B.Carratù, E. Sanzini, op.citata*

(2 ter) *I metaboliti secondari nelle piante, in*

www.uniroma2.it/didattica/fvegetale/.../metaboliti_secondari

(3) *F. Navari-Izzo, R. Izzo, Stress ambientali, radicali liberi e antiossidanti nelle piante: dalla ricerca di base all'orto della salute, in*

L'orto della salute a cura di M. Giovannetti, Ed. ETS, 2009

(4) *G.R. Gibson e M. Roberfroid , "Dietary modulation of the human colonic microbiota: introducing the concept of prebiotics". J Nutr. 125 (6): 1401–1412.*

e in Bruno Brigo I fermenti lattici, Tecniche Nuove, 1995 .

(5) *Collins MD. Probiotics, prebiotics and synbiotics : approaches for modulating The microbial ecology of the gut. Am J Clin Nutr 1999; 69 (suppl): 1052S–7S*

(6) *D. Bull, E. De Filippi, Apparato gastrointestinale e disbiosi, Casa Editrice Ebook Morina Editore*

(7) *Gianluca Rizzo, Redazione di SSNV, Omega-3 e Acidi Grassi Polinsaturi (PUFA), in http://www.scienzavegetariana.it/nutrizione/omega3-pufa.html; Nutraceutici (Sostanze Nutraceutiche e Alimenti funzionali /o Farmalimenti), in http://www.cpsico.com/flavonoidi_bioflavonoidi_flavonoide_bioflavon oide.htm (Psicologia e benessere psicofisico)*

(8) Brenda Davis, *Gli acidi grassi essenziali (EFA) nell'alimentazione vegetariana - Traduzione a cura di Luciana Baroni e Marco Lorenzi FONTE: Issues in Vegetarian Dietetics, 1998; Vol. 7(4):5-7, in http://www.andrews.edu/NUFS/essentialfat.htm*

(9) Rotimi E. Aluko, *Functional foods and Nutraceuticals, pag.26, Food Science Text Series Springer Edition, General Introduction 2012*

(10) I. Morelli, G. Flamini, L. Pistelli, *Manuale dell'erborista, Biosintesi, estrazione e identificazione delle sostanze di origine vegetale, Ed.Tecniche Nuove, 2005*

(11) R. Ferreri, *Fitonutrizione, una nuova strategia nel supporto delle problematiche dell'universo femminile, in http://www.phytosonline.it/*

(12) I. Sogno, A. Albini, *Il cibo come medicina: la prevenzione oncologica, in L'orto della salute a cura di M. Giovannetti, Ed. ETS, 2009*

(13) A. Martelli, *INTEGRATORI, ALIMENTI FUNZIONALI, NUTRACEUTICI E NOVEL FOODS, maggio 2011, in https://www.pharm.unipmn.it/sites/production/files/allegati/incontr o8.pdf*

(14) F. Navari-Izzo, R. Izzo, *op. cit. vedi (3)*

(15) A. Schubert, A.Carra, N. Riccomagno, *Biosintesi dei flavonoidi della vite, Dipartimento Colture Arboree, Università di Torino, Convegno: polifenoli dell'uva e del legno, contributo alla qualità del vino facoltà di agraria di Asti, gennaio 2003, in: www.winedoctor.it/Articoli/*

(16) *6- I composti fenolici di interesse biologico. in members.xoom.it/alberto_chim/Fenoli.pdf*

(17) Rotimi E. Aluko, *Functional foods and Nutraceuticals, pag.71, Food Science Text Series Springer Edition, General Introduction 2012*

(18) N. Ceccarelli, M.Curadi, P. Picciarelli, M. Giovannetti, *Il carciofo come alimento funzionale, pag. 89 e ss., in L'orto della salute a cura di M. Giovannetti, Ed. ETS, 2009*

(19) *Composti bioattivi della dieta, in*
http://www.sinu.it/revisionefinalelarn/LARN%20Composti%20bioatti
vi%20della%20dieta%20Maggio2012.pdf

Juge N, Mithen RF, Traka M. Molecular basis for chemoprevention by
sulforaphane: a comprehensive review. Cell Mol Life Sci. 2007, 64:
1105-27.

(20) *B.Carratù, E. Sanzini, op. cit. vedi (2);*

W. Mazur,Phytoestrogen content in foods, Bailliere's Clinical
Endocrinology and Metabolism, 12, 730-738, in B. Carratù, E. Sanzini,
Alimenti di origine vegetale : composti fitochimici

(21) *I. Sogno, A. Albini, op. cit., vedi (12)*

(22)
http://www.unife.it/scienze/tecnologie/insegnamenti/fitochimica/file
s-allegati/metaboliti_secondarinellepiante.pdf

(23) *http://pharma4.it/biblioteca/?id=1537&news=il-mondo-dei-*
flavonoidi:-un'introduzione

(24) *I metaboliti secondari nelle piante, in*
www.uniroma2.it/didattica/fvegetale/.../metaboliti_secondari

(25) *Proantocianidine: proprietà, struttura ed assorbimento, in*
http://www.tuscany-diet.net/2014/02/12/;
http://members.xoom.it/alberto_chim/Fenoli.pdf

(26) *C. Kousmine, La tavola della salute, pag 167, Natura è Salute*
Giunti Editore

(27)
http://www.infoerbe.it/index.php?option=com_infoerbe&task=termine
&idg=268

(28) *V. Fogliano, L. Gennaro, Alimenti funzionali dalle piante dell'orto:*
cotti o crudi? in L'orto della salute a cura di M. Giovannetti, Ed. ETS,
2009

(29) *B. Carratù, E. Sanzini, op. citata vedi (2)*

(30) *http://www.etatpur.it/index.php/apigenina*

(31) Il mondo dei flavonoidi: introduzione, in
http://pharma4.it/biblioteca/?id=1537&news=il-mondo-dei-
flavonoidi:-un'introduzione

(32) B. Carratù, E. Sanzini, op. citata vedi (2)

(33) http://it.wikipedia.org/wiki/COX-2

(34) Xanthones and a Benzophenone from Garcinia Mangostana J.
Nat. Prod. 2001, 64, 903-906], in http://sanamedica.it/xantoni/

(35) F. Visioli Université Pierre et Marie Curie, Paris, in
http://www.fermentobirra.com/birra-e-scienza/

(36) I. Sogno, A. Albini, op. cit., vedi (12)

(37) R. Ferreri, Fitonutrizione, una nuova strategia nel supporto delle
problematiche dell'universo femminile, in
www.phytosonline.it/docs/fitonutrizione.pdf

(38) B. Carratù, E. Sanzini, op. citata vedi (2)

(39) http://www.lacellula.net/biowiki/glucosinolati/

(40) http://www.cristinabarbagli.it/brassicacee-cavoli-broccoli-co/

(41) I metaboliti secondari nelle piante, op. citata vedi (24)

(42) A. Martelli, op. citata, vedi (13)

(43) Nutraceutici (Sostanze Nutraceutiche e Alimenti funzionali /o
Farmalimenti), in
http://www.cpsico.com/flavonoidi_bioflavonoidi_flavonoide_bioflavon
oide.htm (Psicologia e benessere psicofisico)

(44) A. Grimelli, Frangitura e stoccaggio per l'estrazione e la
conservazione dell'oleocantale nell'olio d'oliva, in
http://www.teatronaturale.it/strettamente-tecnico/l-arca-olearia/

(44 bis) http://www.teatronaturale.it/tracce/salute/16237-l-
oleocantale-protegge-contro-il-morbo-di-alzheimer.htm

(45) http://www.my-ersonaltrainer.it/alimentazione/ficocianine.html;

Romay C. et al., *Antioxidant and anti-inflammatory properties of C phycocyanin from blue green algae*, Inflamm Res - 1998 Jan;47(1):36-41;

S. Scoglio, *Le ficocianine, una potente molecola naturale delle alghe Klamath*, 2002

(46) F. Tartaglini, *Clorofilla: benefici e proprietà*, in *http://www.iobenessere.it/clorofilla/*

CIBI FUNZIONALI: Origini, Regolamentazione, Health Claims.

Origini

Il concetto di cibo funzionale cioè di un alimento cui sono riconosciuti effetti positivi sulla salute, ha antiche origini.

La medicina sumera influenzò quella greca, che, da Ippocrate a Galeno, pose al suo centro la corretta "dieta": *fa che il Cibo sia la tua Medicina e che la Medicina sia il tuo Cibo.* (Ippocrate).

Abbiamo già visto come sia nell'antico Egitto che nell'antica Roma vengono riconosciuti effetti medicamentosi ad aglio e cicoria (disturbi cardiocircolatori, infezioni e parassitosi). [1].

In Cina, intorno al 1000 a. C. (come nella maggior parte dell'Asia), tradizionalmente erano attribuiti a certi cibi ed erbe proprietà terapeutiche. Nell'antica letteratura cinese compare spesso, già intorno al 100 a.C., il termine *cibo medicinale* e più tardi quello di *cibo speciale* in studi di natura medica [2].

Si consigliava di introdurre nella dieta quotidiana riso, zenzero, sesamo e porri considerati come medicamenti adatti alla cura di patologie croniche [3].

Il termine *alimento funzionale* riappare per la prima volta negli anni '80 in **Giappone**, a seguito della constatazione degli effetti benefici, sulla salute e sulla longevità, dell'alimentazione giapponese.

Per assicurare ed incrementare la salute della popolazione più anziana (e per tenere sotto controllo i costi della salute pubblica) furono avviati specifici programmi di ricerca per un'analisi delle caratteristiche e degli effetti dei cibi funzionali nei confronti della regolazione o modulazione delle funzioni fisiologiche.

La regolamentazione in Giappone

Nel **1991** il Giappone fu il primo Paese a regolamentare, con un decreto, la materia, definita come **"Food for Specified Health Use (FOSHU)"**, nel quale un certo numero di cibi venivano riconosciuti come aventi una specifica funzione nell' incrementare la salute [4].

Questi cibi sono stati poi inclusi nei **"cibi per uso in diete speciali"** o **"alimenti dietetici"** descritti nel **Japan's Nutrition Improvement Law:**

Cibi che sono impiegati per sviluppare e migliorare la salute e per i quali sono stati approvati e dimostrati specifici effetti sulla salute [5].

Si richiede, perché un cibo rientri nella categoria FOSHU, che siano presenti anche altre caratteristiche:

• l'alimento deve contribuire al miglioramento della dieta e della salute;

• i benefici salutistici dell'alimento o dei suoi costituenti devono avere una chiara base medica e nutrizionale;

• deve essere possibile definire un apporto giornaliero dell'alimento o dei suoi costituenti basandosi su studi e conoscenze mediche o nutrizionali;

• l'alimento o i suoi costituenti devono essere sicuri per l'alimentazione;

• i costituenti dell'alimento devono essere ben definiti in termini di proprietà chimico-fisiche e analisi qualitativa e quantitativa;

• l'alimento deve essere abitualmente consumato nella dieta;

• esso deve essere consumato proprio in forma di alimento e non in altre forme come pillole o capsule;

• l'alimento e i suoi costituenti non devono essere quelli utilizzati esclusivamente come farmaci [4].

La regolamentazione in Occidente

L'interesse per gli alimenti funzionali ben presto si è diffuso in America e in Europa, dove la sua definizione è ancora oggi parziale e in evoluzione.

I vari approcci che hanno dato vita alle definizioni in materia, succedutesi nel corso degli anni, sono talora emanazione di organismi più o meno collegati all'industria alimentare e ai suoi interessi.

Verso la fine dello scorso secolo, la comunità scientifica e buona parte della popolazione hanno cominciato a rendersi conto dell'impatto negativo sulla salute dell'eccessivo consumo di certe categorie di nutrienti come grassi, zuccheri, proteine o della carenza nutrizionale derivante da un consumo insufficiente di vegetali che forniscono i necessari micronutrienti.

Vari studi si sono succeduti, per determinare quali fossero la quantità e le caratteristiche dei nutrienti essenziali, per soddisfare le esigenze dell'organismo e prevenire il rischio di malattie degenerative correlate a deficienze nutrizionali gravi.

Si è così progressivamente andati oltre il concetto di una *dieta adeguata, (quella che fornisce solo i nutrienti necessari per i vari bisogni nutrizionali).*

Tradizionalmente il cibo era considerato solo per le sue caratteristiche nutrizionali - macronutrienti e, in un secondo momento, micronutrienti - e sensoriali, fattore, questo, estremamente soggettivo e condizionato.

Da successive ricerche è emerso come il cibo può avere un ulteriore importante ruolo nel mantenere la salute ed evitare l'insorgere di certe malattie.

Così si è arrivati a sviluppare il concetto di un'**ottima nutrizione**, che assicuri il massimo sviluppo possibile delle funzioni fisiologiche della persona nell'ambito e nel rispetto - aggiungiamo - delle sue caratteristiche biologiche e psicologiche [6].

In particolare, in un report della **World Health Organization** (OMS) del **2002**, si legge che le malattie croniche sono responsabili per il 79% della mortalità globale nei Paesi sviluppati e, tra i 10 rischi maggiori di contrarle, ben 5 sono correlati alla dieta e allo stile di vita: obesità, vita sedentaria, ipertensione, colesterolo alto e inadeguato consumo di frutta e vegetali [7].

Uno dei più grandi cambiamenti della scienza della nutrizione è quello di aver spostato l'attenzione (e la ricerca) dalle aspettative di vita alla qualità della vita, dalla salute come assenza di malattia (spesso limitata all'ambito fisico-sintomatico) alla salute come "benessere globale", per restituire importanza all'intero stile di vita del soggetto, di cui la salutare nutrizione è un elemento fondante.

In America, **la FDA** (Food and Drug Administration) nel **1993** ha riconosciuto che alcuni alimenti sono in grado di ridurre il rischio di malattie e ne ha approvato i relativi health claims *("informazioni")* [8].

L'IFIC (International Food Information Council), li definisce come *"...cibi o componenti di cibi che possono apportare benefici oltre la nutrizione di base.*

Essi includono una grande varietà di cibi e componenti di cibi che si ritiene incrementino la salute e il benessere riducendo il rischio di specifiche malattie o minimizzando gli effetti di altri disturbi di salute..."

I cibi funzionali possono includere i naturali e salutari componenti di frutta e vegetali, grani interi e fibre di certi tipi di pane e cereali, calcio nel latte e cibi fortificati e bevande con vitamina D, e anche supplementi dietetici che sono inclusi nella più ampia definizione di cibi funzionali..." [9].

Nel 1999 e nel 2004, l'**ADA** (American Dietetic Association) ha aggiunto alla definizione dell'IFIC tutti gli alimenti con effetti benefici sulla salute, non solo frutta e verdura, ma anche formaggi e snack a basso contenuto di grassi!

"Tutti i cibi sono funzionali a qualche livello fisiologico, ma la posizione dell'ADA è che i cibi funzionali comprendono cibi interi e fortificati, arricchiti o migliorati, che hanno un potenziale effetto benefico sulla salute quando vengono consumati come parte di una dieta variata e regolarmente a livelli efficaci.

L' ADA sostiene la ricerca per definire ulteriormente I benefici per la salute dei singoli cibi funzionali e dei loro componenti fisiologicamente attivi ...." [10].

Un'altra istituzione americana, **l'Institute of Medicine della US National Academy of Sciences,** descriveva gli alimenti funzionali come *"quegli alimenti in cui la concentrazione di uno o più ingredienti è stata modificata per aumentare il loro contributo ad una dieta salutare "* [11].

Come emerge, manca una chiara ed univoca definizione di alimento funzionale che permetta almeno di discriminare il salutare dal meno dannoso, ma comunque dannoso!

Nella **UE** (Unione Europea) non esiste una normativa specifica per gli alimenti funzionali.

Nel 1995 l'ILSI Europa *(International Life Sciences Institute)* organizzò la prima Conferenza Internazionale "East-West

Perspectives on Functional Foods", per arrivare ad una definizione comune [12].

Il documento finale o Consensus Document della *"European Commission Concerted Action on Functional Food Science in Europe"* **(FU.FO.S.E)** afferma che:

*"un alimento può essere considerato funzionale se viene dimostrato in modo soddisfacente che sia in grado di influenzare in modo benefico una o più funzioni target dell'organismo, al di là del suo puro valore nutrizionale, in un modo che sia rilevante sia per il miglioramento dello stato di salute e di benessere e/o per la riduzione del rischio di malattia. Un alimento funzionale **rimane un alimento** e deve dimostrare il suo effetto in quantità che sono normalmente consumate nell'ambito di una dieta normale: non è una pillola o una capsula, ma parte di un normale regime alimentare"* [13].

I principali aspetti che emergono da questa definizione, che appare in accordo con le specifiche della legislazione giapponese, sono:

- la natura degli alimenti funzionali è quella di essere alimenti convenzionali, non pillole, capsule, vitamine o altra forma di integratori,
- i loro effetti positivi sulla salute dell'organismo devono essere scientificamente fondati su studi " in vivo" e "in vitro",
- il loro consumo è parte di un normale regime alimentare,
- non devono essere parte di indicazioni mediche

Da un punto di vista pratico un alimento funzionale può essere sia un alimento naturale, sia essere reso funzionale mediante l'applicazione di mezzi biotecnologici per aumentarne la concentrazione, aggiungere, rimuovere o modificare un componente particolare o aumentarne la biodisponibilità, una volta provato che questo componente abbia un effetto funzionale, nei termini richiesti dalla definizione [4].

Dal **Consensus document** emerge inoltre che:

- gli effetti addizionali di questi cibi sono dovuti alla presenza di componenti, <u>generalmente non-nutrienti</u>, che interagiscono selettivamente con una o più funzioni fisiologiche dell'organismo (biomodulazione)
- il loro effetto positivo - nelle quantità normalmente previste da una dieta equilibrata - deve emergere da studi epidemiologici e scientifici, in relazione a specifiche funzioni metaboliche dell'organismo **(TARGET FUNCTIONS)** in modo tale che risultino evidenti un miglioramento dello stato di salute e di benessere e/o una riduzione del rischio di malattia [12].

Le Target Functions o funzioni bersaglio su cui l'alimento funzionale deve manifestare la propria benefica e salutare azione, sono:

- regolazione della crescita, dello sviluppo e della differenziazione cellulare
- regolazione del metabolismo basale
- mantenimento della struttura e funzionalità del DNA mediante protezione da specie ossidanti
- regolazione delle funzioni intestinali
- regolazione del sistema cardiovascolare [14].

Da un punto di vista legislativo, gli alimenti funzionali sono regolamentati in accordo con le **"General Food Law Regulation"**, contenute nel **Regolamento EC No.178/2002**

del Parlamento Europeo, il cui scopo è quello di assicurare la protezione della salute attraverso elevati standard di composizione, sicurezza, etichettatura, claims, etc. [4].

Health Claims

Un altro importante aspetto ancora in evoluzione è quello relativo agli **health claims ***.

Negli USA, il Nutrition Labelling and Education Act (NLEA), del 1994, ha introdotto su alcuni alimenti dei claims relativi alla "riduzione del rischio di malattia", autorizzati dalla Food and Drug Administration (FDA) sulla base della "*totalità delle evidenze scientifiche pubbliche e qualora vi sia ampio consenso scientifico tra esperti qualificati sul fatto che i claims siano avvalorati da tali prove*".

Essi dovrebbero aiutare il consumatore, fornendo informazioni su modelli alimentari sani che possano prevenire o ridurre il rischio di patologie [4].

Sono previsti 3 tipi di claims:

- **nutrient content claim** descrive il contenuto di una sostanza *(es.: contiene ferro)*
- **structure/function** descrive le proprietà di alcuni ingredienti *(es.: la fibra favorisce il transito intestinale)*
- **health claim** descrive la relazione fra alimento e una specifica condizione di salute o di malattia [15].

*** "Claim"** *è "qualsiasi messaggio o rappresentazione, incluse quelle grafiche e simboliche, che stabiliscano, suggeriscano o implichino che un prodotto possiede particolari caratteristiche che sono in relazione con la sua natura, origine, proprietà nutrizionali, produzione, modo di lavorazione, composizione ed ogni altra qualità"* [1].

In Europa sono sorte varie linee guida e codici di comportamento negli Stati membri dell'UE, tra cui la *"Joint Health Claims Initiative"* (JHCI) inglese.

Successivamente al progetto FU.FO.S.E è stato avviato dall'Unione Europea, a partire dal 2001 (2001-2005) un altro progetto, il **Process for the Assessment of Scientific Support for claims on food (PASSCLAIM),** con lo scopo di individuare criteri comuni per la validazione scientifica dei claims (16). Esso ha stabilito (regolamento comunitario 1924/2006 sulle *indicazioni nutrizionali e sulla salute relative ai prodotti alimentari*) che i functional foods possono essere accompagnati da un messaggio salutistico o claim in etichetta o come pubblicità , il quale deve essere previamente valutato, e autorizzato solo se esistono prove scientifiche in merito a quanto affermato.

L'autorità preposta al controllo degli health claims è l' **EFSA** (European Food Safety Authority) che deve - basandosi su pareri scientifici - verificare l'attendibilità delle dichiarazioni salutistiche e fornire un parere sulla forma dei claims per evitare che possano rivelarsi ingannevoli per il consumatore.

Essi si basano sui risultati di studi e ricerche scientifiche e vengono poi trasformati in informazioni/indicazioni per i consumatori.

Riguardano le proprietà delle sostanze nutraceutiche sia come elemento del cibo che le contiene, sia indipendentemente dai cibi che le contengono; in tal caso il loro campo di interesse è quello dei cibi arricchiti, dei novel foods e degli integratori.

Sono previste due principali categorie di claims:
Nutrition claim: *"Qualunque indicazione che affermi, suggerisca o sottintenda che un alimento ha particolari*

proprietà nutrizionali benefiche (energia, sostanze nutritive)...",
relative, cioè, a ciò che il prodotto contiene.

Health claim: *"Qualunque indicazione che affermi, suggerisca o sottintenda l'esistenza di un rapporto tra una categoria di alimenti, un alimento o uno dei suoi componenti e la salute"* relativi anche a come l'alimento o un suo componente agisce.

<u>Gli health claim riguardano gli alimenti funzionali.</u>

Secondo il consensus document gli health claim si differenziano a loro volta in:

- **Enhanced-function claims** (tipo A) riguardanti il *"miglioramento di una funzione biologica"* .

Fanno riferimento a **specifici effetti positivi di un alimento o componente alimentare** su specifiche attività fisiologiche, psicologiche e biologiche, che vanno oltre il loro ruolo accertato nella crescita, nello sviluppo ed in altre normali funzioni dell'organismo e <u>senza diretto riferimento alla riduzione del rischio di specifiche malattie</u> *(un esempio è rappresentato dalla prevenzione dello stress ossidativo da parte di componenti antiossidanti).*

- **Disease risk reduction claims** (tipo B) sono correlate alla *"riduzione del rischio di malattia"*. Essi cioè si riferiscono alla possibilità della riduzione del rischio di malattia mediante il consumo di uno specifico alimento o di una miscela di specifici componenti o ingredienti, grazie ai nutrienti in essi contenuti [16], [17] *(esempi di questo tipo di claims sono la riduzione del rischio di malattie cardiovascolari e cancro attribuita ad alimenti con basso contenuto di colesterolo).*

L'obiettivo dell'azione europea è stato quello di cercare di correlare questi due importanti tipi di health claims a prove scientifiche solide per sostenerne così lo sviluppo [18].

Infatti per tutelare il consumatore gli effetti salutistici devono avere evidenza scientifica, cioè devono risultare da dati oggettivi, ripetibili, potere essere considerati rilevanti e attendibili (significatività statistica e biologica) ed essere dimostrata la relazione tra causa-intervento ed effetto-risultato.

Le direttive della Comunità europea (CE) forniscono indicazioni generali sotto il profilo della genuinità e sicurezza alimentare.

Bisogna tenere presente i rilevanti interessi industriali che stanno dietro al settore alimentare, dei cibi arricchiti e degli integratori, in grado di influenzare ogni altro tipo di potere.

Anche in questo ambito non possiamo esimerci dall'assumere la responsabilità diretta delle nostre scelte alimentari.

Nel Regolamento CE N. 1924/2006 del Parlamento Europeo e del Consiglio del 20 dicembre **2006** [27] leggiamo:
*"**Una dieta varia ed equilibrata è una premessa necessaria per una buona salute** e i singoli prodotti hanno un'importanza relativa nel contesto generale del regime alimentare. Inoltre, la dieta è uno dei tanti fattori che influenzano l'insorgere di determinate malattie umane. Altri fattori, come l'età, la predisposizione genetica* il livello dell'attività fisica, il consumo di tabacco e altre sostanze che provocano assuefazione, l'esposizione ambientale e lo stress possono influenzare l'insorgere delle malattie. Pertanto, l'apposizione di indicazioni riguardanti la riduzione di un rischio di malattia dovrebbe essere sottoposta a condizioni specifiche..."* [19].

*<u>la predisposizione genetica</u> viene posta in rilievo seguita dai fattori inerenti lo stile di vita. Tuttavia l'ambiente influenza anche i fattori genetici.

Per ampliare il campo d'informazione vi rinviamo al capitolo sulla nutrigenomica ed epigenetica e relativa bibliografia e, come esempio, ad una ricerca italiana su *"Geni o ambiente: cosa ci fa ammalare"*, in
http://www.humanitasricerca.org/traguardi-geni-ambiente.html

La legislazione europea richiede che l'etichettatura, presentazione e pubblicità non debba essere ingannevole.
E' proibita l'attribuzione di proprietà preventive, curative di malattie e stati di disagio .
Viene nel contempo sottolineata   l'importanza di una
dieta varia ed equilibrata nell'ambito di uno stile di vita sano.

Questo regolamento è stato parzialmente modificato **(Regolamento UE n. 1169/2011)** per quanto riguarda le informazioni sugli alimenti fornite ai consumatori, le indicazioni in etichetta sul Paese o luogo di provenienza, identità, composizione e proprietà dell'alimento. Queste ultime tre indicazioni divengono obbligatorie come la presenza di ogni informazione diretta alla tutela della salute e sicurezza dell'uso dell'alimento: durata, conservazione ed effetti potenzialmente nocivi [20].
Il Regolamento UE n.432/2012 contiene
"...un elenco di indicazioni sulla salute consentite sui prodotti alimentari, diverse da quelle facenti riferimento alla riduzione dei rischi di malattie e allo sviluppo e alla salute dei bambini"
[21].
Si tratta di un elenco unico valido in tutta l'UE, che *"..consentirà ai consumatori di tutti i paesi della UE di fare una scelta informata"*. Solo le 222 indicazioni sulla salute autorizzate e riportate nel Registro Europeo degli health

claims possono essere trascritte sulle confezioni degli alimenti e ad ogni ingrediente corrisponde un unico claim funzionale a livello europeo [22].

Sulla base delle numerose indicazioni ricevute dagli Stati Membri (più di 40.000) la Commissione ha redatto un elenco di più di 4.000 indicazioni pubblicato nel maggio del 2010 sul sito dell'EFSA, consultabile per ogni informazione relativa a singoli alimenti o nutrienti [23].

Per tutti i prodotti alimentari compresi i cibi funzionali che entrano nel "campo medico" l' EFSA condivide o delega la sorveglianza del rispetto della legislazione all'EMA (European Medicine Agency) per la scelta della normativa adatta.

In Italia la regolamentazione è attribuita a decreti di attuazione delle norme comunitarie, riguardanti, ad esempio:

-le norme igieniche nella produzione e vendita di alimenti e bevande (n°283/1962);

-l'applicazione della direttiva relativa agli alimenti destinati a particolari usi nutrizionali n° 111/1992;

-l'implementazione della direttiva relativa a prodotti dietetici destinati a speciali usi medici, per loro

classificazione ed etichettatura (n°57/2002) [24].

Bibliografia

(1) *Aspetti normativi dei cibi funzionali, in*
www.unife.it/farmacia/lm.ctf/insegnamenti...siti.../file

(2) *Cadaval A., Artiach Escauriaza B., Garín Barrutia U., Pérez Rodrigo*
C., Aranceta J. (2005), Alimentos Funcionales. Para una alimentación
más saludable, SENC., in

Manuela Aiello, Functional Foods: Between New Consumption Trends
and Renewed Perceptions of Health, Italian Sociological Review, 2011,
1, 3, pp.45-University of Verona (Italy)

(3) *Kojima K. The Eastern consumer viewpoint: the experience in*
Japan.Nutr Rev 1996; 54: S186-8, in Leoncini vedi (4)

(4) *E. Leoncini, Alimenti funzionali e componenti nutraceutici come*
biomodulatori , dottorato di ricerca in biochimica, Università di
Bologna, 2009, in

http://amsdottorato.unibo.it

Arai S. , Studies on functional foods in Japan--state of the art. Biosci
Biotechnol Biochem 1996; 60: 9-15, abstract in

http://www.ncbi.nlm.nih.gov/pubmed/8824819

(5) *Anon, Concerning the amendment of ministerial ordinance on*
Nutrition improvement law Japan: Ministry of Health and
Welfare,1991, in Leoncini op. citata, vedi (4).

(6) *Roberfroid M.B. (2000a), "Defining Functional Foods", in Gibson*
G.R., Williams C.M., (Eds),

Functional Foods, Concept to product, Woodhead Publishing,
Cambridge;

Roberfroid M.B. (2000b), Concepts and Strategy of Functional Food
Science: the European Perspective, in The American Journal of Clinical
Nutrition, n. 71, pp. 1660S-1664S;

Vidal Carou M.C. (2008), Alimentos Funcionales. Algunas reflexiones
en torno a su seguridad y eficacia y a cómo declarar sus efectos sobre
la salud, in Humanitas Humanidadés Medicas, Tema del mes on-line,
n. 24, Febrero, in

Manuela Aiello, Functional Foods: Between New Consumption Trends and Renewed Perceptions of Health, Italian Sociological Review, 2011, 1, 3, pp.45- University of Verona (Italy)

(7) WHO, Diet, Nutrition and the Prevention of Chronic Diseases, WHO Technical Report Series, 2002, p. 916.in

Italian Sociological Review, 2011, 1, 3, pp.45-58

(8)
http://www.fda.gov/ohrms/dockets/ac/04/briefing/4035b1_02_low %20fat%20criterion.htm;

http://onlinelibrary.wiley.com/doi/10.1111/j.1753-4887.1993.tb03079.x/; abstract:

The FDA's Final Regulations on Health Claims for Foods, 27 APR 2009

DOI: 10.1111/j.1753-4887.1993.tb03079.x

© 1993 International Life Sciences Institute, Nutrition Reviews

Volume 51, Issue 3, pages 90–93, March 1993

(9) http://www.foodinsight.org/blogs/going-beyond-basic-nutrition-highlights-functional-foods-survey-webcast#sthash.388y9jJe.dpuf

(10) J Am Diet Assoc. 2009 Apr;109(4):735-46.

Position of the American Dietetic Association: functional foods. Abstract in: http://www.ncbi.nlm.nih.gov/pubmed/19338113

Hasler CM1, Brown AC; American Dietetic Association.

http://www.ncbi.nlm.nih.gov/pubmed/10524397

(11) Thomas P.R., Earl R.O., "Committee on opportunities in the nutrition and food sciences ", Institute of Medicine, U.S.,1994, in

Polito P., Procacci S., Brunori A., Vitali F., Alimenti funzionali: quadro normativo, opportunità per l'industria agroalimentare e per la ricerca, ENEA - Unità Tecnica Sviluppo Sostenibile ed Innovazione del Sistema Agro-Industriale, Centro Ricerche Casaccia, Roma,RT/2013/14.

(12) S. Hrelia Alimenti Funzionali Alimenti Funzionali e Componenti Nutraceutici, Bologna, 25 marzo 2010

Dipartimento di Biochimica "G. Moruzzi, Bologna 2010, in
www.arpa.emr.it/cms3/documenti/

(13) A.T.Diplock, P.J.Aggett, M. Ashwell, F. Bornet,
E.B.Fern&M.B.Roberfroid, Scientific Concepts of functional food in
Europe: consensus document, in

British Jouranl of Nutrition, (1999), vol. 81, S1-S27

(14) D. Pacetti, N. G. Frega, Alimenti Funzionali, in

http://www.georgofili.info/detail.aspx?id=1511

(15) M.L. Clodoveo, D. Fusillo, Alimenti funzionali, Università degli
Studi di Bari, in Scienza Attiva. Ed. Speciale 2014/2015, in

www.scienzattiva.eu/wp.../INNO;

FDA-Health Claims Meeting Significant Scientific Agreement (SSA), in

http://www.fda.gov/Food/IngredientsPackagingLabeling/LabelingNu
trition/ucm2006876.htm (an example of approved and denied health
claims).

 (16) Ashwell, M., Functional foods: a simple scheme for establishing
the scientific basis for all claims, 2001,Public Health Nutrition, 4:859-
863 in

EUROPEAN FOOD INFORMATION COUNCIL-FONDAMENTI 06/2006;

http://www.eufic.org/index/it/1.

(17) Amedeo Schipani, Alimenti funzionali, 1°congresso SIMP e SV
società italiana di medicina di prevenzione e degli stili di vita-67°
congresso nazionale FIMMG-METIS 2012 Villasimius CA, in

alimentazione.fimmg.org

(18) Bellisle et al., 1998; Diplock et al., 1999; Roberfroid, 2002, in

E. Leoncini, ALIMENTI FUNZIONALI E COMPONENTI NUTRACEUTICI
COME BIOMODULATORI, 2009-Dottorato di ricerca in biochimica,
Università di Bologna, in amsdottorato.unibo.it

(19) REGOLAMENTO (CE) N. 1924/2006 DEL PARLAMENTO
EUROPEO E DEL CONSIGLIO, 20 dicembre 2006, relativo alle
indicazioni nutrizionali e sulla salute fornite sui prodotti alimentari.
Gazzetta ufficiale dell'Unione europea L 404/9, in

*http://eur-lex.europa.eu/legal-
content/IT/TXT/?uri=celex:32006R1924;*

*K. Zancanaro, Il miglioramento dell'alimentazione attraverso i
functional food: un'opportunità per l'industria e per il consumatore,
Università degli studi di Padova, 2013, in
http://tesi.cab.unipd.it/42646/1/Zancanaro_Katia.pdf*

*(20) REGOLAMENTO (UE) N. 1169/2011 DEL PARLAMENTO
EUROPEO E DEL CONSIGLIO, del 25 ottobre 2011, in EUR-Lex,
European Union law*

*http://eur-lex.europa.eu/legal-
content/IT/TXT/?uri=CELEX:32011R1169*

*(21) Regolamento UE n.432/2012, Gazzetta Ufficiale dell'UE n. 136/1
del 25/05/2012, in Official Journal of the European Union L 136*

*http://eur-
lex.europa.eu/LexUriServ/LexUriServ.do?uri=OJ:L:2012:136:FULL:EN:
PDF*

*(22) Polito P., Procacci S., Brunori A., Vitali F., Alimenti funzionali:
quadro normativo, opportunità per l'industria agroalimentare e per la
ricerca, ENEA - Unità Tecnica Sviluppo Sostenibile ed Innovazione del
Sistema Agro-Industriale, Centro Ricerche Casaccia, Roma,
RT/2013/14.*

(23) http://.ec.europa.eu/nuhclaims/

*(24) Aspetti normativi dei cibi funzionali, in
www.unife.it/farmacia/lm.ctf/insegnamenti...siti.../file*

CIBI FUNZIONALI O *FUNCTIONAL FOOD*

Descriviamo in questo Capitolo **ALCUNI CIBI FUNZIONALI, con i principali nutraceuti e micronutrienti.**

Gli alimenti funzionali sono spesso ricchi di numerose sostanze Nutraceutiche in differenti proporzioni; alcune li caratterizzano più di altre.

Ad esempio ai differenti colori corrispondono composti specifici, in misura prevalente, ma non esclusiva.

Così avviene per i macronutrienti: quando parliamo di un cibo proteico, amidaceo o grasso dovremmo correttamente definirlo come *prevalentemente* proteico, amidaceo o grasso; ciò in quanto ogni alimento contiene macro e micronutrienti in diversa proporzione, insieme a numerose altre sostanze –i Nutraceuti- che concorrono, nel loro insieme, a determinare le caratteristiche uniche di quel particolare alimento.

L'argomento è vasto e la Nutraceutica una scienza ancora giovane; molti sono i composti da studiare e testare scientificamente.

Tuttavia è certo che gli effetti benefici attribuiti ai cibi funzionali sono sempre dovuti all'interazione fra tutti i componenti presenti naturalmente nell'alimento stesso.

Alimenti funzionali

Cibi ricchi in vitamine, sali minerali, fibre, enzimi digestivi, Nutraceuti. Carboidrati semplici. Nei vegetali è presente una quota proteica variabile.

ALIMENTI FUNZIONALI	NUTRACEUTI	POTENZIALI EFFETTI BENEFICI
FRUTTA e FRUTTI (*consumo quotidiano: 5 porzioni di frutta e verdura*)	Acqua (in media 60-70%), vitamine, polifenoli, vari altri tipi di nutraceuti, enzimi digestivi	Antiossidanti, contrasto dell' invecchiamento cellulare, riduzione incidenza di cancro, controllo pressione
	Sali minerali	Salute delle ossa, trasmissione impulsi nervosi, contrazione muscolare
	fibre	senso di sazietà, riduzione assorbimento dei grassi, transito intestinale

ALIMENTI FUNZIONALI (*VEGETALI PER COLORE*)	NUTRACEUTI PREVALENTI *(nel vegetale maturo)*	POTENZIALI EFFETTI BENEFICI
VEGETALI ROSSI *FRUTTA* Anguria, fragola ciliegia, arancia rossa, etc. *VERDURA* Pomodoro, peperone rosso, barbabietola rossa, ravanello, etc.	Licopene, antocianine, altri carotenoidi, vitamina C (assorbimento del ferro)	antiossidanti, protezione epitelio, stimolazione difese immunitarie, prevenzione tumori (prostata, seno, ovaie), riduzione del rischio di tumori e malattie cardiovascolari protezione della vista dei vasi sanguigni e capillari, cicatrizzazione ferite, produzione di collagene, miglioramento della memoria, antinvecchiamento
VEGETALI GIALLO/ARANCIO *FRUTTA* Agrumi, albicocche, melone giallo/arancio, cachi, etc. *VERDURA* Carote, peperone giallo, zucca. etc.	Carotenoidi tra cui beta-carotene *(assorbimento con i grassi; precursore vit. A)* e flavonoidi *(azione a livello gastrointestinale)* vit. A, C, antocianine	antiossidante, prevenzione invecchiamento cellulare, tumori e patologie cardiovascolari, crescita, produzione e mantenimento collagene, potenziamento della vista, azione

		antinfiammatoria e anticoagulante, assorbimento del ferro
VEGETALI VERDI *FRUTTA* Kiwi, uva, etc. *VERDURA* Asparagi, broccoli, cavoli e tutte le Crucifere verdi, carciofi, cetriolo, lattuga ed insalate, cicorie, prezzemolo, basilico, spinaci , bieta, tutti i vegetali a foglia, zucchine	Clorofilla, Carotenoidi, acido folico (B9) e folati, vitamina C, resveratrolo, magnesio	Antiossidante, astringente, cicatrizzante, prevenzione patologie coronariche, anemia e tumori, sviluppo delle cellule epiteliali, protezione della vista, equilibrio pressione, trasmissione impulsi nervosi
VEGETALI BLU/VIOLA *FRUTTA* Frutti di bosco: mirtilli, lamponi, ribes, more, more di gelso, uva nera, fichi, prugne, etc. *VERDURA* radicchio rosso, melanzane, etc.	Antocianine e beta-carotene, resveratrolo, vitamina C, potassio, magnesio, fibre solubili	Antiossidante, protezione dei capillari, della vista (mirtillo), delle ossa e dell'apparato urinario (frutti di bosco), anti invecchiamento cutaneo, prevenzione tumori e patologie cardiovascolari e degenerative, equilibrio colesterolo, antinfiammatori, sostegno capacità intellettive

VEGETALI BIANCHI *FRUTTA* Mela, pera, etc. *VERDURA* Aglio, porri, cipolle, cavolfiore, finocchio, porri, sedano, funghi	Quercitina, isotiocianati, flavonoli, catechine e flavoni, allilsolfuro, selenio, fibre, potassio	Antiossidante, beneficio per sistema osseo e polmonare, fluidità del sangue, diminuzione colesterolo, prevenzione ipertensione, invecchiamento cellulare e anemie

ALIMENTI FUNZIONALI *FRUTTA* **Alcuni Frutti**	NUTRACEUTI	POTENZIALI EFFETTI BENEFICI
Anguria	Licopene (alti livelli)	Rallentamento dell' invecchiamento cutaneo, protezione dalla cataratta e dalle patologie neurodegenerative
Agrumi: arance, limoni, mandarini, pompelmi, lime, cedro, bergamotto, etc. **Arance rosse (1/2 lt al giorno)** **Cedro**	Vitamina C, polifenoli, folati, fibre, potassio, limonene, cumarine antociani flavonoidi	Antiossidanti, protezione sistema cardiovascolare, stimolo attività intestinale, riduzione rischio di cancro Controllo pressione, controllo peso (prevenzione), antiossidante, anti-età, energizzante, riduce rischio di tumore al colon, prevenzione obesità
Albicocca	Betacarotene, licopene, vitamina A, C, potassio, fosforo, sodio, ferro, calcio, sorbitolo, fibre	Antiossidante, supporto per anemia, convalescenza, attività fisica, controllo colesterolo
Avocado	Grassi monoinsaturi e omega-3, vitamina A, C, E, H, K, gruppo B, acido folico, luteina e glutatione, <u>potassio</u>, magnesio, fosforo,	Antiossidante, nutriente (molto digeribile e astringente), brucia-grassi (attiva il metabolismo),

	rame, zinco, zolfo, tutti gli aminoacidi essenziali, carotenoidi, tocoferolo	energizzante, regolazione pressione e colesterolo, prevenzione disturbi cardiovascolari
Frutti rossi: uva nera, ciliegie, melograno e frutti di bosco	Acido ellagico, flavonoidi, antocianine, proantocianidine, acido idrocinnamico, vitamine (tra le altre, vitamina C)	Antiossidante, antinfiammatorio, protezione cardiovascolare e da infezioni vie urinarie, azione antidiabetica, regolazione del livello di zuccheri ed insulina, riduzione del senso di fame ed introito calorico
Frutti di bosco: fragole, lamponi, ribes neri, mirtilli	Vitamina C, fibre, calcio, vitamina A, antocianine, flavonoidi, acidi fenolici, acido gammalinolenico (ribes), lignani e Iso flavonoidi (fitoestrogeni: mora), antocianoidi, pterostilbene, acido citrico e acido folico (mirtillo), xilitolo (lampone, fragola), acido ellagico (fragoline di bosco)	Antiossidanti, integrità tessuti, salute gastrointestinale, rafforzamento sistema immunitario, miglioramento sindrome metabolica, antinfiammatorio, antiallergico (ribes), salute cardiovascolare e delle ossa, azione antitumorale (mora), rafforzamento dei capillari, elasticità dei vasi, antiemorragico, regolazione pressione e colesterolo (mirtillo),

		salute della bocca anti cariogeno, prevenzione diabete2 (lampone) prevenzione declino mentale, antitumorale
Fragola	Vitamina C, calcio, ferro, magnesio, fosforo, folati, fibre solubili, acidi grassi essenziali omega-3, polifenoli (antocianine), tannini, xilitolo, acido ellagico	Equilibrio del colesterolo, pressione e fluidità del sangue, lassativa, diuretica, depurativa, prevenzione placca dentale, anticancro
Fico d'India	Vitamine, tannini, carotenoidi (betacarotene, luteina) potassio, fibre, aminoacidi	Regolazione intestinale, controllo del peso, antiossidante
Ciliegia	Carotenoidi, antocianine, quercetina, fibre, vitamina C	Antiossidante, antinfiammatorio, incrementa funzioni cognitive, attenua progressione adiposità-obesità, azione cardioprotettiva
Mango	Acqua (ca. 80%), carotenoidi (più di 20 differenti tra cui betacarotene), vitamina C, gruppo B, D, E, K, zinco, potassio, magnesio,	Diuretico, lassativo, ricostituente, antiossidante

	ferro, rame, calcio, fosforo e sodio, aminoacidi (tra cui lisina, arginina, serina)	
Melograno *succo*	Enzimi antinfiammatori e anticancro, acido ellagico, fenoli	Antinfiammatorio, protettivo per tumore alla prostata, riduzione stress ossidativo e prevenzione arteriosclerosi
Mela	Polifenoli (quercetina), fibre (pectina nella buccia), vitamina C, PP, A, B1, B2,	Antiossidante, riduzione colesterolo antistress, facilita digestione, protezione mucose e funzionalità polmonare
Mela annurca	potassio, zolfo, fosforo, calcio, magnesio, acido malico e citrico, tannini, alcoli, aldeidi e terpeni (profumo e sapore) polifenoli	prevenzione tumore colon
Uva nera	Resveratrolo *(antibiotico naturale della famiglia delle fitoalessine)*, licopene	Antiossidante, antiaterogeno e ipolipidemizzante *(previene indurimento arterie)*

Cibi ricchi in vitamine, Sali minerali, fibre, enzimi digestivi, Nutraceuti. Carboidrati semplici

Le verdure possono avere un contenuto variabile di amidi (alto ad esempio in patate, batata, zucca.)

La cottura, a seconda della modalità e della durata, genera una diminuzione o una perdita dei nutrienti.

ALIMENTI FUNZIONALI *Alcune Verdure*	NUTRACEUTI	POTENZIALI EFFETTI BENEFICI
VERDURE Vitamine A, B,C,E sono termolabili: la cottura le degrada	Acqua, Sali minerali, vitamine, fibre, polifenoli e altri nutraceuti, enzimi digestivi	
Aglio	vitamine A, B, C; elevate quantità di fosforo, potassio, zolfo e zinco, flavonoidi e altri antiossidanti, oli essenziali, acidi grassi, aminoacidi, pectina, carboidrati e composti solforati, tra cui **l'allicina con attività statino-simile**	Abbassamento colesterolo, ipertensione, proprietà antibiotiche e preventive del cancro, antimicrobico, antibatterico, antinfiammatorio
Barbabietole	Betalaine, potassio, ferro, calcio, fosforo, vitamine B1, B2, B3, C; fibre, carboidrati	Antiossidanti, antinfiammatorie, detossificanti

Carciofo e cardo	Flavonoidi, acidi fenolici ed organici, fitosteroli, fibre, calcio, fosforo, magnesio, ferro e potassio, vitamine (A, B1, B2, C, PP), Inulina, Cinarina *(foglie)*, cinapopicrina *(amaro delle foglie)* Acido clorogenico *(cuore carciofo)*	Attività statino-simile, abbassamento colesterolo aumento flusso biliare e sua escrezione dalla cistifellea, epatoprotettivo, antitossico, tonico antitumore
Cavolo nero	Vitamina C, K, A, B6, E, acido folico, cromo, manganese, calcio (*più biodisponibile di quello del latte)*, ferro, magnesio, potassio, zinco, etc.	Le stesse proprietà delle altre crucifere
Cipolla, porro, bulbi	Zolfo, quercetina, allicina, cromo, potassio, sodio, vitamina B e C, prebiotici	antimicrobico, antibatterico antivirale, antistaminico
Crucifere o Brassicacee: broccoli, broccoletti, cavoli, verze, cavolfiori, cavolo nero, cime di rapa e rape, etc	Sulforafano, acido folico (B9), vitamina C e K, beta-carotene, luteina, zeaxantina, glutammina, magnesio, ferro, fibre, calcio Ditioltioni Glucosinolati	Potenziamento sistema immunitario, prevenzioni tumori, protezione sistema cardiovascolare Stimolo dei meccanismi

	Indoli	antiossidanti e
	Fenoli	disintossicanti
	Isotiocianati/tiocianati	Miglioramento del funzionamento degli estrogeni Inibizione dello sviluppo e della crescita dei tumori. *Interferiscono con attività tiroidea*
	Cumarine	Anticancerogeni
Melanzana	Acqua, fibre, vitamine gruppo B, C, ed E, magnesio, fosforo, potassio, acido clorogenico, nasunin (bucce) ossalati (*consumo moderato in soggetti sensibili*)	Antiossidante, produzione della bile, eliminazione colesterolo in eccesso, funzionalità epatica, benessere delle ossa, muscoli, apparato digestivo
Peperone Peperoncini piccanti	Vitamina C, gruppo B, carotenoidi (alfa e betacarotene a seconda del colore), luteina, zeaxantina, capsaicina, fibre	Antibatterico, antiossidante, equilibrio colesterolo, protezione malattie degenerative dell'occhio, antitumore, energetico
Pomodoro	Licopene (carotenoide)	Antiossidante, riduzione rischio di cancro
	Cromo	Intensifica l'azione dell'insulina

Radicchio rosso	Antocianine, antocianidine, ferro, calcio, triptofano, fibre	Antiossidante, prevenzione malattie dell'invecchiamento, proprietà depurative, diuretiche, toniche e lassative, protezione fegato e sistema nervoso (insonnia)
Sedano **possibili allergie*	Flavonoidi, sodio (benefico insieme al potassio, es.: banana), vitamine gruppo B, C.	Diuretico, antiossidante, equilibrio elettrolitico, rigenerazione muscolare dopo esercizio fisico, riequilibrio pressione, contribuisce a regolare il metabolismo, le funzioni della tiroide e il peso
Solanacee Pomodoro, melanzana, peperone, patata, peperoncini, goji, alchechengi o incaberry, tabacco, belladonna, etc. *Consumo stagionale di frutti ben maturi, scartando le parti verdi*	Solanina ed altri glicoalcaloidi, vitamina C, carotenoidi tra cui licopene, polifenoli, capsaicina e altri flavonoidi, acido clorogenico, fibre	Antiossidanti, antimicrobici, antitumorale, antivirale, protezione del cuore e dei vasi sanguigni Allo studio possibile tossicità ad alte dosi o per periodi prolungati senza interruzione. *Rispettare la stagionalità*

Verdure a foglia verde e verde scuro	Clorofilla, vitamina C, calcio e magnesio, luteina, zeaxantina	Antiossidanti, formazione delle ossa e dei denti, coagulazione del sangue, corretto funzionamento del sistema muscolare, controllo colesterolo, aumento difese immunitarie e capacità di cicatrizzazione delle ferite, prevenzione problemi agli occhi
Zenzero	olio essenziale (in prevalenza zingiberene), gingeroli e shogaoli (sapore pungente), resine, mucillagini	Antinfiammatorio, antiossidante, antinausea
Zucca	Vitamina A, ferro, cacio, potassio, fibre	

Tra i cibi funzionali rientrano le **Erbe aromatiche** (basilico, prezzemolo, salvia, rosmarino, timo, etc.) dotate di numerose proprietà, ma consumate in quantità minime e le **Erbe selvatiche commestibili,** che vanno ben conosciute prima di raccoglierle, per distinguerle da specie che potrebbero essere tossiche.

Queste ultime, in generale, possono avere proprietà digestive, antiossidanti, rinfrescanti, lenitive, diuretiche, cardiotoniche, etc., a seconda del tipo.

Ne riportiamo alcune: acetosella, achillea altea, asparago selvatico, bardana, borragine, borsa del pastore, cerfoglio, crescione, cicoria selvatica, ortica, piantaggine, portulaca, tarassaco, ramolaccio, valerianella, trifoglio rosso e bianco, malva.

Tra le **piante spontanee tossiche:** ranuncolo, romice, robinia, vitalba, pepe d'acqua.

Un esempio

ALIMENTI FUNZIONALI	NUTRACEUTI	POTENZIALI EFFETTI BENEFICI
Borragine	Vitamina C, calcio, potassio	Tonico del sistema nervoso, depurativo e diuretico
Dente di leone o Tarassaco (tipo di cicoria)	Inulina, fruttani, flavonoidi, tannini, cumarine	Depurativo, diuretico, protezione del fegato, lassativo, stimolante del flusso biliare
Malva	Vitamine A, B1, C, mucillagini, flavonoidi, tannini e antociani, Sali minerali	Emolliente, anti infiammatorio, infezioni della gola e tosse, battericida
Ortica	Proteine, vitamine A, C, niacina, E, ferro, selenio, magnesio, zolfo, flavonoidi, carotenoidi, oligoelementi	Depurativa, immunostimolante, protezione della prostata
Psyllium Addensante vegetale	Fibre, selenio	Peristalsi, transito intestinale
Ramolaccio Foglie e cimette	Vitamina B	Diuretico, rilassante

Per assicurare all'organismo un buon consumo giornaliero dei vari Nutraceuti, tutti egualmente importanti per mantenere la salute, si suggerisce di variare gli alimenti vegetali nel rispetto della stagionalità.

Conoscere **a quale parte della pianta appartiene il vegetale** ci aiuta inoltre ad arricchire i nostri pasti dei loro differenti benefici.

Di seguito alcuni ortaggi suddivisi secondo la parte della pianta che rappresentano:

Radici	Tuberi	Bulbi	Fusti
ravanello rapa rossa sedano-rapa carota daikon	patata, topinambur zenzero	porro cipolla aglio scalogno	Asparagi Sedano Cardo finocchio
Fiori	**Frutti**	**Foglie**	**Semi**
carciofo (gemma) cavolfiore broccolo	peperone melanzana zucchina zucca pomodoro cetriolo cereali (chicchi)	tutte le verdure a foglia comprese le erbe aromatiche	legumi frutta secca

Anche **le spezie** sono ricche di principi funzionali: la loro efficacia è proporzionale alla quantità consumabile.

Alcune SPEZIE

ALIMENTI FUNZIONALI	NUTRACEUTI	POTENZIALI EFFETTI BENEFICI *Dipendenti dalle dosi*
Cannella	Polifenoli	Antiossidante, controllo colesterolo, trigliceridi e glicemia, antisettico dell'apparato respiratorio, antinfiammatorio
Cumino	Cuminaldeide, ferro	Antinvecchiamento
Curcuma	curcumina	Depurativa, antiossidante, antinfiammatoria, favorisce la secrezione biliare e digestione dei grassi
Peperoncino	capsaicina	Antidolore, antinfiammatorio
Rafano	Vitamina C, B fenoli, acido ascorbico, resina, cumarine, calcio, magnesio, ferro	Antidolore antinfiammatorio, protegge vie urinarie e apparato respiratorio, stimolo digestivo e del flusso biliare
Senape	Glucosidi, calcio, fosforo, vitamina C, B, E, K	Favorisce l'ossigenazione del sangue, i processi digestivi e la secrezione gastrica (*controindicata a chi soffre di ulcera o di gastrite*), antinfiammatoria

Tra gli alimenti funzionali ricchi di Nutraceuti rientrano anche le **Alghe**

ALIMENTI FUNZIONALI	NUTRACEUTI	POTENZIALI EFFETTI BENEFICI
ALGHE Alghe azzurre o verdi-azzurre (di acqua dolce), verdi, rosse, brune (tutte marine) Le alghe contenenti iodio (marine) sono controindicate ai soggetti sensibili allo stesso e in particolari stati (gravidanza, allattamento, età inferiore ai 12 anni) Fucus-kelp e kombu in particolare *sconsigliate negli ipertiroidismi*	Clorofilla, ficocianine, acido alginico, acidi grassi omega-3 (EPA e DHA, acido gamma-linolenico), fibre insolubili (es.: cellulosa), calcio, potassio, magnesio, sodio, iodio, etc. (alghe marine), fibre (es.: agar-agar e carragenine),vitamine A, gruppo B, C, D, E, carotenoidi, proteine	Antiossidanti, integratori di minerali e vitamine, metabolismo ferro e calcio, epatoprotezione, antiinfiammatorie, eliminazione metalli pesanti, protezione mucose, disintossicanti, regolazione metabolismo zuccheri e grassi, antibiotiche, immunostimolanti
Arame da reidratare	potassio	Antivirale, controllo peso corporeo, anticrampi muscolari

Dulse	Ferro, potassio, magnesio	Integratore di ferro, facilita digestione dei legumi, disturbi femminili
Kombu ammollo e cottura legumi secchi, brodi	Acido glutammico, ferro, calcio, potassio , sodio, iodio	Integratore di ferro, calcio
Hiziki da reidratare	Iodio, ferro, calcio, acido alginico (viscosità)	Prevenzione ipertensione, malattie cardiovascolari e della tiroide, contrasta colesterolo
Nori	Proteine (50% peso prodotto secco), fibre, acidi grassi omega-3, vitamina C, A, gruppo B, taurina, ferro, calcio	Prevenzione osteoporosi, diuretica, disintossicante, possibile contrasto della resistenza all'insulina (allo studio), digestione
Wakame da reidratare	Iodio, calcio, magnesio, vitamine gruppo B, C, fucoxantina	Salute pelle, capelli e annessi cutanei

Cibi ricchi in carboidrati semplici

ALIMENTI FUNZIONALI	NUTRACEUTI	POTENZIALI EFFETTI BENEFICI
DOLCIFICANTI NATURALI	*Uso moderato. Preferire frutta dolce*	*Relativi all'uso moderato raccomandato*
BANANA	Potassio, magnesio, fosforo, vitamina A, folati, caroteni, luteina, zeaxantina	Energetica e saziante. Ottimo dolcificane per dolci crudi schiacciata e irrorata di succo di limone
MIELE Preferire miele crudo	Fruttosio elevata quantità, glucosio, acqua, oligosaccaridi non digeribili, vitamine, minerali, polifenoli (maggiori nella varietà scura)	Antiossidante Salute cardiovascolare Riduzione trigliceridi Regolazione del peso corporeo
FRUTTA SECCA DOLCE * Albicocche, datteri, fichi, prugne, uvetta, etc Frullarli a crema, con l'acqua usata per la *reidratazione* **Preferire quella essiccata naturalmente e non trattata con anidride solforosa**	Fibre, zuccheri a basso indice glicemico, potassio, polifenoli, vitamine, minerali	Effetti positivi: riacquista parte dei nutrienti della frutta fresca se reidratata. Contrasta malattie metaboliche ***il maggiore beneficio:** consumo del **frutto intero** e **non solo dello zucchero estratto da esso.***
Datteri secchi (zuccheri a lento metabolismo)	Fibre, magnesio, potassio, calcio, ferro	Energetici, senso di sazietà, digeribili, regolazione pressione

Albicocche secche	Carotene, potassio, magnesio	Energetiche, equilibrio pressione
Fichi secchi	Fibre, calcio, ferro, acido folico	Equilibrio intestinale, energetici
Uva passa	Ferro, potassio, vitamina E, fibre, boro, calcio, ferro, manganese, magnesio, rame, zinco	Diuretica, lassativa, densità ossea
Prugne	Fibre, betacarotene	Benessere intestinale, prevenzione diabete tipo 2
More di gelso bianche e nere	Fibre, resveratrolo e altri antiossidanti, calcio, ferro, potassio, magnesio, fosforo	antiossidante
Mirtilli rossi	Proantocianidine, luteina, zeaxantina	Antiossidanti, salute degli occhi, infezioni urinarie
Agave sciroppo Crudo non raffinato *Uso moderato*	Alto contenuto di fruttosio* *va consumato nella frutta	Basso I.G. *(ma il fruttosio in eccesso è trasformato dal fegato in grassi nocivi).*
Acero sciroppo Grado A: più raffinato, preferibile B o C *Uso moderato*	Saccarosio da acido malico, potassio, calcio, ferro, vitamina B1, composti aromatici, calcio, ferro	Remineralizzante, emolliente
Yacon root Sciroppo o polvere Tubero di una pianta peruviana	Basso I.G. Contiene inulina e frutto oligosaccaridi	Benefico per microflora intestinale

Lucuma Polvere estratta da un frutto peruviano Basso I.G.	Betacarotene, vitamine gruppo B, ferro, calcio e fosforo, fibre	Antinfiammatoria, rigenerazione tessuti, antinvecchiamento
Malto di cereali Grano, orzo, riso, etc. Sciroppo estratto per bollitura dai cereali	Contiene glutine, I.G. medio-alto (sopra 50)	
Mesquite Polvere estratta dai baccelli di un albero che cresce in America, Asia, Africa	Fibre solubili, I.G. circa 25, calcio, magnesio, potassio, ferro, zinco, lisina *(aminoacido)*, serotonina, etc.	
Palma da cocco Zucchero (bollito e disidratato) e **Nettare** (crudo) estratto dai fiori, organico, non trattato	potassio, magnesio, zinco e ferro; vitamine B1, B2, B3, B6 e C I. G. intorno a 35	Apporto relativo di vitamine e minerali *(in relazione all'uso moderato che se ne consiglia)*; nel nettare presente un prebiotico
Stevia Foglie fresche o seccate e disidratate	Stevioside, rebaudioside A, rebaudioside C, dulcoside A	Ipotensiva, antifungina, ipoglicemica, migliora la digestione, previene la carie e le infezioni gengivali.
Xilitolo Presente nelle fibre (frutta, verdura, bacche, avena, etc.); estratto da legno di betulla, fibra di mais, lamponi, prugne, grano	zucchero alcaloide non decomposto dai batteri e microorganismi del cavo orale, I.G. 7 circa	Prevenzione infezioni cavo orale e carie, fortifica le ossa, sostiene il sistema immunitario

I.G.= *indice glicemico, misura l'effetto dei carboidrati sui livelli di zucchero nel sangue*

Cibi ricchi in acidi grassi benefici e contenenti proteine.

ALIMENTI FUNZIONALI	NUTRACEUTI	POTENZIALI EFFETTI BENEFICI
FRUTTA SECCA OLEOSA	Fibre, vitamina E, selenio, steroli vegetali, elevata presenza di grassi monoinsaturi e polinsaturi, **omega-3, omega-9, omega-6** *(percentuale maggiore)*	Antiossidante, riduzione del colesterolo totale, LDL e trigliceridi, energetica, diminuzione rischio coronarico
Uso regolare e moderato *(35-40 gr. a seconda attività)* più volte a settimana. Correlazione positiva tra frequenza di assunzione e livello di riduzione rischio.	Acidi grassi insaturi (50% e oltre) Acidi grassi saturi (meno del 16%) Fibre e proteine (arginina): elevato contenuto Fitosteroli e tocoferolo (vit. E) folati inositolo magnesio	Incremento funzioni cardiovascolari, riduzione adiposità viscerale, incremento sensibilità all'insulina, benefici effetti sui livelli di colesterolo, antiossidanti, malattie coronariche, riduzione rischio diabete *(riduzione livelli infiammazione)* Detossificazione, azione su omocisteina Antiansiogeno Funzionalità cardiaca, mantenimento livelli normali di pressione

	rame	sanguigna Favorisce ematopoiesi *(formazione e maturazione delle cellule del sangue)*
Anacardi	Magnesio, zinco, proteine, grassi carboidrati	energetici
Mandorla alcalinizzante *(se consumo regolare o abbondante si consiglia di minimo 8 h)* *Mandorla amara o mandorla di albicocca non più di 1-2 al dì.*	Emulsina (complesso enzimatico), acidi grassi, vitamine gruppo B, potassio, fosforo, calcio, proteine, carboidrati Amigdalina *Pericolosa per i bambini*	Scissione amidi, equilibratrice sistema nervoso, ricostituente, remineralizzante, miglioramento sensibilità ad insulina, riduzione LDL, sostegno attività cardiovascolare
Noci	Acidi grassi, Vitamine A, B1,C, calcio, ferro magnesio	Toniche, ricostituenti nutrienti
Semi di girasole	Acido linoleico, ferro, fosforo, zinco potassio, vitamina E, proteine	Controllo del colesterolo
Semi di zucca	Ferro, magnesio, manganese, zinco, proteine	Salute di ossa, denti e cuore, regolazione funzione intestinale.
Semi di Chia	Fibre solubili,	Antiossidanti,

(raccomandati: 10-30 gr.max al giorno)	vitamina C, A, E gruppo B, calcio, magnesio, potassio, ferro, boro, omega-3 (acido alfa-linoleico)	benessere apparato digestivo ed intestinale, controllo dei trigliceridi, energetici
Semi di Lino *Vanno tritati, il seme intero può irritare l'intestino* Raccomandati: 10 gr.(1c.io)olio o 40gr.semi tritati= 5,8ca. omega-3 e 1,4ca. omega-6 **Semi bruni:** maggiore contenuto di omega-3 **Semi dorati:** sapore simile al burro di noci	Olio di semi di lino contiene elevato livello (57%) di acidi grassi omega-3 (alfa-linolenico). Fibre (lignani: maggiore concentrazione rispetto ad altri grani).	Antinfiammatorio, riduzione livelli trigliceridi e colesterolo Attività estrogena e antiestrogena (lignani), prevenzione tumori estrogeno-dipendenti (colon e seno). Riduzione colesterolo LDL e aggregazione piastrinica
Semi di Sesamo Bianco ricco di calcio, irrancidisce facilmente **Nero** nutraceuti in maggiori quantità **Rosso** ricco di ferro *Frantumare i semi poco prima del consumo*	Calcio, ferro, magnesio, zinco, rame, manganese, fibre vegetali, triptopfano, lignani (sesamina, sesamolina), furfurani, vitamine B1 ed E	Nutrienti, equilibrio della pressione e colesterolo protezione del cuore e potenziamento difese immunitarie, antipertensivi

Semi di canapa Preferire quelli integri e tritarli al consumo	Aminoacidi essenziali, acidi grassi omega-3 ed omega-6 in rapporto ottimale(3:1), inositolo e lecitina, fitosteroli, fosfolipidi (lecitina), vitamine A, E, C, B, ferro, calcio , magnesio, potassio, fosforo, fibre,	Antinfiammatori, antidolorifici, nutrimento del cervello, protezione sistema cardiovascolare
ALCUNI OLI VEGETALI Preferire **oli non raffinati** come l'olio di oliva extravergine (evo) e **spremuti a freddo** **Il calore** ne altera la struttura chimica con effetti negativi sulla salute *(è bene non eccedere nel consumo di oli, preferendo affiancarli con il consumo dei semi da cui provengono o delle olive (alimento intero).* L'olio va aggiunto preferibilmente come **condimento a crudo**	Gli oli vegetali contengono soprattutto acidi grassi monoinsaturi e polinsaturi e una quota inferiore di quelli saturi. *Al contrario, nei grassi animali prevalgono gli acidi grassi saturi.* L'olio di palma e di cocco*, sono più ricchi di acidi grassi saturi, inossidabili. Altri componenti: vitamine E, K, polifenoli, steroli, etc. **sceglierli* *extravergini e bio*	Gli acidi grassi insaturi: effetti benefici sulla salute cardiovascolare, antiossidanti, controllo colesterolo Da studi degli ultimi 15 anni sembra che l'organismo abbia necessità anche di una piccola quota di grassi saturi vegetali *(provenienza biologica certificata e processi di lavorazione a basse temperature)*

OLIO extravergine di OLIVA L'olio migliore per la frittura insieme all'olio di cocco (extravergine e bio)	Acidi grassi monoinsaturi (acido oleico), fitosteroli (tutti gli oli), oleocantale	Ruolo protettivo sistema cardiovascolare: riduzione colesterolo LDL, protettivo contro l'Alzheimer
OLIO DI CANAPA crudo	Miglior rapporto omega-3/omega-6	Benefici dei semi di canapa
OLIO DI SESAMO crudo Anche per massaggio, oil pulling, disintossicazione (Ayurveda)	Acido linoleico, sesamolo, sesamolina,	antiossidante
OLIO DI SEMI DI GIRASOLE *Sconsigliato per le fritture ameno che non abbia un contenuto elevato di acido oleico*	Acidi grassi insaturi (oleico, linoleico), vitamina E	Antiossidante, controllo colesterolo, riduzione stati infiammatori e rischio cardiovascolare
OLIO DI LINO Irrancidisce facilmente (in frigo) Preferibile consumare i semi tritati (alimento intero)	Vedi semi	Vedi semi

I GERMOGLI: un concentrato di salute

ALIMENTI FUNZIONALI	NUTRACEUTI	POTENZIALI EFFETTI BENEFICI
GERMOGLI DI SEMI Alfalfa (erba medica), trifoglio, grano, fieno greco, basilico, crescione, ravanello, broccolo, lenticchie, ceci, quinoa, grano saraceno, cereali, lenticchie, ceci, etc. Germogliano solo i semi ancora "vivi" o non provenienti da ibridi o non sottoposti a trattamento con raggi gamma *E' consigliabile consumarli crudi da soli o in insalate*	Micronutrienti, oligoelementi ed enzimi potenziati, biodisponibili e ben assimilabili. *Si ritiene che anche chi ha intolleranza al glutine può consumare i germogli del frumento*	Parziale eliminazione sostanze antinutrizionali (es.: fitati), moltiplicazione di vitamine e minerali, altamente energetici e molto digeribili. *Una qualità e quantità di nutrienti condensata in una minore quantità di alimento*

Cibi ricchi in carboidrati complessi

ALIMENTI FUNZIONALI	NUTRACEUTI	POTENZIALI EFFETTI BENEFICI
CEREALI INTEGRALI (la maggior parte delle sostanze benefiche si trovano nel germe e nella crusca; i cereali raffinati sono quasi del tutto privi di nutrienti e fibre e possono contribuire ad impoverire l'organismo di sostanze essenziali, come tutti i prodotti raffinati. Ciò favorisce l'insorgere di disordini metabolici di vario tipo)	Carboidrati digeribili, fibre, proteine, vitamine gruppo B ed E, zinco, fosforo, selenio, magnesio, potassio, ferro Fitochimici biodisponibili: polifenoli, fitoestrogeni, lignani, acido fitico, tannini, acidi fenolici, flavonoidi, acidi grassi polinsaturi (omega-3)	Riduzione rischio cardiovascolare, energetici, antiossidanti
Avena	Avenina (*attiva sotto i 60°*), proteine (lisina), fosforo, potassio, magnesio, calcio, grassi, fibre solubili: beta-glucani, *saponine*	Tonica, stimolante, ricostituente, nutriente, riduzione colesterolo

Orzo	Ordeina (sostanza proteica simile all'adrenalina), magnesio, calcio, fosforo, potassio, vitamina A, fibre solubili: beta-glucani	Tonicità muscolo cardiaco, rinfrescante, tonico, diuretico, digeribile, antinfiammatorio, riduzione livelli di glucosio, colesterolo e della concentrazione di lipoproteine, prevenzione cancro al colon
Grano	Fibre, proteine, vitamine del gruppo B e sali minerali	Contribuisce riduzione colesterolo e potenziali tossine
Segale	Fibre, proteine, vitamina A, K, B3, potassio, fosforo, magnesio, calcio	Cereale meno ricco in amidi, leggermente lassativo, ricostituente, protettivo del sistema cardiovascolare, antinvecchiamento, salute della pelle
Khorasan o Frumento orientale (Kamut è il marchio) *Antico cereale affine al grano duro*	Proteine, beta-carotene e selenio (livelli maggiori del grano comune)	Maggiore tolleranza soprattutto se germogliato

Farro -farro propriamente detto (*Triticum dicoccum*), -la "spelta" (*Triticum spelta*) -il farro piccolo (*Triticum monococcum*), il più tenero	Carboidrati semplici, aminoacidi, fibre insolubili, potassio, magnesio, sodio, calcio, fosforo e vitamine A, gruppo B (niacina o B3)	Proprietà lassative, controllo colesterolo
Mais Diffusione mais OGM	Flavonoidi, vitamina E, C, A, B, acidi grassi polinsaturi (olio spremuto a freddo), fibre	Stimola il sistema immunitario, contrasta le sostanze tossiche ambientali (inquinamento atmosferico) <u>privo di glutine</u>
Miglio decorticato (giallo) **Miglio bruno:** germoglia facilmente	Ferro, magnesio, potassio, fosforo, manganese, calcio, sodio, zinco e selenio; vitamine B1, B2, B3, B5 e B6, vitamina K, aminoacidi (tra cui arginina, lisina, triptofano, alanina, etc), acido salicilico	Energizzante, diuretico, salute della pelle ed annessi cutanei, <u>privo di glutine</u> <u>effetto alcalinizzante</u>

Riso rosso fermentato riso comune fermentato ad opera del Monascus purpureus o lievito rosso	Amido, acidi grassi, fitosteroli, isoflavoni, monacoline (*monacolina K attività simile alle statine*), policosanoli	Normalizza livelli di colesterolemia totale, colesterolo LDL, trigliceridi prevenzione dell'ispessimento delle pareti e dei tessuti organici, riduzione dell' aggregazione delle piastrine
Riso integrale	Vitamine gruppo B, E, fosforo, magnesio, potassio, calcio, aminoacidi, fibre	Antinfiammatorio intestinale, rinfrescante, disintossicante, digeribile <u>privo di glutine</u>

Cibi ricchi in aminoacidi (proteine)

L'organismo ha bisogno di **aminoacidi** (non di proteine già "pronte"), i quali, nel nostro corpo, vanno a formare di volta in volta le proteine di cui abbiamo bisogno; possiamo immaginarli come le differenti perle di una collana che cambia forma a seconda degli stimoli ambientali *(vedi nota)*

ALIMENTI FUNZIONALI	NUTRACEUTI	POTENZIALI EFFETTI BENEFICI
QUINOA *(è un'erba, denominata talora pseudocereale, in quanto i cereali vengono di solito identificati solo con le graminacee. Ha un contenuto elevato in proteine di alta qualità e caratteristiche nutrizionali simili ai legumi, ma più completa)*	Aminoacidi: arginina, lisina, mietonina, etc., calcio, ferro, vitamina B2,C,E, fibre	Nutriente, energetica, regola lo stimolo della fame, antistress, antiossidante, salute sistema cardiovascolare, prevenzione ipercolesterolemia *Alimento proteico completo di elevata qualità* <u>priva di glutine</u>
AMARANTO *(è un'erba, denominata talora pseudocereale, in quanto i cereali vengono di solito identificati con le graminacee. Ha un contenuto elevato in proteine di alta*	Aminoacidi: lisina,etc. calcio, ferro, magnesio, fosforo, fibre solubili ed insolubili, polifenoli (antocianine, flavonoidi)	Antiossidante, salute sistema cardiovascolare, prevenzione ipercolesterolemia *Alimento proteico completo di elevata qualità* <u>priva di glutine</u>

qualità e caratteristiche nutrizionali simili ai legumi, ma più completa)		
GRANO SARACENO *(è un'erba, denominata talora pseudocereale, in quanto i cereali vengono di solito identificati con le graminacee. Ha un contenuto elevato in proteine di alta qualità e caratteristiche nutrizionali simili ai legumi, ma più completa)*	Aminoacidi: lisina, triptofano, etc. flavonoidi (rutina), potassio, fosforo, manganese, magnesio, vitamine K, B1, B3, fibre	Riduzione livelli colesterolo e altri steroli neutrali, acidi biliari, contrasta formazione calcoli; incremento massa muscolare (per sforzi prolungati), "prestazione" fisica, azione anti-età, trattamento diabete mellito tipo 1, fragilità capillare
LEGUMI	Proteine, fibre, vitamine gruppo B, E, ferro, flavonoidi, fattori di crescita, grassi "buoni", etc.	Prevenzione cardiovascolare, diabete mellito tipo 2, protezione alcuni tipi di tumore
Piselli *Consumo moderato: effetto acidificante rilevante*	Proteine: alti livelli di mietonina e buon rapporto arginina/lisina	Riduzione della concentrazione di colesterolo e trigliceridi *(sostegno alle cellule epatiche)*

Lenticchie	Ferro, vitamine gruppo B, acido folico, magnesio, fibre, proteine	Riduzione colesterolo
Fagioli Ammollo e lunga cottura (solo cotti) **Fagiolini** *(per comparazione)* Solo cotti	Fibre, saponine, alcuni aminoacidi inositolo	Equilibrio pressione, riduzione colesterolo Antiossidanti, nutrienti, digeribili
Fagioli di Soia Soia verde e rossa: caratteristiche nutrizionali più compatibili con l'alimentazione umana *Preferire alimenti non lavorati* **soia gialla** è poco equilibrata nutrizionalmente: contiene troppi grassi, una quota più elevata di proteine e la metà delle fibre e dei glucidi rispetto alle altre qualità di soia	Isoflavoni, proteine acidi grassi polinsaturi (olio) e fibre	azione simil-estrogena, prevenzione cancro alla prostata, tumore al seno, salute delle ossa, sintomi della menopausa; incremento salute cardiovascolare e riduzione colesterolo del sangue; diabete di tipo 2 e malattie renali

Ceci	Fibre, aminoacidi, omega3, magnesio, potassio, fosforo e calcio, vitamina C e gruppo B, K	Contribuiscono all'abbassamento del colesterolo LDL e della circolazione del sangue
Legumi *consumo moderato e saltuario*		
fave	Proteine, ferro, fosforo, levodopa *(usata per curare Parkinson)*	Necessitano di uno specifico enzima per essere digerite, carente nei soggetti affetti da favismo
cicerchie	sostanza tossica resistente alla cottura *(beta-N-ossalilammino-L-alanina)*	Intossicazioni, disturbi neurologici *(latirismo)*
lupini ripetuto ammollo e bollitura prolungata, tuttavia potrebbero rimanere residui tossici	alcaloidi amari e/o potenzialmente velenosi	

FUNGHI Nei funghi secchi le proteine salgono al 35-40% circa. **Quantità moderate.** Crudi, solo se coltivati o porcini	Vitamine gruppo B, D, betacaroteni, acido folico, potassio, fosforo, rame, ferro, fibre, proteine	Antiossidanti, nutrienti, rafforzamento sistema immunitario
Shiitake Fungo medicinale, si trova fresco (raramente) o secco	Proteine: niacina, riboflavina, tiamina; germanio, lentinano, potassio, ferro, vitamina A	Antiossidante, antivirale, anticancro
COLOSTRO Nel latte materno	Immunoglobline, citochine, lattoferrine, etc. fattori di crescita	Rafforzamento immunitario, supporto/incremento metabolismo e sistema endocrino, crescita e maturazione ossa e muscoli, incremento dello sviluppo dei benefici batteri intestinali, prevenzione disordini gastrointestinali
LATTE crudo non pastorizzato *Il latte come tutte le proteine ha effetto inibente sull'assorbimento dei fenoli in conseguenza della forte affinità*	Proteine contenenti zolfo (cisteina) lattoferrina	Anticancro Regolazione dell'equilibrio del ferro, antibatterico, antivirale

esistente tra di loro	oligosaccaridi, glicoproteine (es.:mucina), etc.	Antimicrobico
Latte di capra crudo	Leggermente meno caseine rispetto al latte vaccino Acidi grassi "buoni"(acido linoleico)	Digeribile, non allergizzante, scioglie il colesterolo
YOGURT (fermentazione del latte)	Probiotici: Lactobacillus Acidophilus, Bifidobacterium, Streptococcus, E. coli non patogeno	Rafforzamento sistema immunitario e sistema digestivo; protezione da stress, antibiotici, viaggi, cibi tossici, gastroenteriti; antidiarrea, antinfiammatorio
PESCE* (*2 porzioni a settimana)* Pesce azzurro e salmone, sgombro, merluzzo, aringa, anguilla	acido palmitoleico (proprietà simili all'acido oleico), acidi grassi omega-3 e omega-6 (linoleico, linolenico) Olio di pesce: acidi grassi polinsaturi (PUFA) omega-3	Protezione da malattie coronariche e colesterolo Riduzione dei trigliceridi e della coagulazione del sangue (aggregazione piastrine), protezione arteriosclerosi, antiinfiammatorio *(es.: salute renale e tratto gastrointestinale),*

		riduzione sintomi depressivi, sviluppo del feto e del bambino, mantenimento funzioni cognitive ad ogni età
Salmone	Rame, calcio, selenio, zinco e magnesio, Vitamina B1, proteine e grassi benefici	Effetti benefici sulla salute, riduzione peso corporeo *(riduzione ritenzione idrica, effetto saziante)*, energizzante

** Il beneficio del pesce è oggi limitato dal crescente inquinamento dei mari. Il pesce da allevamento non è consigliabile, a meno di non conoscere le condizioni di allevamento e il tipo di alimentazione utilizzato.*

Acqua e bevande

ALIMENTI FUNZIONALI	NUTRACEUTI	POTENZIALI EFFETTI BENEFICI
ACQUA *Il corpo umano è fatto per il 70% circa di acqua* Quantità consigliate: da 1 ½ lt-2 litri e oltre a seconda di età, clima, dieta, attività, etc.. Comprende l' acqua vegetale (assunta con frutta e vegetali). Residuo fisso consigliato inferiore a 30. I Sali minerali vengono assunti da abbondanti porzioni di frutta e verdura crudi; una parte degli studiosi afferma come i minerali dell'acqua, in quanto inorganici, non sono assimilabili*(assimiliamo dal regno vegetale)* ma possono depositarsi nei tessuti ed organi. Temperatura ambiente: *l'acqua gelata provoca uno choc all'organismo*	**Per la scelta del tipo di acqua** vi sono diversi pareri; vedere Appendice IV e relativa Bibliografia	Processi metabolici cellulari, extracellulari; depurazione, drenaggio, pulisce i reni, facilita il metabolismo, protegge e lubrifica giunture, organi, tessuti; mantiene costante la temperatura corporea e la pressione, influisce sulle funzioni cognitive e sulla salute del cuore; è solvente, depurativa, disintossicante, dissetante (se si aggiunge succo di limone), coadiuva la perdita di peso, la sua carenza può dare mal di testa, problemi di pelle e digestivi, scompensi di vario tipo fino alla grave disidratazione.

TE' Assunzione ripetuta durante la giornata	Flavonoidi (soprattutto catechine), teina *(alcaloide identico alla caffeina)* Ridotta biodisponibilità Interazione negativa con le proteine del latte (*riduzione degli effetti salutari*)	Antiossidante, antimicrobico, resistenza infezioni; effetti prebiotici dei flavonoidi: incremento salute intestino, antinfiammatorio: artrite e asma, riduzione di sviluppo e gravità Alzheimer, prevenzione ipertensione, danni cardiovascolari, e disfunzioni endoteliali (*rivestimento superficie interna vasi e cuore*),
Tè verde (foglie seccate, non fermentate, scaldate a vapore e di nuovo seccate)	Aminoacido teanina 50-70% catechine, statine	Inibizione formazione certi tipi di cancro, limitazione danni epatici, abbassamento colesterolo, prevenzione dell'ispessimento delle pareti e dei tessuti, riduzione dell'aggregazione delle piastrine
Tè OOLONG (Semifermentato)	policosanoli quercetina, catechina, tannini, selenio,	antiossidante, stimolante, riduzione peso, ipocolesterolemizzante,

	statine	incremento funzioni immunitarie, energizzante;
Tè nero (foglie fermentate e seccate)	caffeina (teina), polifenoli, tannini	in quantità moderate stimola le capacità cognitive e l'attenzione
CACAO (bevanda con acqua) **Fave di cacao** *(non tostate)* **Cacao non tostato** **Cioccolato nero** senza aggiunte di zuccheri Prodotti non raffinati o trattati in modo da non alterarne le naturali proprietà Influenza delle *differenti cultivar* Sostanze bioattive che possono determinare una leggera dipendenza legata alla sensazione di appagamento <u>Velenoso per i cani</u> (intossicazione)	Flavonoidi in particolare flavanoli, fibre solubili Teobromina feniletilamina	Riduzione del rischio cardiovascolare, equilibrio e riduzione pressione sanguigna Stimola capacità cognitive aumentando la concentrazione (dosi moderate), miglioramento tono dell'umore *(si ipotizza agisca stimolando il rilascio di endorfine dall'effetto rilassante sul sistema nervoso)*

NOTA

La convinzione della necessità di combinare, contemporaneamente e secondo proporzioni prestabilite, alimenti vegetali diversi e considerati "incompleti" (legumi e carboidrati), per ottenere una proteina simile a quella animale "completa", nacque ad opera di Frances More Lappe, nel 1971, che lo affermò nel suo libro *"Diet for a small planet"*.

L'autrice, guidata inizialmente dall'intento di dimostrare come fosse possibile ottenere proteine di "alto valore biologico" con una alimentazione vegetariana, ha in seguito smentito la propria iniziale affermazione. Nella revisione del suo libro, ammettendo di avere involontariamente creato un altro mito ha affermato che, alla luce di nuovi studi e ricerche, non è assolutamente necessario combinare alimenti vegetali diversi nello stesso pasto al fine di ottenere proteine complete.

Non abbiamo bisogno di proteine ma dei suoi composti, gli aminoacidi; è compito dell'organismo combinare ed utilizzare gli aminoacidi delle proteine complete o "incomplete" in entrata, ottenendo da esse ciò che gli serve al momento.

Questo processo è reso possibile dall'esistenza di riserve interne di aminoacidi liberi (il cosiddetto ***"pool aminoacidico"***), una sorta di deposito.

Una qualsiasi carenza di un aminoacido (causata dal consumo di uno dei pochi cibi vegetali incompleti) viene compensata dagli altri cibi assunti durante la giornata. I tempi di permanenza nel deposito variano a seconda degli aminoacidi: ad esempio, la lisina arriva a 15 giorni di permanenza nel pool senza bisogno di essere rinnovata.

Secondo la World Health Organization (WHO-OMS) una proteina è completa quando il suo profilo di aminoacidi non è più basso di quello ideale per l'uomo.

Il 94% dei frutti *(sono esclusi ad esempio papaya, pera, prugna)* e quasi il 100% dei vegetali forniscono proteine complete. Da varie ricerche e studi epidemiologici è stato dimostrato come le proteine vegetali possono essere considerate di "qualità" per l'uomo, perché si discostano meno, rispetto a quelle animali, da quello che è il profilo aminoacidico ideale; le proteine della carne, ad esempio sono troppo ricche in zolfo - con conseguenze a lungo termine sulla salute dell'osso - e di isoleucina, il cui eccesso tende a produrre troppa ammoniaca (NH3) all'interno dell'organismo.

Nei Paesi poveri la malnutrizione è collegata alla carenza di risorse alimentari necessarie a soddisfare il fabbisogno calorico o energetico.

E non al fatto che si consumano poche proteine (animali)!

Schema "funzionale"

Di seguito abbiamo raggruppato alcuni cibi funzionali in relazione ad alcune specifiche situazioni o necessità psico-fisiche.

Gli alimenti vegetali sono funzionali al mantenimento, sostegno, cura e prevenzione della salute in ogni caso e in ogni situazione, integrati secondo quantità e modalità adeguate, nel rispetto della specificità individuale e nell'ambito di un sano stile di vita.

Gli integratori hanno effetti differenti dall'alimento integro, vanno assunti solo in caso di provato bisogno e, possibilmente, dopo aver modificato il proprio regime dietetico e il proprio stile di vita in senso salutare; essi inoltre possono presentare il rischio di sovradosaggio, sensibilizzazione e vari effetti collaterali.

*Queste indicazioni sono **"relative"**, in quanto ogni individuo ha le sue caratteristiche che comprendono possibili allergie e sensibilizzazioni anche temporanee.*

ATTIVITA' FISICA

- frutta e verdura in abbondanza
- acqua, centrifughe, infusi di erbe per lo sport (es.: Schisandra, Goji berries, Rhodiola , Eleuterococco).
- brassicaceae, cibi contenenti selenio e quercetina (bianco)
- frutta secca e cibi energetici
- cibi ricchi di carboidrati complessi
- cibi con una quota proteica (non necessariamente di provenienza animale)

ATTIVITA' MENTALE

- frutta e verdura freschi
- acqua, centrifughe, infusi di erbe che offrono sostegno per l'attività mentale (es.: Eutherococco o Ginseng Siberiano, Centella Asiatica, Goji bacche, Ashwaganda)
- frutta secca oleosa e dolce, una piccola quota di cioccolata
- carboidrati complessi in misura moderata
- cibi con una quota proteica (non necessariamente di provenienza animale)

OBESITA'

- riduzione grasso viscerale e peso: fagioli (legumi in genere) e cereali integrali consumati quotidianamente in pasti separati
- controllo peso, prevenzione: arance rosse ½ litro al giorno. Uguale effetto hanno altri frutti contenenti antociani: fragole, mirtilli, ciliegie, lamponi, ribes, uva rossa, more, more di gelso nere, radicchio, mais blu (o viola)

ANTIETA'

- tè verde, curry e suoi componenti
- pomodoro
- cibi ricchi in glutatione o che ne favoriscono la produzione: asparagi, anguria e broccoli, papaia, amminoacidi solforati e avocado.
- ortaggi di colore bianco (quercetina), verde, blu/viola

PATOLOGIE CORONARICHE E CARDIOVASCOLARI

- vegetali colore verde, giallo/arancio

ANTICANCRO:
- tutti i cibi con proprietà antinfiammatorie *(vedi sotto)*, in particolare le crucifere, ortaggi o frutta colorata di blu/viola/rosso (antociani e licopeni)
- pomodoro: prevenzione tumori apparato digerente e cancro alla prostata
- melograno protettivo della prostata (antinfiammatorio)
- cibi arancio (vitamina C, betacarotene)

FUNZIONI INTESTINALI
- cibi ricchi in fibre: agrumi, kiwi, la frutta in genere e gli ortaggi non amidacei

CIBI ANTINIFAMMATORI
- pomodoro, cavolo, aglio, ananas, arance, tè verde, vino rosso (con moderazione), peperoncino, alghe, semi di lino, curcuma, zenzero, soia (non OGM, rossa o verde, non lavorata), spezie mediterranee (timo, maggiorana, basilico, salvia, prezzemolo, origano, rosmarino, etc.)

RIDUZIONE COLESTEROLO e prevenzione rischio cardiovascolare
- cibi ricchi in fibre solubili: avena, orzo, segale, legumi (piselli e fagioli), mele, prugne, frutti di bosco, ortaggi quali carote, cavoletti di Bruxelles, broccoli, e patate dolci.
- carciofo
- tutta la frutta e in particolare, tra gli agrumi le arance, melograno, pomodoro, zenzero e uva anche sotto forma di succhi centrifugati al momento del consumo
- cibi ricchi di vitamina B3: legumi e lievito di birra

- cibi ricchi di stanoli e steroli vegetali che riducono l'assorbimento del colesterolo da parte dell'intestino: olio extravergine d'oliva, di riso, di noci, olive, cavoletti di Bruxelles, broccoli, cavolfiori, etc.
- fibre della buccia della mela (se bio può essere frullata)
- fibre dell'avena (beta-glucani)
- proteine dei piselli
- proteine dei lupini (*uso moderato*)
- tè verde e riso rosso* contengono "statine" naturali o sostanze dall'azione simile:
- aglio e carciofo hanno un meccanismo d'azione simile a quello delle statine
- frutta secca oleosa e semi (di girasole e di lino in particolare)
- cereali integrali in quanto contengono naturalmente lecitina , come gli oli vegetali, la soia, il tuorlo d'uovo
- patate dolci, canna da zucchero, tè verde, riso rosso per presenza di policosanoli
- peperoncino (capsaicina)
- **alimenti funzionali ricchi in omega-3:** semi di Chia, del kiwi, semi di lino, di mirtillo rosso; noci e olio di noci, semi di canapa e olio di canapa, olio di lino, pesce azzurro

***precauzioni** -soprattutto se assunto come **integratore-** per soggetti intolleranti; v*edi Bibliografia*

PROTEZIONE DELLA VISTA
- verdure a foglia,
- mirtilli (microcircolo), frutti blu/viola

Bibliografia

acqua

- *http://www.dionidream.com/i-poteri-e-i-segreti-dellacqua-3-i-sali-minerali/*
- *http://robertoserino.wordpress.com/minerali-organici-e-inorganici/*
- *http://www.anagen.net/acq.htm*

cacao

- *Aldo Martelli, INTEGRATORI, ALIMENTI FUNZIONALI, NUTRACEUTICI E NOVEL FOODS ALIMENTI ARRICCHITI E ALIMENTI FUNZIONALI, in*
- *https://www.pharm.unipmn.it/sites/production/files/allegati/ParteIV*

canapa

- *http://www.erbatisana.it/ultime/olio-di-semi-di-canapa/contiene-molti-antiossidanti-naturali*

crucifere

- *http://www.luciomariapollini.com/articoli/il%20cavolo.htm*

erbe selvatiche commestibili

- *A. schipani, D. Campisi, Alimenti funzionali, usi attuali e futuri, in http://alimentazione.fimmg.org/atti_convegni/2012/prevenzione_stili_vita/relazioni_pdf/schipani.pdf*
- *http://www.cibo360.it/alimentazione/cibi/verdura/erbe_selvatiche_spontanee_commestibili.htm*

fico d'India, mango

- *http://www.ibersan.it/MANGO_PIANTA_45.aspx*

fragole

- *http://www.benessere.com/dietetica/arg00/proprieta_fragola.htm*

frutti dibosco

- *http://www.sicurezzaalimentare.it/nutrizione/Pagine/ConilconsumodiFruttiminori,maggiorivantaggiperlasalute.aspx*

frutta secca, cereali, legumi

- *M. Riefoli, Mangiar sano e naturale con alimenti vegetali integrali, Macroedizioni 2011*
- *http://www.eufic.org/article/it/expid/Foglio-informativo-cereali-integrali/*
- *http://www.treccani.it/enciclopedia/cereali_(Enciclopedia-dei-ragazzi)/*
- *http://www.nutrizione.com/articoli/i-cereali*
- *http://www.disinformazione.it/kamut.htm*

frutta secca e dolcificanti naturali

- *http://salute24.ilsole24ore.com/articles/14985-fichi-datteri-e-prugne-la-frutta-disidratata-contro-fatica-anemia-e-stipsi#5*
- *http://www.alimentipedia.it/sciroppo-acero.html*
- *http://www.salute-e-benessere.org/nutrizione/la-frutta-essiccata-piu-sana-quali-malattie-previene/*
- *http://www.anagen.net/frutta_secca.htm*
- *http://news.klikkapromo.it/2011/06/anche-la-frutta-disidratata-fa-bene-alla-salute/*
- *http://www.nucisitalia.it/le-prugne-secche-possono-aiutare-a-ridurre-il-rischio-di-sviluppare-il-diabete-di-tipo-2/*
- *http://it.265health.com/conditions-treatments/eye-vision-disorders/1006136813.html#.U8DFIPl_uSo*
- *http://www.my-personaltrainer.it/nutrizione/*
- *http://www.erbatisana.it/ultime/lucuma-un-superalimento*
- *http://www.cure-naturali.it/erbe-officinali/2044/propriet%C3%A0-stevia/2461/a*

germogli
- D. Battaglia, *Medicina consapevole con un poco di zucchero la pillola va giù? Draco edizioni 2013*

grano saraceno:
- R. E. Aluko *Functional foods and Nutraceuticals, Springer Editions 2012*
- *Northeast Buckwheat Growers Newsletter, No. 22 September 2006,*

Edited by Thomas Bjorkman, Cornell NYSAES, Geneva NY Cornell University department of Agriculture and Life Sciences-New York State Agricultural Experimental Station in
http://www.hort.cornell.edu/bjorkman/lab/buck/NL/sept06.php

latirismo (cicerchia)
- *http://www.dipbot.unict.it/alimurgiche/scheda.aspx?i=17*

latte inibente fenoli etc.
- *http://www.detoxify.it/dietetica/gli-alimenti-ed-antiossidanti*

mangostano
- *Morton, J. 1987. Mangostano. p. 301–304. In: Fruits of warm climates. Julia F. Morton, Miami, FL. ;*
- *Hertog MG, Sweetnam PM, Fehily AM, Elwood PC, Kromhout D. Antioxidant flavonols and ischemic heart disease in a Welsh population of men: the Caerphilly Study. Am J Clin Nutr. 1997 May;65(5):1489-94];*
- *Byers T, Guerrero N. Epidemiologic evidence for vitamin C and vitamin E in cancer prevention. Am J Clin Nutr. 1995*

melograno
- *http://www.lerboristeria.com/sportivi.php*
- *http://www.lerboristeria.com/sportivi.php*
- A. Vania, *Gli Alimenti Funzionali, in*
  http://www.sipps.it/pdf/taormina2010/vania.pdf

oleocantale

- *http://www.teatronaturale.it/tracce/salute/16237-l-oleocantale-protegge-contro-il-morbo-di-alzheimer.htm*

oli

- *http://www.teatronaturale.it/strettamente-tecnico/l-arca-olearia/20147-l-olio-d-oliva-e-ideale-per-friggere-questione-di-punto-di-fumo-no-di-composti-polari.htm*
- *Sudhakar B Effect of combination of edible oils on blood pressure, lipid profile, lipid peroxidative markers, antioxidant status, and electrolytes in patients with hypertension on nifedipine treatment.) Saudi Med J. 2011 Apr;32(4):379-85.*
- *Kamal-Eldin A Sesame seed lignans: potent physiological modulators and possible ingredients in functional foods & Nutraceuticals. Recent Pat Food Nutr Agric. 2011 Jan 1;3(1):17-29.*
- *http://www.greenme.it*
- *http://www.my-personaltrainer.it/alimentazione/rapporto-omega-3-omega-6.html*
- *http://www.noble-house.tk/html/EN/Amanprana_conventional_fats_vegetable_oil/*

pomodori, aglio

- *THE INSTITUTE OF FOOD TECHNOLOGISTS in: funcfood 1198; Functional Foods: Their role in disease prevention and health promotion; A PUBLICATION OF EXPERT PANEL ON FOOD SAFETY AND NUTRITION, NOVEMBER 1998;*
- *http://www.linksalute.com/prodotti/garlicalliumcomplex.htm*

proteine

- *Lappe, F.M. (1976). Diet for a small planet. New York, Ballantine Books.*
- *Clark, H.E., Malzer, J.L., Onderka, H.M., Howe, J.M. and Moon, W. (1973). 'Nitrogen balances of adult human subjects fed combinations of wheat, beans, corn, milk, and rice', Am. J. Clin. Nutr., 26, 702-706.*
- *Edwards, C.H., Booker, L.K., Rumph, C.H., Wright, W.G. and Ganapathy, S.N. (1971). 'Utilisation of wheat by adult man; nitrogen metabolism, plasma amino acids and lipids', Am. J.Clin. Nutr., 24, 181-193.*
- *Lee, C., Howe, J.M., Carlson, K. and Clark, H.E. (1971). 'Nitrogen retention of young men fedrice with or without supplementary chicken', Am. J. Clin. Nutr., 24, 318-323, in http://www.vittoriobianchi.com/wp-content/uploads/2014/06/bilancio-azotato.pdf*
- *http://ildragoparlante.com/2014/03/31/*
- *http://www.disinformazione.it/proteine_vegetariani.htm*
- *http://www.ilfattoalimentare.it/frittura-olio-semi-paesi-baschi.html*

psyllium
- *http://www.farmacista33.it/plantago-psyllium-una-fibra-dalle-molteplici-proprieta/nutrizione/news-48275.html*

riso rosso
- *http://www.kefir.it/scheda-prodotto.asp?cos=154*

semi di lino:
- *THE INSTITUTE OF FOOD TECHNOLOGISTS In: funcfood 1198; Functional Foods: Their role in disease prevention and health promotion; A PUBLICATION OF EXPERT PANE*

L ON FOOD SAFETY ANDNUTRITION, NOVEMBER 1998;

- *R.E. Aluko, Functional foods and Nutraceuticals, Springer Editions 2012*
- *B. Davis, Gli acidi grassi essenziali (EFA) nell'alimentazione vegetariana, in*

http://www.vegetariannutritiondpg.org, Traduzione a cura di L.Baroni e M. Lorenzi, da: Issues in Vegetarian Dietetics, 1998; Vol. 7(4):5-7, in http://www.andrews.edu/NUFS/essentialfat.htm

- *Phipps et al.1993, Bierenbaum et al., 1993; Cunnane et al., 1993, Allman et al., 1995*

spezie

- *http://www.alimentipedia.it/cannella.html*
- *http://www.my-personaltrainer.it/alimentazione/frutta-botanica.html*

tarassaco cardo mariano

- *http://www.florablog.it/*

tè verde, funghi

- *U. Veronesi, M. Pappagallo, Verso la scelta vegetariana, Editore Giunti, 2011*

vegetali

- *http://www.cibo360.it/alimentazione/cibi/verdura/*
- *http://www.ok-salute.it/alimentazione-e-diete/13_a_colori-frutta-verdura.shtml http://salute.tipiace.it/articoli/dieta-colori.htm*
- *http://www.ecoseven.net/benessere/prodotti-naturali/verdure-a-foglia-verde-tutti-i-benefici-di-questi-ortaggi*
- *http://www.vegan3000.info/DettInfoNutrizionali.asp?Cod=385*
- *http://www.erbeofficinali.org/dati/deleo/monogr/mangiacolorato.php*

- *http://www.benessere.com/dietetica/arg00/proprieta_fragol a.htm*
- *http://donne.notizie.it/i-componenti-chimici-delle-melanzane/*
- *Dipartimento delle politiche competitive del mondo rurale e della qualità, Direzione generale dello sviluppo agroalimentare e della qualità, Ministero politiche agricole alimentari e forestali, in*

https://www.politicheagricole.it/flex/cm/pages/ServeBLOB.php/L/I T/IDPagina/5560

- *http://www.meglioinsalute.com/Alimentazione/Verdura-Non-solo-contorno.html*
- *C. Soria, B. Davis, V. Melina, La rivoluzione crudista, Ed.: Il punto d'incontro, 2014.*

Bibliografia schema

- *M. Malaguti, Alimenti funzionali, componenti Nutraceutici e attività fisica: studi "in vivo" nell'animale e nell'uomo, in*

http://www.unibo.it/SitoWebDocente/default.aspx?UPN=marco.mala guti%40unibo.it&View=Ricerca

- *U. Veronesi, M. Pappagallo, Verso la scelta vegetariana, Editore Giunti, 2011*
- *http://www.inerboristeria.com/policosanoli-policosanoli-per-il-colesterolo.html*
- **http://www.corriere.it/salute/cardiologia/10_febbraio_24/ri so-rosso-colesterolo_8520afa2-20a7-11df-a848-00144f02aabe.shtml)*

INTEGRATORI NATURALI E SUPERFOODS

Gli integratori comprendono uno o più Nutraceuti principali estratti di solito da vegetali oppure da pesce.

Essi si possono presentare sotto forma di capsule, compresse, bustine solubili, fiale, etc.

I superfoods sono veri e propri cibi che subiscono un processo di disidratazione e (di solito) polverizzazione a basse temperature, con modalità tali da non danneggiarne le proprietà. In quanto cibi interi contengono gli stessi Nutraceuti del cibo naturale, ma la "forma" con la quale si presentano, prevalentemente in polvere o liquidi, consente l'assunzione di una quantità maggiore di Nutraceuti in una minore quantità di cibo.

E' una modalità efficace per assumere - in caso di bisogno - il cibo intero (con tutti gli altri suoi componenti), nella quantità necessaria, affinché il principio in esso contenuto sia attivo nell'organismo.

Abbiamo di seguito raggruppato alcuni principali Nutraceuti contenuti negli integratori in funzione dei potenziali effetti benefici dichiarati, come emergenti in buona parte degli studi in materia e nelle indicazioni delle case produttrici.

Le ricerche talora sono contraddittorie: accanto ai benefici di un nutraceuta vengono trovati anche effetti collaterali talora potenzialmente gravi, che non sempre emergono in modo chiaro dalle indicazioni dei prodotti.

Ciò anche perché la ricerca è sempre in evoluzione e il legame tra scienza ed industria non è solo basato su principi salutistici: una volta creato il prodotto con i relativi costi, dare spazio ad ulteriori risultati non più del tutto positivi diventa....antieconomico.

Per fortuna la stessa rete ci permette - con attenta discriminazione - di farci un'idea dei pro e contro che ormai caratterizzano la maggior parte dei prodotti.

Con il supporto di professionisti di fiducia, esperti della materia, possiamo così assumerci la responsabilità della nostra salute e fare delle scelte responsabili.

Anche se sono molte le persone che soffrono di uno stesso tipo di disturbo, alterazione o patologia, tuttavia ogni organismo è unico e va analizzato nella sua specificità e in tutte le sue sfaccettature.

Sottolineiamo anche qui quanto sia importante affiancare ad una dieta salutare su base vegetale - integrale e in percentuale variabile anche crudista - una adeguata attività fisica quotidiana ed una "sufficiente" serenità mentale.

Riportiamo di seguito:

- riferimenti alla normativa europea ed italiana in tema di integratori, i cui link si possono trovare nella Bibliografia.
- la descrizione di alcuni integratori con i relativi principi Nutraceutici principali e i potenziali effetti benefici
- la descrizione di alcuni superfoods e dei loro potenziali effetti benefici

Normativa relativa agli integratori

Il Ministero della Salute così specifica la normativa in tema di integratori alimentari, materia aggiornata al 28 marzo 2014.

NORMATIVA DI SETTORE

http://www.salute.gov.it/portale/temi/p2_6.jsp?lingua=italia no&id=995&area=Alimentiparticolarieintegratori&menu=integ ratori

Elenco della normativa relativa agli integratori alimentari:

Direttiva 2002/46/CE per il riavvicinamento delle legislazioni degli Stati membri relative agli integratori alimentari
Regolamento (CE) 1170/2009, che modifica la Direttiva 2002/46/CE

Normativa nazionale

Decreto legislativo 21 maggio 2004, n. 169: Attuazione della direttiva 2002/46/CE relativa agli integratori alimentari,
DM 9 luglio 2012 sulla "Disciplina dell'impiego negli integratori alimentari di sostanze e preparati vegetali", che integra il Decreto legislativo 21 maggio 2004, n. 169

INTEGRATORI ALIMENTARI IN GENERE

"Gli integratori alimentari sono definiti dalla normativa che li disciplina (Direttiva 2002/46/CE, attuata con il decreto legislativo 21 maggio 2004, n. 169) come: *"prodotti alimentari destinati ad integrare la comune dieta e che costituiscono una fonte concentrata di sostanze nutritive, quali le vitamine e i minerali, o di altre sostanze aventi un effetto nutritivo o fisiologico, in particolare, ma non in via esclusiva, aminoacidi, acidi grassi essenziali, fibre ed estratti di origine vegetale, sia monocomposti che pluricomposti, in forme predosate"*.

"Gli integratori alimentari sono solitamente presentati in **capsule, compresse, bustine, flaconcini e simili,** *e possono contribuire al benessere dell'organismo ottimizzando lo stato nutrizionale oppure contribuendo al benessere con l'apporto di nutrienti o sostanze di altro tipo.*

L'immissione in commercio è subordinata alla procedura di notifica dell'etichetta al Ministero della Salute. Una volta superata tale procedura, i prodotti sono inclusi in un apposito elenco con uno specifico codice, i cui estremi possono essere riportati nella stessa etichetta.

A livello nazionale, le linee guida ministeriali sugli integratori alimentari contemplano una serie di disposizioni per quanto riguarda gli apporti di vitamine, minerali, aminoacidi, acidi grassi, fibra alimentare, probiotici. **E' tuttora in corso a livello comunitario la definizione dei livelli di apporto ammessi per le vitamine e i minerali,** *mentre* **non vi sono ancora riferimenti armonizzati per quanto concerne l'impiego degli altri nutrienti e delle sostanze di altro tipo.**

Gli estratti vegetali impiegabili negli integratori, per alcuni dei quali sono previste specifiche avvertenze da riportare in etichetta, sono pubblicati sul sito web del Ministero insieme all'elenco di piante ritenute non ammissibili per il particolare profilo di attività.

E' importante sottolineare che una sostanza, per poter essere usata in un integratore alimentare, deve aver fatto registrare in ambito UE un pregresso consumo significativo come prova di sicurezza. Se non ricorre tale condizione, la sostanza si configura come un nuovo ingrediente ("novel food") o un nuovo prodotto alimentare ai sensi del regolamento (CE) 258/97 e, pertanto, un eventuale impiego anche nel solo settore degli integratori richiede una preventiva autorizzazione a livello comunitario.

Inoltre, se il pregresso consumo è avvenuto con i soli integratori, l'aggiunta della sostanza agli alimenti porta comunque ad applicare a questi ultimi il regolamento (CE) 258/97 per la nuova situazione di consumo che si determina, da rivalutare in relazione all'aumento delle fonti disponibili della sostanza in questione e dei livelli di esposizione da parte dei consumatori."

PROBIOTICI E PREBIOTICI

Il termine probiotico è riservato a quei microrganismi che si dimostrano in grado, una volta ingeriti in adeguate quantità, di esercitare funzioni benefiche per l'organismo.

*Per alimenti/integratori con **probiotici*** si intendono quegli alimenti che contengono, in numero sufficientemente elevato, microrganismi probiotici vivi e attivi, in grado di raggiungere l'intestino, moltiplicarsi ed esercitare un'azione di equilibrio sulla microflora intestinale mediante colonizzazione diretta. Si

---

tratta quindi di alimenti in grado di promuovere e migliorare le funzioni di equilibrio fisiologico dell'organismo attraverso un insieme di effetti aggiuntivi rispetto alle normali attività nutrizionali.

La definizione di **prebiotico** *è riservata alle sostanze non digeribili di origine alimentare che, assunte in quantità adeguata, favoriscono selettivamente la crescita e l'attività di uno o più batteri già presenti nel tratto intestinale o assunti insieme al prebiotico.*

Con alimenti/integratori con prebiotici *ci si riferisce a quegli alimenti che contengono in quantità adeguata, molecole prebiotiche in grado di promuovere lo sviluppo di gruppi batterici utili all'uomo.*

Un alimento/integratore (con) "simbiotico" è costituito dall'associazione di un alimento con probiotico con alimenti con prebiotici.

Il documento è stato approvato dalla Commissione Consultiva dell'ottobre 2011.

SOSTANZE E PREPARATI VEGETALI

" Le Autorità competenti di Belgio, Francia e Italia nell'ambito del **"Progetto BELFRIT"** *(dalle iniziali dei tre Paesi) hanno definito, sulla base di una revisione delle liste nazionali secondo le attuali evidenze scientifiche, una lista comune di sostanze e preparati vegetali (***"botanicals"***) impiegabili negli integratori alimentari. Tale lista può ancora essere aggiornata con l'inserimento di piante, ad oggi non comprese ma ammesse in almeno uno dei tre Paesi.*

In questa fase transitoria, per consentire l'uso negli integratori delle piante "nuove" per l'Italia dell'attuale lista BELFRIT e nel contempo di quelle presenti solo nella lista italiana, è stato aggiornato il Decreto ministeriale 9 luglio 2012 sulla "Disciplina dell'impiego negli integratori alimentari di sostanze e preparati vegetali"con il Decreto 27 marzo 2014, il quale:

nell'allegato 1 mantiene la lista italiana *(con le indicazioni di riferimento per gli effetti fisiologici definite dalle linee guida ministeriali, che non costituiscono parte integrante del DM 9 luglio 2012)*

nell'allegato 1 bis include la lista BELFRIT.

Al momento, pertanto, è consentito l'impiego negli integratori delle piante dell'allegato 1 e/o dell'allegato 1.bis, in attesa della lista BELFRIT "finale" che diventerà l'elenco unico delle piante utilizzabili.

Per l'eventuale recupero di piante presenti esclusivamente nell'allegato 1, gli operatori possono inviare il modulo con i dati e gli elementi utili, entro il 30 settembre 2014.

Per ulteriori chiarimenti si rimanda alla nota Elementi esplicativi per una corretta applicazione del decreto 27 marzo 2014 che modifica il DM 9 luglio 2012

I BOTANICALS o INTEGRATORI A BASE VEGETALE, possono essere definiti in diversi ambiti legislativi e, di conseguenza, essere classificati differentemente nei vari Stati membri della CE:

- medicinali vegetali
- prodotti erboristici
- integratori a base di piante

Non è irrilevante la distinzione tra piante a fini medicinali od alimentari in quanto solo per i medicinali la procedura di autorizzazione richiede una specifica verifica delle caratteristiche dichiarate, mentre per alimenti ed integratori le valutazioni riguardano perlopiù le proprietà farmacologiche e tossicologiche della pianta.

Gli integratori, con l'eccezione dei superfoods, si basano su uno o più sostanze e principi attivi *estratti* dalle piante, la cui efficacia ed eventuali effetti collaterali sono ovviamente diversi dalla pianta intera d'origine.

Nel REGOLAMENTO (CE) N. 1170/2009 DELLA COMMISSIONE del 30 novembre **2009** sono riportati - allegato I- le **vitamine e i minerali** consentiti nella fabbricazione di integratori alimentari; nell'allegato II troviamo l'elenco delle formulazioni consentite.
Vengono altresì specificati gli apporti giornalieri di vitamine e minerali ammessi.

ALTRE SOSTANZE AMMESSE

Il Ministero della Salute ha pubblicato un elenco - di seguito riportato - delle altre sostanze ammesse negli integratori, che possiamo considerare in evoluzione seppur con i tempi necessari per le verifiche scientifiche e successivi riconoscimenti burocratici.

ALTRI NUTRIENTI E ALTRE SOSTANZE
AD EFFETTO NUTRITIVO O FISIOLOGICO (*)

(*) L'elenco non è esaustivo in riferimento alle altre sostanze ammesse all'impiego negli integratori alimentari, fermo restando che si applica il regolamento (CE) 258/97 sui novel food in assenza di una storia di consumo significativo nei termini previsti dal regolamento medesimo.

1. AMINOACIDI

Il Regolamento (CE) 1170/2009 non prevede disposizioni specifiche per l'utilizzo di aminoacidi nel settore degli integratori, a differenza del Regolamento (CE) 953/2009 relativo ai prodotti destinati ad una alimentazione particolare. Gli aminoacidi contemplati da quest'ultimo Regolamento in ogni caso sono impiegabili anche negli integratori alimentari.

Per l'acido aspartico, oltre alla forma L, è ammessa anche la forma D

a) Miscele di aminoacidi essenziali

I prodotti presentati come miscele di aminoacidi essenziali devono contenere tutti i predetti aminoacidi (l'istidina può essere considerata facoltativa).

Indicazioni: contributo al soddisfacimento del fabbisogno proteico/azotato

b) Aminoacidi ramificati

Apporto massimo giornaliero: 5 g come somma di leucina, isoleucina e valina.

Indicazioni: integrazione della dieta dello sportivo

Per le categorie di prodotti a) e b) avvertenza supplementare:

Non utilizzare in gravidanza e nei bambini, o comunque per periodi prolungati senza sentire il parere del medico.

2. ALTRE SOSTANZE CON APPORTO MASSIMO GIORNALIERO DEFINITO

Carnitina (anche da L-acetilcarnitina) mg 1000

Carnosina mg 500

Chitosano g 3

Condroitinsolfato mg 500

Creatina g 3

Avvertenza supplementare: (6gr. per la dieta degli sportivi per non oltre un mese) *Non utilizzare in gravidanza e nei bambini, o comunque per periodi prolungati senza sentire il parere del medico*

Dimetilglicina mg 200

Donne in gravidanza e durante l'allattamento mg 120

Gli apporti sopra indicati vanno frazionati in almeno due assunzioni, dopo i pasti.

Flavonoidi (come complesso) mg 1000
Avvertenza supplementare: Non assumere in gravidanza
Applicabile solo quando viene dichiarato genericamente il contenuto di "flavonoidi" come miscela e non quello di specifici costituenti flavonoidi.
Quercitrina (glicoside della quercetina) mg 300
Rutina (glicoside della quercetina) mg 300
Spireoside o spireina (glicoside della quercetina) mg 300
Esperidina (glicoside della esperitina) mg 600
Esperitina (aglicone della esperidina) mg 300
Diosmina (glicoside della diosmetina) n.d.
Gamma Orizanolo mg 150
Glucomannano (a. konjac) g 4
Glucosamina mg 500
Glutatione mg 250
Gomma di guar g 10
Idrossimetilbutirrato (HMB) g 3
Inositolo g 2
Isoflavoni
come genisteina (aglicone o genina)
o isoflavoni in miscela mg 80
Lattoferrina (bovina) mg 200
Lattulosio g 10
Melatonina mg 1
Riso rosso fermentato (Monascus purpureus)
monacolina mg 10
Avvertenza supplementare:
Per l'uso del prodotto si consiglia di sentire il parere del medico. Non usare in gravidanza, durante l'allattamento e in caso di terapia con farmaci ipolipidemizzanti
S-Adenosil-Metionina (SAME) mg 250
Taurina mg 1000

3. ALTRE SOSTANZE SENZA APPORTO GIORNALIERO MASSIMO DEFINITO

Acido ialuronico

Acido linoleico coniugato (CLA)

Acido lipoico

Arabinogalattano

Arabinoxilano

Astaxantina

Beta alanina

Indicazioni: precursore della carnosina

Beta-glucani

Collageno

Enzimi

- alfa-galattosidasi

- bromelina

- enzimi da maltodestrine fermentate

- lattasi (beta-galattosidasi)

- papaina

- superossido-dismutasi (SOD)

Fosfolipidi (di soia)

Fosfatidilcolina

Fosfatidilserina

Fosfoserina

Frutto-oligosaccaridi/inulina

Indicazioni: equilibrio della flora batterica intestinale

Galatto-oligosaccaridi

Indicazioni: equilibrio della flora batterica intestinale

Idrossitirosolo/polifenoli (da olivo)

Metilsulfonilmetano (MSM)

N-Acetilcisteina

Avvertenza supplementare:

Non somministrare a bambini al di sotto dei tre anni di età

N-acetil-D-glucosamina
Indicazioni: sintesi dell'acido ialuronico
NADH
Norvalina
Nucleotidi
Ornitina alfa-chetoglutarato (OKG)
PABA
Pectine
Policosanoli
Spermidina
Squalene

CAPITOLO 6 – INTEGRATORI NATURALI E SUPERFOODS

NOTA

Per le indicazioni in etichetta rispondenti alla definizione di *claim sulla salute* e *claim sulla riduzione di rischio di malattia*, di cui all'articolo 2, commi 5 e 6 del Regolamento (CE) 1924/2006, si applica quanto previsto dal Regolamento medesimo.

Eventuali **indicazioni sulle caratteristiche dell'integratore** (natura, identità, qualità, composizione, ecc.), **che non si configurino comunque come claims sulla salute**, devono risultare conformi alle disposizioni vigenti in materia di etichettatura **nell'ottica di orientare correttamente le scelte dei consumatori**

Secondo il DL 74/1992, Direttiva 2002/46/CE con successive modifiche (Regolamento 1170/2009) e il Regolamento europeo 1924/2006 in materia di claims, nutrizionali e salutistici (sia per integratori che per tutti gli alimenti), la pubblicità degli integratori è soggetta a due importanti divieti:

- *divieto di ingannevolezza*
- *divieto di attribuire al prodotto proprietà atte a prevenire, curare o guarire malattie*

Al fine di garantire il consumatore le indicazioni riportate in etichetta devono essere chiare e scientificamente e generalmente accettate.

ESEMPI DI INTEGRATORI

Abbiamo suddiviso i Nutraceuti o principi attivi usati come integratori (estratti dagli alimenti che li contengono) secondo i loro prevalenti effetti salutari.

E' da tener presente tuttavia che nella maggior parte dei casi i vari Nutraceuti svolgono la loro azione a beneficio di vari organi, apparati o processi dell'organismo e, a livello anatomofisiologico, tutti i sistemi del corpo umano sono collegati tra di loro in modo complesso e continuo, per cui è difficile e talora anche inesatto fare delle distinzioni.

Per tale motivo, in alcuni casi, abbiamo evidenziato le "altre" proprietà del nutraceuta egualmente rilevanti per la salute.

Tra le caratteristiche sono indicati alcuni degli alimenti in cui la sostanza Nutraceutica si può trovare in natura.

Per quanto riguarda gli estratti di piante è importante riferirsi **alla titolazione** (sostanza attiva più importante del fitocomplesso e sua concentrazione) e alla **standardizzazion**e (quantità costante di principio attivo, indipendentemente dalla influenza delle variabili: clima, terreno, età della pianta, tempo di raccolta e metodi di conservazione, etc.)

Vanno altresì considerate con attenzione eventuali ***controindicazioni ed interazioni*** con altri prodotti e farmaci.

SOSTANZE NUTRACEUTICHE E POTENZIALI EFFETTI BENEFICI

Integratori naturali

> ## A. PREVALENTE AZIONE ANTIOSSIDANTE

NUTRACEUTA O PRINCIPIO ATTIVO presente nell'Integratore	POTENZIALI EFFETTI BENEFICI
ASTAXANTINA Xantofilla, presente in micro alga di origine hawaiana; struttura simile a quella del betacarotene.	Antiossidante (alti livelli), sostegno per attività fisica intensa con maggior consumo di ossigeno e per prolungate esposizioni alla luce solare e agli effetti ossidanti dei raggi UVA
EPIGALLOCATECHINA GALLATO (polifenolo) Dal tè verde, dose max 300 mg/die (meno della metà in gravidanza e allattamento); 2 assunzioni dopo i pasti	Antiossidante, trofismo della pelle, metabolismo carboidrati, **controllo peso corporeo, funzionalità apparato cardiovascolare**
GINKGO BILOBA La pianta più antica della Terra; principi attivi: soprattutto ginkgolidi e flavonoidi	Antiossidante, miglioramento memoria e funzioni cognitive, normale circolazione del sangue, Funzionalità del microcircolo. ***Avvertenze** *sconsigliato in gravidanza, durante l'allattamento, se si stanno assumendo farmaci anticoagulanti o antiaggreganti piastrinici (consultare medico)*

GYNOSTEMMA 4 volte più potente del ginseng.	Antiossidante, rallentamento dei **processi d'invecchiamento**, controllo del colesterolo, rafforzamento della **memoria** (come Ginko Biloba), stimolazione del metabolismo dei grassi
GINSENG foglie, radice	Tonico-adattogeno (stanchezza fisica, mentale), antiossidante, **metabolismo dei carboidrati e dei lipidi, equilibrio del peso corporeo, regolare funzionalità dell'apparato cardiovascolare**, abbassamento del tasso di colesterolo
LICOPENE (carotenoide) Max 15 mg/die Estratto da pomodori "tangerini" (arancioni): *maggiore biodisponibilità*	Antiossidante, funzionalità **apparato cardiovascolare e prostata,** prevenzione tumori, anticolesterolo
LUTEINA (carotenoide) in natura: vegetali a foglia verde scuro, kiwi, mais, tuorlo d'uovo. Estratta da fiori del Tagete erecta (Marigold) e della Calendula	Antiossidante, **funzionalità visiva**, protezione della retina (degenerazione maculare)

PICNOGENOLO estratto dalla corteccia di Pino marittimo francese	Antiossidante (alta concentrazione), **antinfiammatorio, antiallergico, anticoagulante** e antitrombotico, protezione collagene, coadiuvante **intensa attività sportiva** *(flessibilità giunture e tempi di recupero)*, probabile coadiuvante nella retinopatia diabetica
QUERCITINA In natura, è presente come parte (aglicone) di vari glicosidi, tra cui rutina e quercitrina; in tale forma si può trovare, in particolare: estratti di ippocastano, gingko biloba, calendula, biancospino, camomilla ed iperico	Antiossidante, **antistaminico, anti-infiammatorio,** protezione contro le malattie cardiache e il cancro *quantità e tempi limitati
RESVERATROLO In natura: bucce dell'uva, vino. Biodisponibilità bassa, si ipotizza siano tutti i polifenoli nel loro insieme a determinare le proprietà antiossidanti (proantocianidine)	Antiaggregante piastrinico, antiossidante verso l' LDL, **protettivo contro le cardiopatie, vasodilatatore delle arterie (antinvecchiamento)**
POLYGONUM CUSPIDATUM Estratto secco di una pianta asiatica *(Fallopia japonica)* Maggiore quantità di resveratrolo dell'uva	Effetti maggiori: dilatazione vasi sanguigni, diminuzione pressione e concentrazione grassi nel sangue, antineoplasico, rafforzamento sistema immunitario

VACCINIUM MYRTILLUS foglie, frutti e giovani getti	Antiossidante, **funzionalità del microcircolo** (pesantezza delle gambe), **benessere della vista**, *probabile coadiuvante nella retinopatia diabetica*, regolarità del transito intestinale) foglie: **drenaggio dei liquidi corporei, funzionalità delle vie urinarie**
VITE ROSSA *(Vitis Vinifera)* foglie, frutto, gemme; olio, semi	Antiossidante, funzionalità del **microcircolo** (pesantezza delle gambe) e dell'apparato cardiovascolare. Olio: integrità e funzionalità delle **membrane cellulari**, trofismo della **pelle**, contrasto dei **disturbi del ciclo**
ZEAXANTINA Affine alla Luteina	Antiossidante, **funzionalità visiva**, salute della pelle

> ## B-PREVALENTE AZIONE SUL METABOLISMO ENERGETICO, MUSCOLARE, FUNZIONI COGNITIVE

NUTRACEUTA O PRINCIPIO ATTIVO presente nell'Integratore	POTENZIALI EFFETTI BENEFICI
CREATINA Derivato amminoacidico prodotto dall'organismo e presente in alcuni alimenti	Metabolismo energetico, mantenimento riserve energetiche dei muscoli e/o cellulari, facilita il recupero dopo prestazioni sportive, diminuisce la fatica. Adatta a sforzi brevi e potenti. Può migliorare l'efficienza fisica e mentale negli anziani
OMOTAURINA Aminoacido presente in natura in alcune alghe marine	Prevenzione invecchiamento cerebrale, miglioramento funzioni cognitive e memoria
TAURINA* Aminoacido sintetizzato dal fegato Max 1000mg/die	Disintossicante, rigenerante muscolare, utile per: degenerazione maculare, alcolismo, depressione *un eccesso può provocare ipertensione*
TEANINA Aminoacido che si trova in natura nel tè e nel vino Proprietà psicoattive (attraversa la barriera ematoencefalica)	Riduzione stress mentale e fisico, probabile miglioramento risposta immunitaria alle infiammazioni

COENZIMA Q10 *(o ubichinone)* 200mg-sostanza di natura lipidica In natura presente in oli vegetali, germe di grano, soia, carne, pesce. La sua sintesi ad opera delle cellule diminuisce con l'età e a causa di alcuni farmaci, malattie, malnutrizione. Nelle piante è presente il plastochinone, sostanza con analoga funzione e lieve differenza di struttura	Antiossidante, benessere della pelle, produzione di energia, **prevenzione malattie cardiovascolari** (nel cuore la più alta concentrazione di Q10)

> ## C-PREVALENTE AZIONE ANTINFIAMMATORIA, DOLORI ARTICOLARI, OSTEOARTRITE

NUTRACEUTA O PRINCIPIO ATTIVO presente nell'Integratore	POTENZIALI EFFETTI BENEFICI
ACIDO IALURONICO Prodotto naturalmente dall'organismo (matrice extracellulare, membrana sinoviale, tessuto connettivo, occhi, etc.), estratto da animali e microrganismi *(biotecnologia)*	Idratazione dei tessuti, lubrificante delle giunture, nutrimento tessuti non vascolarizzati, trattamento artrosi, osteoartrite ginocchio e meniscopatie, antinfiammatorio, cura delle cartilagini, attenuazione del dolore, cura della pelle
ARTIGLIO DEL DIAVOLO Ingrediente attivo harpagoside estratto dalla radice	Antinfiammatorio, contrasta il dolore articolare, trattamento dell'artrite, attivo soprattutto in: tendiniti, artrosi, mal di schiena, mal di denti, cervicalgia e sciatica.
BOSWELLIA SERRATA Resina (incenso) Il principio attivo anti-infiammatorio è contenuto nella gommoresina ricava dall'essudato della pianta dopo l'incisione della corteccia. Estratto con **5-LOXIN**, percentuale elevata dell' acidi boswellico *(AKBA)*	Antinfiammatoria, funzionalità articolare, e del sistema digerente, contrasta la degradazione del tessuto cartilagineo *AKBA*: uno degli acidi boswellici risultati più attivi per la salute delle articolazioni e per i disturbi infiammatori
BROMELINA Il gambo dell'Ananas contiene tale enzima proteolitico	Attività antinfiammatoria e anti edematosa *(per l'azione fibrinolitica e la capacità di attivare le prostaglandine antinfiammatorie)*. Aiuta la digestione delle proteine

CONDROITINA *(condroitin solfato)* Carboidrato complesso che aiuta le cartilagini ad assorbire l'acqua	Trattamento sintomatico dei problemi di degenerazione articolare, mantenimento elasticità cartilagine, rallentamento danno articolare
CURCUMINA Dal rizoma della curcuma Evitare l'associazione con il pepe nero; sembra che la piperina presenti lo svantaggio di rallentare la capacità di disintossicazione del fegato *(per inibizione di enzimi epatici addetti alla disintossicazione CYP)* L'associazione con <u>bromelina e zenzero</u> ne favorisce l'assimilazione	Antinfiammatorio, protezione del fegato, stimolazione della secrezione biliare, funzionalità del sistema digerente ed articolare, antiossidante, attenua i disturbi del ciclo mestruale
CURCUMINA Bio Con zenzero e turmeroni della curcuma, per aumentarne la concentrazione nel sangue	Effetti potenziati
GLUCOSAMINA Polisaccaride ad alto peso molecolare, tra i componenti essenziali della cartilagine articolare. L'organismo la produce e distribuisce nelle cartilagini e negli altri tessuti connettivi; <u>glucosammina solfato:</u> *più biodisponibile.* Di solito tratta dal guscio dei crostacei. Spesso in associazione con Condroitina e MSM	Trattamento sintomatico dei problemi di degenerazione articolare, antinfiammatorio e antidolorifico

METILSULFONILMETANO (MSM) Forma naturale di zolfo organico presente nei fluidi e nei tessuti di tutti gli organismi viventi. In natura: nella frutta, vegetali, alcuni cereali, latte, carne e pesce. Estratto dal pino canadese. La sua concentrazione diminuisce con l'aumento dell'età. Non risulta essere tossico. Dose in funzione del peso corporeo	Antinfiammatorio, condro-protettore con riduzione del dolore ed inibizione di altri danni cartilaginei, aumento del trofismo di pelle e capelli, cicatrizzazione delle ferite, normalizzazione delle funzioni gastro-intestinali, anti allergenico, antidolorifico *(aumento permeabilità cellulare che permette una più facile espulsione delle tossine accumulate in articolazioni, nei muscoli e nei liquidi).*
ORTICA Foglie e radice	Funzionalità articolare. Fisiologiche funzionalità depurative dell'organismo. **Drenaggio dei liquidi corporei. Funzionalità delle prime vie respiratorie.**
PAPAINA Estratta dal lattice del frutto non ancora maturo della Papaya	**coadiuvante per la digestione** *(talora in associazione con altre sostanze ad azione proteolitica - degradazione delle proteine- come la bromelina dell'ananas e la ficina del fico),* antinfiammatoria e antiedemica
Papaya fermentata. La fermentazione prolungata consente di ottenere nuovi componenti (ß-Glucani, con proprietà immunomodulanti),	Protezione delle membrane cellulari e DNA dallo stress ossidativo, proprietà immunostimolanti, antiossidanti, anti-età,

vitamine, minerali e altre sostanze organiche	prevenzione nelle malattie neurodegenerative connesse con la produzione di radicali liberi. *Controindicazioni* *reazioni allergiche da contatto, gastriti*
SPIREA Nel fitocomplesso: acidi salicilici, flavonoidi, vitamina C. Non danneggia le pareti dello stomaco (contiene mucillagini). Interazioni con farmaci a base di acido acetil-salicilico	Antinfiammatoria, analgesica e antipiretica, (abbassa la febbre). *(Azione dovuta alla inibizione della sintesi delle prostaglandine -PGE2-, responsabili del dolore e del processo infiammatorio dei tessuti)*, diuretica, depurativa, vaso protettrice, fluidificante del sangue, allevia artrosi, dolori articolari, mal di denti, mal di schiena e dolore cervicale
UNCARIA TOMENTOSA Corteccia e radice	Funzionalità articolare. Naturali difese dell'organismo
ZENZERO Rizoma **Associazione sinergica:** Estratto di radice di zenzero, uncaria tormentosa, boswellia titolata in acidi boswellici almeno al 65%	Funzionalità articolare, regolare motilità gastrointestinale ed eliminazione dei gas, **antinausea, digestivo,** regolare funzionalità dell'apparato cardiovascolare, normale circolazione del sangue

> ## D- PREVALENTE AZIONE SULLA FUNZIONALITA' INTESTINALE, METABOLISMO DEI GRASSI, RIDUZIONE DI PESO

NUTRACEUTA O PRINCIPIO ATTIVO presente nell'Integratore	POTENZIALI EFFETTI BENEFICI aggiuntivi
FIBRA ALIMENTARE Consigliata l'assunzione con gli alimenti che le contengono in natura. Un adeguato e regolare consumo di frutta, verdura e vegetali, assicura una *giusta* quantità di fibre. Come Integratori preferire dei fitocomplessi totali (mono concentrati) o comunque estratti di piante Un esempio di associazione di fibre salutari: fibre di acacia, arancia, mela, limone, lattulosio e vitamine C, B1 e B6.	Per una corretta azione benefica vanno assunti molti liquidi insieme alle fibre nell'arco della giornata
PREBIOTICI a base di fibre solubili Le principali sostanze ad azione prebiotica sono: i frutto-oligosaccaridi, le inuline, il lattitolo, il lattosaccarosio, il lattulosio, le pirodestrine, gli oligosaccaridi della soia. Talora sono associati con probiotici	Favoriscono lo sviluppo della flora batterica intestinale e la regolarità intestinale

PROBIOTICI, microrganismi resistenti ai sali biliari e all'acidità gastrica in grado di aderire alla mucosa intestinale. Contengono da 1 a 20-30 miliardi, (per capsula, bustine, flaconcini), di cellule vive liofilizzate che si riattivano a contatto con l'intestino. Alcuni tipi utilizzati: *Lactobacillus acidophilus Streptococcus thermophilus, Lactobacillus plantarum, Bifidobacterium lactis, Lactobacillus rhamnosus;* possibili aggiunte: zinco gluconato, vitamina B1, vitamina B2, vitamina B6, vitamina C, niacina. Talora associati con prebiotici	Favoriscono lo sviluppo della flora batterica intestinale e la regolarità intestinale. Sono utili nei trattamenti con antibiotici
GLUCOMANNANO Dal tubero essiccato o radice di konjac, ricco in fibre composte da polisaccaridi idrosolubili	Lassativo, potente attività astringente, elevata viscosità, sensazione di sazietà, coadiuvante nel trattamento dell'obesità, abbassamento del colesterolo nel sangue e del livello di zucchero nel sangue *Controindicazioni: *pazienti con anomalie strutturali nell'esofago o nell'intestino, gravidanza, allattamento.*

PSYLLIUM La buccia di psillio deriva dal seme della *plantago ovata* o ispagula ***fonte di fibre*sia solubili che insolubili*** *bere sufficiente acqua nel corso della giornata	Regolarità intestinale, facilita il metabolismo dei lipidi, modula l'assorbimento dei nutrienti e favorisce un'azione emolliente e lenitiva dell'apparato digerente Azione: effetti meccanici, ammassando il contenuto nel colon si riducono i tempi di transito
ALOE FEROX, ARBORESCENS, AFRICANA, VERA, ETC Succo	Regolarità del transito intestinale. Funzione digestiva, funzione epatica, funzioni depurative dell'organismo, benessere della gola. Gel puro: Azione emolliente e lenitiva (sistema digerente)
AVENA SATIVA Frutto, semi	**Rilassamento (in caso di stress); benessere mentale.** Regolarità del transito intestinale. Azione emolliente e lenitiva (sistema digerente). Modulazione/limitazione dell'assorbimento dei nutrienti. **Antiossidante**
FUCUS VESICULOSUS *L. thallus thallus*, un' alga bruna	Equilibrio del peso corporeo. Stimolo del metabolismo dei lipidi. **Funzionalità articolare.** Azione emolliente e lenitiva sul sistema digerente

GARCINIA C. Estratto dalle bucce del frutto contiene pectine, calcio, carboidrati e acido idrossicitrico, da cui derivano le sue proprietà fitoterapiche	Metabolismo dei lipidi. Equilibrio del peso corporeo. Controllo del senso di fame
LINO Semi ed olio	Regolarità del transito intestinale. Normale volume e consistenza delle feci. Azione emolliente e lenitiva (sistema digerente). Metabolismo dei lipidi. Modulazione/limitazione dell'assorbimento dei nutrienti. Olio: Metabolismo dei lipidi. Integrità e funzionalità delle membrane cellulari

---

> ### E-PREVALENTE AZIONE SUL METABOLISMO DEI GRASSI, PREVENZIONE MALATTIE CARDIOVASCOLARI E CIRCOLATORIE (PRESSIONE), DEPURAZIONE DEL FEGATO

NUTRACEUTA O PRINCIPIO ATTIVO presente nell'Integratore	POTENZIALI EFFETTI BENEFICI
ACIDI GRASSI OMEGA-3 Polinsaturi, di origine vegetale (olio di alga) o da olio di pesce Omega-3 principali: acido α-linolenico o ω3α (ALA), acido eicosapentaenoico (EPA), acido docosaesaenoico (DHA) Il rapporto ipotizzato ottimale tra omega 6 (AL) e omega 3 (ALA)*: intorno a 3:1 - 2:1 In natura: semi di Chia, rapporto 1:3, semi ed olio di canapa 3:1 *Associazioni con altre sostanze:* Policosanoli vegetali, Riso rosso fermentato, Gamma orizanolo, Resveratrolo, Coenzima Q10, Acido folico e Vitamina E, Estratto di carciofo, Estratto di Banana, Vitamina B3, Vitamina B6, Vitamina B12, Coenzima Q10, etc	Mantenimento dell'integrità delle membrane cellulari, riduzione del colesterolo, carenza di omega-3: Depressione Aumento di peso Allergie Artrite Sonno interrotto Scarsa lucidità mentale al risveglio Problemi di memoria Pelle secca, dermatiti, eczemi Scarsa concentrazione Affaticamento eccessivo *gli alimenti di uso comune contengono un eccesso di omega-6.*
ACIDO FOLICO Componente del complesso vitaminico B (Vitamina B9). In natura: vegetali a foglia verde scuro. Talora in associazione con altre vit. gruppo B: B6, B12	Riduzione livelli di omocisteina nel sangue

AGLIO (allina o allicina) Talora associato con estratti di <u>cipolla</u> o altre piante della famiglia delle *Liliaceae*. *Uso moderato, possibile ipersensibilità soprattutto se in eccesso (senso di "vaghezza")*	Normale circolazione del sangue, regolarità della pressione sanguigna. Metabolismo dei lipidi. **Funzione intestinale, sostegno sistema immunitario**
BETAINA (<u>Trimetilglicina</u> *diversa dalla B. Cloruro, acidificante e potenziale irritante dello stomaco*), <u>un aminoacido</u> che viene fatto rientrare nelle vitamine del gruppo B. Viene prodotta dall'organismo attraverso il metabolismo della Colina. In natura: quinoa, barbabietole rosse, broccoli, spinaci, avena, pesce di lago	Riduzione livelli di omocisteina (*tramite conversione in mietonina*), disintossicazione del fegato (alcolismo), **ricrescita capelli**
BETA-GLUCANI Polisaccaridi estratti dall'orzo e dall'avena, componenti della frazione solubile della fibra alimentare	Contenimento del livello di colesterolo e del glucosio ematico, riduzione del colesterolo LDL e stabilizzazione di quello HDL con riduzione del rischio cardiovascolare <u>Azione</u>: *rallentamento dello svuotamento gastrico e incremento della peristalsi intestinale (soluzioni viscose)*

CARDO MARIANO, CARCIOFO, FILLANTO, DESMODIO <u>ASSOCIAZIONE SINERGICA DI PIANTE</u> *il cardo mariano contiene istamina*	Epatoprotettore, riduzione delle transaminasi, rigenerazione delle cellule del fegato, **sostegno del sistema respiratorio**
CARCIOFO, TARASSACO, CARDO MARIANO, BOLDO <u>ASSOCIAZIONE SINERGICA DI PIANTE</u> con aggiunta di curcuma (vedi proprietà) e vitamine B1-B2 coinvolte nel processo di depurazione del fegato *il cardo mariano contiene istamina*	Stimolazione funzionalità epatica, epatoprotezione, contrasto radicali liberi, rigenerazione cellula epatica (cardo mariano), riduzione azotemia (carciofo), difficoltà digestive, colagogo (boldo), azione diuretica e drenante (tarassaco)
COLINA (o vitamina J) coenzima essenziale, costituente dei lipidi della membrana cellulare. In natura: germe di grano, fegato, uova, legumi, cavolfiori e cavoli, soia; **INOSITOLO** (da mais fermentato), altra "non vitamina del gruppo B". <u>Agiscono in sinergia</u> Elementi di base della <u>lecitina</u>	Metabolismo dei grassi, funzionalità epatica, **memoria (colina)** integrità membrana cellulare (colina, inositolo)
CRATAEGUS fiore, foglie	Regolare funzionalità dell'apparato cardiovascolare. **Rilassamento e benessere mentale. Antiossidante.** Regolarità della pressione arteriosa.

FITOSTEROLI* Sono presenti nelle piante in grande quantità: oltre 200. I più numerosi: betasitosterolo, e campesterolo. In natura si trovano in: oli vegetali, frutta a guscio, cereali integrali, brassicaceae, frutto della passione	Ipocolesterolemizzanti In particolare riduzione del colesterolo LDL *aumentando l'apporto di frutta e verdura (ricca in carotenoidi) si può contrastare <u>la possibile riduzione dei livelli di antiossidanti liposolubili</u> dovuta al consumo di tali steroli (*risultati scientifici non univoci*)
OLIVO FOGLIE estratto secco titolato al 12,5% min. in oleuropeina 580 mg polifenoli	Antiossidante, (anti ossidazione delle lipoproteine LDL), azione antipertensiva, cardioprotettiva e vaso protettiva *interazione con farmaci

> ## F-PREVALENTE AZIONE SUL BENESSERE CARDIACO

NUTRACEUTA O PRINCIPIO ATTIVO presente nell'Integratore	POTENZIALI EFFETTI BENEFICI
BIANCOSPINO Fiori, foglie, bacche	Agisce sul sistema cardiovascolare. A livello cardiaco incrementa l'apporto ematico a miocardio e coronarie, determinando una migliore tolleranza all'anossia
FUMARIA	**La Fumaria in associazione a Pilosella e Biancospino** agisce a livello del miocardio aiutando a controllare le alterazione dei battiti cardiaci
PASSIFLORA Frutto, erba; utilizzo **simile al Biancospino,** al quale viene spesso associata per la sua attività sul miocardio	Trattamento palpitazioni e tachicardie, **antiossidante**, contrasto dei disturbi della menopausa, **funzionalità articolare,** rilassamento (sonno), funzionalità del sistema digerente, benessere mentale

> ## G-PREVALENTE AZIONE DI DEPURAZIONE E DRENAGGIO

NUTRACEUTA O PRINCIPIO ATTIVO presente nell'Integratore	POTENZIALI EFFETTI BENEFICI
EQUISETO erba	Drenaggio dei liquidi corporei, funzionalità delle vie urinarie, **trofismo del connettivo, benessere di unghie e capelli**
FRASSINO corteccia, foglie, gemme	Drenaggio dei liquidi corporei, funzionalità delle vie urinarie, regolarità del transito intestinale, **funzionalità articolare**, regolarità del processo di sudorazione
FUMARIA OFFICINALIS erba, foglie, fiori, sommità	Funzioni depurative (benessere della pelle), funzione digestiva ed epatobiliare
PILOSELLA Pianta intera	Azione diuretica, aumento del flusso di urine, con stimolazione dell'escrezione di acqua, sodio, cloro e scorie azotate (senza irritare i reni). Contrasta l'ipertensione
RIBES NIGRUM frutto, gemma, foglie, semi, olio	Drenaggio dei liquidi corporei, funzionalità delle vie urinarie, funzionalità articolari, **antinfiammatorio, antistaminico, benessere di naso e gola,** regolarità del transito intestinale, funzionalità del microcircolo e delle membrane cellulari.

> ## H-PREVALENTE AZIONE SUL BENESSERE DELL'APPARATO RESPIRATORIO

NUTRACEUTA O PRINCIPIO ATTIVO presente nell'Integratore	POTENZIALI EFFETTI BENEFICI
PIOPPO BIANCO corteccia, foglie, gemme	Benessere di naso e gola proprietà asettiche delle prime vie aeree, **funzionalità della prostata, funzionalità articolare**
SAMBUCUS NIGRA Corteccia, fiore, foglie, frutti	Fluidità delle secrezioni bronchiali e delle prime vie respiratorie, drenaggio dei liquidi corporei. Naturali difese dell'organismo
TIMO foglie, sommità, olio essenziale Timo rosso da *Thymus vulgaris* Timo bianco da *Thymus serpillum (talorm deriva da una seconda distillazione del timo rosso)*	Fluidità delle secrezioni bronchiali, benessere di naso e gola, funzionalità digestiva, regolare motilità gastrointestinale, antiossidante, **tonico, antibiotico, antisettico**
VERBASCO NERO (Tasso barabasso) Fiore, foglie	Funzionalità delle mucose dell'apparato respiratorio, proprietà tossifuga, azione emolliente e lenitiva. Rilassamento e benessere mentale

---

> ## I-PREVALENTE AZIONE SU DIFESE IMMUNITARIE E BENESSERE DELL'ORGANISMO

NUTRACEUTA O PRINCIPIO ATTIVO presente nell'Integratore	POTENZIALI EFFETTI BENEFICI
CHLORELLA Alga, tallo	Antiossidante. Stimola le naturali difese dell'organismo. **Funzioni depurative** dell'organismo
ECHINACEA PURPUREA M. Erba, radice	Stimola le naturali difese dell'organismo e coadiuva la **funzionalità delle vie urinarie e delle prime vie respiratorie**
GERMANIO forma organica	"attivatore" della risposta immunitaria normale; probabilmente questa è la funzione fondamentale del Ge-132, che può risultare molto utile in alcune malattie come **"trasportatore" di molecole di ossigeno all'interno di tessuti e cellule**, in alternativa alla funzione svolta dall'emoglobina. **Depuratore di radicali liberi** (nei processi di invecchiamento e nelle malattie autoimmuni)
KLAMATH Alghe selvatiche del lago Klamath, Oregon. Polvere (superfood), capsule 70% di proteine altamente assimilabili (tutti gli otto	**Tonico generale neuro somatico** (*ridotti livelli di energia sia fisica che mentale e aumentato dispendio psicofisico: sportivi, studenti, stress, etc.*). Altri benefici attribuiti: **Carenze nutrizionali** tipiche

aminoacidi essenziali), elevata densità di nutrienti, oltre 65 vitamine, minerali ed enzimi, beta-carotene, complesso B, clorofilla, acidi grassi, precursori, neuro-peptidi, lipidi, carboidrati, minerali, oligoelementi, pigmenti	della alimentazione moderna. **Supporto nutrizionale alla crescita nei bambini.** Sostegno neuro somatico negli anziani. Elevati livelli di ossidazione cellulare (inquinamento, fumo, cattiva alimentazione, stress). Carenze e disfunzioni immunitarie. **Allergie e intollerante alimentari. Problematiche infiammatorie** (osteoarticolari, intestinali, etc.) Coadiuvante nutrizionale nelle **disfunzioni del metabolismo dei grassi** (colesterolo, trigliceridi, sovrappeso). **Disordini dell'attenzione e dell' apprendimento**
NORI Alga marina omega 3, ferro, calcio, oligoelementi, proteine, fibre, betacarotene, provitamina A, gruppo B	Riequilibrante e **ricostituente** del sistema nervoso centrale e periferico, remineralizzante, tonico mentale, **riduzione dei livelli di trigliceridi e colesterolo**, riequilibrio di stati di **astenia e di depressione, gravidanza, allattamento** *Controindicazioni: gravi insufficienze renali*

ORZO PREGERMOGLAITO Vitamine, minerali, micro-minerali, carboidrati e proteine (tutti gli aminoacidi essenziali)	Elevata assimilabilità, energetico (3 a 4 ore), facilmente digeribile, supporto per impegno mentale e fisico e durante la convalescenza, facilita il sonno, prevenzione e cura di affezioni polmonari e cardiocircolatorie, diabete, ricalcificazioni, disturbi dell'apparato digerente e delle vie urinarie
POLLINE Selenio, vitamina E, C, A (betacarotene), gruppo B, D, lisina e altri aminoacidi, ferro, manganese e niacina, zinco, acido glutammico amido, fibre	Astenia, convalescenza, anemia, affaticamento intellettuale, rigenerazione tessuti nervosi, antinvecchiamento, rafforzamento del sistema immunitario, protezione: articolazioni, muscoli, cuore, mucose, capillari, occhi e vista; antinfiammatorio, eliminazione tossine (*interagisce con l'ipofisi per la regolazione del sonno*), corretto funzionamento della tiroide, riduzione dell'ipertensione, abbassamento dei livelli di colesterolo cattivo e dei trigliceridi, salute dell'intestino e riattivazione della flora intestinale, tonico *(uso: la mattina)*. Utilizzo continuativo per 1-2 mesi, da ripetere *(al cambio stagione come prevenzione)*

RHODIOLA CRENULATA Radice	Metabolismo dei carboidrati. **Funzionalità del microcircolo.** Normale circolazione del sangue. Normale tono dell'umore
SALVIA OFFICINALIS Foglie, olio	**Proprietà antinfiammatorie,** balsamiche, digestive ed espettoranti, **riduzione dei disturbi della menopausa** (*sudorazione*), della ritenzione idrica; per edemi, reumatismi, emicranie, gengiviti, ascessi; accelera il processo di cicatrizzazione, combatte gli stati di astenia e depressione, azione antispasmodica, riduzione della glicemia
SPIRULINA MAXIMA Alga verde-blu unicellulare, tallo; non contiene iodio, polvere (superfoods) capsule clorofilla, policianina, carotenoidi, acidi grassi, aminoacidi essenziali e non (60%ca. proteine), vitamine gruppo B, A, E, tiamina, riboflavina, piridossina, acido nicotinico, calcio, magnesio, fosforo, ferro, sodio, potassio, manganese, zinco, selenio, cromo e cobalto.	**Azione di sostegno e ricostituente,** disintossicante, immunostimolante, **normalizza i livelli di colesterolo, protezione del cuore,** azione antivirale

> ## L- PREVALENTE AZIONE SIMIL-ORMONALE

NUTRACEUTA O PRINCIPIO ATTIVO presente nell'Integratore	POTENZIALI EFFETTI BENEFICI
ISOFLAVONI DI SOIA: Genisteina, daidzeina Max 80 mg.al dì	Salute della donna in menopausa, trofismo delle ossa
ISOFLAVONI DEL TRIFOGLIO ROSSO	Riduzione sintomi di depressione ed ansia in menopausa, facilita la circolazione del sangue, **riduzione del colesterolo** (aumento secrezione acidi biliari), fonte di minerali
MELATONINA Ormone prodotto dalla ghiandola pineale (epifisi), rilasciato durante la notte. La sua produzione inizia a decrescere intorno ai 45 anni	**Coadiuvante del sonno; ritmo sonno-veglia** *controindicazioni* Sonnolenza al risveglio, tachicardia, depressione, ansia *Attenzione alle modalità e tempo di assunzione*

> **M- PREVALENTE AZIONE SU TROFISMO* DELLA PELLE**

NUTRACEUTA O PRINCIPIO ATTIVO presente nell'Integratore	POTENZIALI EFFETTI BENEFICI
OENOTHERA B. semi, olio	Integrità e funzionalità delle membrane cellulari, trofismo e funzionalità della pelle, **attenua i disturbi del ciclo mestruale, funzionalità articolare**
MIGLIO Acido silicico, vitamina A, E gruppo B (B1, niacina), ferro, fosforo, magnesio, potassio, calcio <u>Privo di glutine</u>	**Azione di sostegno e ricostituente.** Benessere di **unghie e capelli**.

***trofismo**
stato generale di nutrizione di un organo o di una sua parte

Superfoods

SUPERFOOD	POTENZIALI EFFETTI BENEFICI
ACAI bacche -Succo puro spremuto a freddo e pastorizzato (*Flash pasteurization*) in modo da mantenere inalterate le proprietà del frutto -polvere liofilizzata (processo di lavorazione " Freeze drying")	Antiossidante alta concentrazione, rinforzo del sistema immunitario, vasi sanguigni e cuore
ASWHAGANDHA *(WITHANIA SOMNIFERA)* Radici e foglie, polvere. Lattoni steroidei, withaferina, withaferinile, colina, alcaloidi, aminoacidi, sostanze ad azione antibatterica, etc. <u>Associazione consigliata:</u> liquerizia	Tonico adattogeno, immunostimolante, rilassamento e benessere mentale, riequilibrio dell' energia fisica, combatte i disturbi legati all' invecchiamento, effetti antinfiammatori ed analgesici, vitalità ***Controindicazioni:*** gravidanza, allattamento, ipertiroidismo
BAOBAB Frutti, polvere Vitamina C, fibre solubili ed insolubili (probiotici), aminoacidi essenziali, calcio, potassio, fosforo, ferro , acido alfa-linolenico	Rafforzamento sistema immunitario, salute del sistema immunitario, digestivo, peristalsi intestinale, senso di sazietà, aumento della popolazione di *Bifidobacterium* nell'intestino, energizzante
CACAO <u>Non tostato</u> Polvere, cioccolato, fave di	Antiossidante, salute denti, ossa, cuore, muscoli, nervi, concentrazione mentale,

cacao, pasta di cacao. Polifenoli, flavanolo, catechine, triptofano ed epicatechine, magnesio, ferro, manganese, zinco, carboidrati, tannini, teobromina, serotonina, feniletilammina (alcaloide)	antidepressivo, sostegno del sistema nervoso
CAMU CAMU Frutto asprigno simile agli agrumi Polvere Vitamina C elevata, tiamina, niacina, riboflavina, ferro, calcio, fosforo, potassio, beta-carotene, aminoacidi: leucina, serina, valina.	Antiossidante, antidepressivo, salute cardiovascolare, disintossicante, contrasta l'insorgere di cataratta e glaucoma e dell' herpes.
IBISCO (CARCADE') Fiori, infuso Antociani, tannini, flavonoidi, acido ascorbico, fitosteroli, mucillagini	Prevenzione dell'ipertensione e problemi cardiaci, proprietà digestive, lassative, antisettiche delle vie urinarie
MACA Radice, polvere Aminoacidi essenziali, vitamine A, C, complesso B (B1, B2), potassio, iodio, calcio, fosforo, ferro, cobalto, zinco, manganese, carboidrati, acidi grassi e fibre, alcaloidi e steroli	Energizzante, antistress, remineralizzante, benefici sul sistema nervoso, azione equilibrante sul sistema ormonale (*ipotalamo, ghiandole surrenali, pancreas*), miglioramento sindrome mestruale, regolarizza il ciclo, ringiovanimento della pelle, cura dell'osteoporosi e dell'anemia

MAIS VIOLA Polvere Polifenoli, antociani In sinergia col cacao aumenta la quantità di antiossidanti Bibita	Antiossidante, salute cardiovascolare, rigenerazione del collagene, riduzione del colesterolo LDL, miglioramento della circolazione. Diuretica, ipotensiva
MAQUI Bacche blu di pianta sempreverde Polvere Polifenoli antocianine, fibre	Antiossidante, antinfiammatorio, antimicrobico, energizzante, anti-età, sostegno sistema cardiovascolare, attivazione metabolismo (perdita peso)
MORINGA Foglie, polvere Potassio, ferro, calcio, magnesio, fosforo, vitamina C, A, E, K gruppo B Semi: aminoacidi essenziali ed altri	Antiossidante, protezione immunitaria, antinfiammatoria, sostegno funzione cerebrale
ORZO SUCCO D'ERBA Polvere Aminoacidi essenziali ed altri, provitamina A, vitamina C, calcio, ferro, magnesio, potassio, rame, zinco, enzimi, clorofilla, isoflavonoidi, betacarotene, alte percentuali di SOD (Superoxide Dismutase), acidi grassi essenziali	Immunostimolante, depurativo, alcalinizzante, disintossicante, metabolismo epatico, apparato digerente

PASSION FRUIT o MARACUJA Polvere Potassio, calcio, ferro, rame, magnesio e fosforo, vitamina C, A, B3, fibre, flavonoidi (β-carotene e β-criptoxantina)	Antiossidante, anticolesterolo, contrasta la ritenzione idrica, protezione della pelle, delle mucose, dei polmoni, della visione; regolazione frequenza cardiaca e pressione sanguigna
SCHISANDRA Polvere Liana legnosa, il frutto contiene i 5 sapori fondamentali (secondo MTC) oli essenziali, acidi, lignani (*principi attivi*): schisandrina, schisandrolo, schisanterina e gomisin. Un altro tipo di principi attivi (dibenzo-cyclo-lignani octadiene), sembrano possedere un potenziale terapeutico contro il danno ossidativo delle cellule nel cervello	Tonico fisico e mentale, antiossidante, immunomodulante, rafforzamento della memoria, della concentrazione e dei riflessi; antidepressivo, rivitalizzante; protezione del fegato, antinfiammatorio, anti-invecchiamento, aumenta l'acutezza della vista e dell'udito

FUNGHI MEDICINALI

SUPERFOODS	PRINCIPI ATTIVI/NUTRACEUTICI	POTENZIALI EFFETTI BENEFICI
FUNGHI I cosiddetti funghi medicinali fanno parte della tradizione asiatica che li usa da millenni come curativi. Consigliata la provenienza da coltura biologica **Reishi** • polvere • estratti in polvere idrosolubili	Polisaccaridi, Beta-Glucani e triterpeni	Immunostimolante, antiossidante, riequilibrio ormonale, rilassante, adattogeno; contro stress, fatica, debolezza; protezione del fegato, regolazione del colesterolo, riequilibrio della pressione sanguigna

Lion's mane • polvere • estratti in polvere idrosolubili	polisaccaridi	Incremento della memoria e della concentrazione, protezione del sistema nervoso.
Cordyceps • polvere • estratti in polvere idrosolubili	Cordicepina	Potenziale inibitore della crescita di virus e batteri, energizzante
Chaga • polvere • estratti in polvere idrosolubili	SOD antiossidanti e "melanina".	Sostentamento del sistema immunitario, antinfiammatorio, riequilibrante ormonale, protezione dai raggi solari, eczema, acne e psoriasi, miglioramento ulcere, gastriti.

Maitake • polvere • estratti in polvere idrosolubili	Polisaccaridi (soprattutto betaglucani).	Immunostimolante ipoglicemizzante, epatoprotettore, favorisce la perdita di peso se associato ad attività fisica
Shiitake • polvere • estratti in polvere idrosolubili	Lentinano (un betaglucano), aminoacidi essenziali, vitamine del gruppo B ed ergosterolo, precursore della vitamina D, alcaloidi, potassio, calcio, magnesio, manganese, ferro, rame e zinco, etc.	Disintossicante del fegato, abbassamento del colesterolo, effetto prebiotico

---

Bibliografia
1) PER LA PARTE RELATIVA ALLA NORMATIVA:

A-MINISTERO DELLA SALUTE:

- **normativa di settore**
http://www.salute.gov.it/portale/temi/p2_6.jsp?lingua=italiano&id=
995&area=Alimenti particolari e integratori&menu=integratori

- **integratori in genere**
http://www.salute.gov.it/portale/temi/p2_5.jsp?area=Alimenti%20pa
rticolari%20e%20integratori&menu=integratori
http://www.salute.gov.it/portale/temi/p2_6.jsp?lingua=italiano&id=
1424&area=Alimenti particolari e integratori&menu=integratori
http://www.salute.gov.it/portale/temi/p2_6.jsp?lingua=italiano&id=
1267&area=Alimenti particolari e integratori&menu=integratori

- **probiotici e prebiotici**
http://www.salute.gov.it/portale/temi/p2_6.jsp?lingua=italiano&id=
1426&area=Alimenti particolari e integratori&menu=integratori

- **vitamine e minerali**
http://www.trovanorme.salute.gov.it/normsan-
pdf/2009/32322_1.pdf
http://www.salute.gov.it/imgs/C_17_pagineAree_1268_listaFile_item
Name_5_file.pdf (quantità ammesse)

- **corretto uso degli integratori alimentari**
http://www.salute.gov.it/imgs/C_17_opuscoliPoster_191_allegato.pdf
B- *A.Martelli, INTEGRATORI, ALIMENTI FUNZIONALI, NUTRACEUTICI*
E NOVEL FOODS , 2011, in https://www.pharm.unipmn.it/

---

2) PER LA PARTE RELATIVA AGLI INTEGRATORI ALIMENTARI

- *http://www.trovanorme.salute.gov.it/norme/renderNormsan Pdf?anno=0&codLeg=48636&parte=2&serie=*
- *http://www.farmacoecura.it/integratori/glucosamina-solfato-a-cosa-serve-effetti-collaterali/ (glucosamina)*
- *http://blogintegratori.it/salute/glucosammina-che-cose-e-a-che-cosa-serve/ (idem)*
- *http://www.naturmedica.com/index.php?mod=content&cat= CONTENT&padre=102&ID=103&livello=subsub&lang=IT (MSM)*
- *http://www.cure-naturali.it/artrite/3499*
- *http://www.inerboristeria.com/glucomannano-il-glucomannano-fa-dimagrire.html*
- *http://www.metamucil.it/benefici-della-fibra.php*
- *http://www.albanesi.it (fitosteroli)*
- *http://www.scienzavegetariana.it/news_dett.php?id=1133*
- *http://www.my-personaltrainer.it/integratori/quercetina.html*
- *http://www.saninforma.it/biblioteca-della-salute/i-prebiotici*
- *http://www.pegaso.eu/it/product/prebiotici_biocolonic*
- *http://www.erboristeriarcobaleno.com/colesterolo.html*
- *http://www.antiagingclub.it/Pinoflavo.html?RwDet=true&arti coli_ID=120860&nodi_ID=2220*
- *http://www.dottorsport.info*
- *http://www.benessere.com/dietetica/arg00/proprieta_salvia .htm*
- *http://www.cure-naturali.it/papaina/3732*
- *http://obiettivobenessere.tgcom24.it/2013/02/12/il-polline-dapi-lintegratore-naturale-che-fa-bene-allorganismo/*

- *http://www.cacaopuro.com/index.php?main_page=product_info&cPath=14&products_id=181*

- *http://www.bacche-di-acai.com/faq*

- *http://www.cacaopuro.com/index.php?main_page=index&cPath=62*

- *http://www.greenme*

- *http://saluteinerba.com*

- *http: //viveresano.net*

- *http://www.phytoitalia.it*

- *http://www.anagen.net (coenzima Q10)*

- *Aldo Martelli INTEGRATORI, ALIMENTI FUNZIONALI, NUTRACEUTICI E NOVEL FOODS2011, GLI INTEGRATORI ALIMENTARI, DIRETTIVA 2002/46/CE, in https://www.pharm.unipmn.it/sites/production/files/.../incontro8.*

- *http://www.homocompany.it betaina*

- *http://www.naturalpoint.it colina e inositolo*

- *http://www.la stampa.it colina*

PROGETTI EUROPEI E NUOVI SVILUPPI DELLA SCIENZA

Progetti europei

Le ricerche promosse nell'ambito dell'Unione Europea nel settore "salute e benessere" riguardano soprattutto i seguenti campi:

1. *la regolazione di crescita e sviluppo*
2. *il mantenimento della salute*
3. *la riduzione del rischio di obesità*
4. *la riduzione del rischio di malattie croniche legate a squilibri dietetici*

Descriviamo di seguito, in modo sintetico, alcuni dei numerosi progetti europei.

Al primo campo appartiene il progetto:

> **EARNEST**

(inizio 2012, durata 60 mesi)

Indaga gli effetti a lungo termine sulla salute della nutrizione nella prima infanzia. La motivazione per l'avvio del progetto è stata l'osservazione dell'incremento del sovrappeso nei bambini e dei relativi gravi problemi di salute e l'evidenza che ciò può essere almeno parzialmente causato e favorito durante l'infanzia. Bambini ed infanti possono essere "programmati" a diventare sovrappeso e sviluppare conseguentemente disordini metabolici che si manifesteranno più tardi nella vita. Lo scopo del progetto è quello di incrementare le basi scientifiche che riguardano questi effetti programmati e tradurre le risultanze scientifiche in raccomandazioni per la vita di tutti i giorni.

Al secondo campo di studio appartengono i progetti

➢ **PROEUHEALTH 2005**

64 gruppi di ricerca da 16 paesi europei

Indaga come i batteri intestinali influenzano la salute e come i cibi pro e prebiotici possono incrementare il benessere. Lo scopo: il miglioramento della comprensione delle relazioni tra cibo, batteri intestinali, salute e malattia; quale sia il ruolo dei batteri intestinali e come le nuove terapie con pro- e prebiotici possano contribuire al benessere e a mantenere la salute anche in età avanzata, proteggendo dalle infezioni intestinali.

➢ **NUTRIMENTHE**

Si è partiti dalle evidenze che la nutrizione precoce (dei neonati e dei bambini) e quella della madre possono influenzare più tardi le prestazioni mentali; ciò comporta implicazioni tra l'altro sulla pubblica salute, sulla comprensione della biologia umana e sullo sviluppo di prodotti alimentari.

Scopo del progetto: incrementare le conoscenze in questa area per studiare ruolo, meccanismi, rischi e benefici di specifici nutrienti e componenti di cibi sulle prestazioni mentali dei bambini dallo stadio fetale all'infanzia.

Tra i nutrienti studiati: gli acidi polinsaturi a lunga catena (LC-PUFAs), minerali (ferro e zinco) e vitamine del gruppo B, considerati rilevanti per le prestazioni mentali ed influenti sulle malattie mentali, sviluppo cognitivo, ansietà/stress e disordine da deficit dell'attenzione e iperattività, depressione ed aree correlate.

Al terzo campo appartengono i progetti:

> **TOYBOX**

2010-2014

Progetto per sviluppare e testare un innovativo programma per la prevenzione dell'obesità in bambini dai 4 ai 6 anni. Lo scopo è di comprendere comportamenti e determinanti che conducono ad una precoce obesità. Tenendo in considerazione le diversità culturali, legislative e infrastrutturali dei Paesi partecipanti, sarà sviluppato un intervento per promuovere cibo salutare, in modo divertente e attivo nella "pre-scuola" in tutta Europa.

> **HELENA**

Progetto che parte dalla considerazione che per promuovere e salvaguardare la salute bisogna stabilire un ambiente che supporta un comportamento ed uno stile di vita salutari.

Molte malattie hanno origine durante l'infanzia e l'adolescenza, ma le relazioni tra sviluppo di malattie non trasmissibili e il processo dell'adolescenza è poco studiato.

Questo periodo è cruciale per i molteplici cambiamenti fisiologici e psicologici che riguardano bisogni e abitudini nutrizionali.

Il progetto include interventi e studi sui seguenti aspetti degli adolescenti europei:

- *ammontare delle assunzioni nella abituale dieta abitudini alimentari, conoscenza della nutrizione*
- *scelta dei cibi e preferenze*
- *composizione del corpo*
- *grassi nel sangue e profilo metabolico*

- *situazione delle vitamine*
- *funzione immunitaria correlata allo stato nutrizionale*
- *attività fisica*
- *genotipo (per analizzare i nutrienti adatti ai propri geni e le interazioni con l'ambiente genetico)*

Al quarto campo di interesse appartengono i progetti:

➤ **NUTRIDENT**

2006-2010

Progetto dedicato all'isolamento, identificazione e valorizzazione di bevande e cibi con composti dalle proprietà anti-cariogene e/o anti-gengivite

➤ **FLORA**

2005-2009

Il progetto mira a valutare gli effetti benefici dei flavonoidi e di altri composti fenolici vegetali sui problemi cardiovascolari e su alcuni tipi di cancro. Le evidenze riscontrate riguardano l'efficacia dell'assunzione costante di sostanze fenoliche sull'abbassamento del rischio di infarto.

➤ **HEALTHGRAIN**

Il progetto ha lo scopo di ridurre il rischio di malattie correlate alla sindrome metabolica, incrementando l'assunzione di cereali integrali o loro frazioni.

Una dieta basata su di essi si è rivelata protettiva contro disordini cardiovascolari e diabete di tipo 2. Lo sforzo è stato diretto a stabilire le variazioni, i cambiamenti indotti nei processi e il metabolismo umano dei composti bioattivi nei maggiori prodotti a base di cereali (pane) e a rivelare i sottostanti meccanismi fisiologici rilevanti per la prevenzioni delle malattie suindicate. I composti presi in considerazione: vitamine, fitochimici e carboidrati indigeribili.

Altri progetti

> **FUNCTIONALFOODNET**

2005-2008

Creazione di un network europeo di industrie alimentari per esplorare la scienza dei cibi funzionali. In collaborazione con altri Paesi: Australia, USA, Japan and Canada, etc.

> **FLAVIOLA**

2009-2013

I flavonoidi ottimizzano le funzioni cellulari e ciò ha effetti positivi sulle malattie cardiovascolari.

Evidenze epidemiologiche suggeriscono che una dieta ricca di prodotti vegetali, cibi e bevande, diminuisce il rischio di malattie e mortalità cardiovascolare.

Tra i fitochimici, i flavanoli in particolare sono stati ultimamente studiati con i seguenti risultati: incremento funzioni vascolari, abbassamento pressione sanguigna, attenuazione aggregazione piastrinica, incrementata risposta immunitaria. Questo porta allo sviluppo di "novel foods", cibi con formulazioni innovative per far fronte alle patologie sopradescritte.

➢ **FUNCFOOD**

2010-2014

Un numero considerevole di studi hanno dimostrato gli effetti protettivi di frutta e vegetali rispetto alle numerose malattie correlate con l'età.

Lo scopo del progetto è quello di investigare l'azione protettiva degli agenti che possano essere usati come cibi funzionali per cancro, diabete e malattie cardiovascolari, studiandoli in vitro o su ratti.

➢ **ENRICHMAR**

2014-2015

Si riconosce la convenienza di cibi arricchiti con materiali crudi di origine marina, per ottenere un valore aggiunto in termini economici, di salute e di sostenibilità e risorse.

Lo scopo è quello di incrementare la convenienza del cibo arricchendo i prodotti del mare, i cereali e prodotti lattieri con composti bioattivi: polvere di olio di pesce ed estratti di alghe dalla provata biodisponibilità.

➢ **BIOPROFIBRE**

2006-2009

Sviluppo di cibi che abbassano il colesterolo attraverso proteine e fibre bioattive che possano anche fornire una texture ai cibi e stabilizzarli, così da rimpiazzare totalmente o parzialmente gli ingredienti originali.

➢ **EURODISH**

Il progetto serve a valutare le infrastrutture necessarie per la ricerca su cibo e salute in Europa

È un progetto della durata di tre anni, che ha avuto inizio nel settembre del 2012

> **CHANCE**

Il progetto ha lo scopo di sviluppare nuovi prodotti alimentari saporiti, più nutrienti e meno costosi da produrre.

Secondo un rapporto pubblicato dalla direzione generale EUROSTAT della Commissione europea oltre 125 milioni di persone in Europa erano a rischio di povertà e di esclusione sociale nel 2012. La stessa Commissione si è impegnata a sollevare dalla povertà e dall'esclusione sociale almeno 20 milioni di persone entro il 2020. I programmi di ricerca in questo campo contribuiscono alla gestione del problema.

Il progetto CHANCE è un'iniziativa della durata di tre anni, volta a migliorare l'alimentazione dei cittadini europei sviluppando alimenti invitanti, accessibili e sani, da produrre a costi contenuti e con ingredienti tradizionali.

Uno dei principali risultati del progetto è lo sviluppo di prodotti alimentari CHANCE, ossia **prototipi di alimenti già disponibili in commercio con migliori caratteristiche nutrizionali.** Tra i prodotti alimentari realizzati vi sono un tipo di pane, prosciutto, un formaggio simile alla mozzarella, un ketchup a base di pomodoro, una pizza prodotta con questi ingredienti e alcuni prodotti a base di mirtilli. Questi prodotti hanno un più elevato valore nutrizionale e sono meno costosi da produrre e confezionare. Il sapore dei prototipi è pressoché uguale a quello di prodotti analoghi commercializzati dalle principali marche disponibili sul mercato, cosa alquanto gradita ai consumatori.

Ci potremmo chiedere se una più ampia visione delle reali necessità alimentari (o meglio nutrizionali) non poteva far percorrere (anche) altre strade che valorizzassero la distribuzione territoriale delle risorse senza passare unicamente da laboratori ed industrie.

Nuovi sviluppi della scienza

Gli studi sulla nutrizione umana hanno generato molte differenti discipline scientifiche che possono contribuire allo sviluppo dei cibi funzionali: oltre alla nutraceutica e alla nutrigenomica, vi sono nutrigenetica, proteomica, metabolomica, studi sul microbioma e microbiota.

Le ricerche in tali ambiti cercano di identificare le basi biologiche attraverso le quali i componenti dei cibi promuovono salute e benessere; gli effetti dei nutrienti sui processi dell'organismo e sui processi a livello molecolare, sotto differenti condizioni.

Mentre la **nutrigenomica** studia in che modo gli alimenti e i nutrienti influenzano l'espressione del genoma (l'insieme dei geni di una cellula), la **nutrigenetica** studia le variazioni nella sequenza del DNA in relazione alla risposta alimentare; la prima ha lo scopo di fornire una terapia per una malattia, la seconda di elaborare un programma nutrizionale "su misura" per i geni di ogni singolo individuo, con scopo preventivo.

La **proteomica** descrive come un alterato profilo proteico incida sul sistema biologico di un individuo. Essa studia tutte le proteine codificate ed espresse dal genoma, identifica il numero delle proteine di un organismo, crea una mappa delle loro interazioni ed analizza le loro attività biologiche.

La **metabolomica** studia i metaboliti, prodotti che risultano dalle reazioni chimiche che avvengono nel nostro organismo.

In particolare, (studia) i cambiamenti metabolici sequenziali in risposta ai componenti dei cibi funzionali o Nutraceuti, investigando regolazione e flussi metabolici in cellule individuali o in gruppi di cellule dello stesso tipo e valutando la loro efficacia sulla salute.

Il regime dietetico inteso come modo prevalente ed usuale di alimentarsi rappresenta uno dei fattori ambientali ai quali i nostri geni sono esposti dal concepimento in poi attraverso tutta la vita.

I geni si esprimono sotto l'influenza degli stimoli ambientali, producendo proteine, che funzionano in tanti modi differenti all'interno del corpo umano e svolgono differenti funzioni: come enzimi, trasportatori di ossigeno, ormoni e mattoni di costruzione per le cellule.

I nutrienti, a loro volta, governano la concentrazione delle proteine nei differenti organi, funzionando come regolatori della trascrizione e traduzione genetica.

L'intensità del segnale proveniente dal regime dietetico e la conseguente risposta possono variare con l'ammontare del componente del cibo consumato e la frequenza con la quale viene ingerito; inoltre l'età dell'individuo e la fase dello sviluppo in cui egli si trova possono determinare quali geni sono influenzati (*Clarke, 2001*).

La quantità e perfino la forma dei nutrienti presenti durante l'espressione genica possono influenzare la sintesi della proteina col risultato di produrre meno proteina in termini di quantità, di funzionalità ottimale, o nessuna proteina del tutto.

I nutrienti servono dunque come substrato, cofattore o coenzima per i processi metabolici.

Importanti studi collegati alle aree di ricerca prima descritte riguardano il microbioma e il microbiota.

La composizione o insieme dei microrganismi simbiontici del nostro tubo digerente ed intestino viene denominata **microbiota** intestinale, mentre per **microbioma** si intende la totalità dei geni e delle interazioni ambientali del microbiota. Esso svolge un ruolo cruciale nello stato di salute e malattia del nostro organismo.

I geni del microbioma intestinale sono molto più numerosi dei geni del corpo umano (di circa 150 volte).

Gli studi in materia hanno aperto la strada per manipolazioni selettive sul microbioma che si basino sulle risposte immuni ai componenti microbici, a fini terapeutici.

La dieta e la genetica dell'ospite possono influenzare le caratteristiche e la funzione del microbioma intestinale.

I microrganismi nel corpo umano sono prevalentemente batteri e risiedono in varie parti dell'organismo, tra cui la cute, il naso, la bocca e l'intestino. In particolare nell'intestino vivono in simbiosi circa 100 trilioni di batteri - più di 10 volte le cellule umane - appartenenti a più di 1000 specie.

Anche se vi è un numero fisso di microrganismi per tutti gli individui, ognuno presenta poi una composizione distinta e variabile.

Un grande numero di fattori diversi influiscono sulla costruzione di solide basi scientifiche in questo campo: la complessità delle sostanze contenute nei cibi, gli effetti delle variabili ambientali sul cibo, i cambiamenti metabolici compensatori che possono avvenire a seguito di cambiamenti nelle dieta, etc.

Il ruolo protettivo non è generalmente ascrivibile ad un solo componente presente nel singolo vegetale, ma piuttosto ad un complesso insieme di sostanze in grado di interagire sinergicamente tra loro.

La superiorità della Natura sull'industria e la sua valenza protettiva sulla salute si basano sulla molteplicità e complessità degli effetti chimici, fisiologici e funzionali conseguenti alle interazioni tra sostanze naturali o fitochimici all'interno di uno stesso alimento e tra più alimenti consumati insieme.

E' importante dunque incrementare le conoscenze nel campo dell'alimentazione, imparare a discernere informazioni false e fuorvianti da ciò che si rivela attendibile ed eventualmente verificabile, in modo da poter fare scelte responsabili a tutela della propria salute.

Nell'economia capitalistica occidentale il mercato alimentare ha come obiettivo prioritario il profitto, che deriva soprattutto dagli alimenti processati (es: bevande ricche di zuccheri semplici, cereali molto raffinati, grassi di bassa qualità, etc.) e "vede" solo possibili consumatori.

Genoma

In senso ristretto l'insieme dei geni di un organismo (o corredo cromosomico); in senso ampio il complesso del materiale genetico di un organismo comprendente sia i geni sia altro materiale non codificante (cioè sequenze di DNA non soggette a trascrizione in RNA o traduzione)

Il gene *è l'unità elementare dell'informazione genetica e corrisponde al segmento di DNA, più raramente di RNA, in grado di produrre una proteina formata da una catena di amminoacidi. In quanto tale, il gene si replica, si trasferisce alla generazione successiva, si esprime, muta, si adatta all'ambiente ed evolve. L'insieme di tutti i geni di un organismo forma il genoma, che è tipico per ogni specie.*

CAPITOLO 7 – PROGETTI EUROPEI E NUOVI SVILUPPI DELLA SCIENZA

Bibliografia

> **Progetti EU**

- *European Commission European Research Area, Functional foods studies and reports Directorate, General for Research 2010 FP7 cooperation, Food 24194 EN in functional-food_en.pdf*

- *EC-European Research area food, agriculture & fisheries % biotechnology, 2010, in P.Polito,S. Procacci, A.Brunoti, F.Vitali, Alimenti funzionali: quadro normative, opportunità per l'industria agroalimentare e per la ricerca Enea*

- *ILSI Europa (International Life Sciences Institute) Conferenza Internazionale "East-West Perspectives on Functional Foods"*

- *Consensus document della "European Commission Concerted Action on Functional Food Science in Europe" (FU.FO.S.E), Definizione comune di funcional food.*

- *the Institute of Food Technologists, Functional Foods, Opportunities and Challenges, in http://www.ift.org/~/media/Knowledge%20Center/Science%20Reports/Expert%20Reports/Functional%20Foods/Functionalfoods_expertreport_full.pdf*

- *http://www.eufic.org/article/it/page/FTARCHIVE/artid/Sostenere_la_ricerca_sul_cibo_e_sulla_salute_in_Europa/*

- *ec.europa.eu/research/press/2005*

- *http://www.nutrimenthe.eu/about_the_project*

- *http://www.nutrimenthe.eu/links collegamento ad altri progetti*

- *http://www.helenastudy.com/scientific.php*

- *http://cordis.europa.eu/project/rcn/81228_it.html*   *flora project*

- *http://cordis.europa.eu/projects/result_en?q=programme/code=%27FP7%27%20AND%20contenttype=%27project%27*   *link a programmi*

- *http://cordis.europa.eu/project/rcn/91256_en.html*   *Flaviola risultati-CHANCE-project-website: http://www.chancefood.eu/about_2.html*

- *http://www.eufic.org/article/it/artid/EU-funded-project-gut-microbiome-influence-on-health-and-well-being/*

- *www.mynewgut.eu*

- *Zancanaro K., Il miglioramento dell'alimentazione attraverso i functional food: un'opportunità per l'industria e per il consumatore, 2013*

> **Nuovi sviluppi della scienza**

- *Hugonin B., La nutrigenomica, in http://www.benessere.com/dietetica/arg00/nutrigenomica.htm*

- *http://www.leziosa.com/nutrigenomica.htm*

- *Scapagnini G., Parano E., Catanzaro R.M., Nutrigenomica, le basi per una nutrizione personalizzata: Nutrizione clinica e patologie correlate, 2007; Cap. 12*

* *Scapagnini G., Colombrita C, Amadio M, D'Agata V, Arcelli E, Sapenza M, Quattrone A, Calabrese V. , Curcumin activates defensive genes and protecs neurons against oxidative stress. Antiox. Redox Signal 2006; 8(3-4):395-403.*

* *http://www.cure-naturali.it/nutrigenetica-e-nutrigenomica/4044*

* *treccani.it/enciclopedia/gene-genoma*

* *Hrelia S., Alimenti Funzionali e Componenti Nutraceutici, Bologna, 2010*

* *Clarke, S.D. 2001. The human genome and nutrition. Chpt. in "Present Knowledge in Nutrition," 8th ed., ed. B.A. Bowman and R.M. Russell. pp. 750-760. ILSI Press, Washington, DC.*

* *the Institute of Food Technologists, Functional Foods, Opportunities and Challenges, in http://www.ift.org/~/media/Knowledge%20Center/Science%20Reports/Expert%20Reports/Functional%20Foods/Functionalfoods_expertreport_full.pdf*

* *European Commission European Research Area, Functional foods studies and reports Directorate, General for Research 2010 FP7 cooperation, Food 24194 EN in functional-food_en.pdf*

CONCLUSIONI

Sguardo d'insieme

Rivediamo in questo Capitolo il concetto di cibo funzionale alla luce di quanto riportato nelle pagine precedenti e allargando lo sguardo sulla letteratura e le ricerche in merito.

Riteniamo interessante la prospettiva di quegli Autori (*Doyon, Labrecque, 2008*) secondo i quali è opportuno distinguere **un cibo salutare** da **un cibo funzionale**.

Un cibo salutare, come ad esempio una mela, non è necessariamente un cibo funzionale; essa, infatti, può essere considerata cibo funzionale solo dopo che numerosi studi abbiano dimostrato di poter prevenire col suo consumo alcuni tipi di malattie, in relazione dunque agli effetti fisiologici e all'intensità funzionale del cibo stesso. Nell'esempio della mela un fattore che determina la trasformazione di cibo salutare in funzionale potrebbe essere una nuova varietà di mele che, attraverso la selezione naturale, abbia una più alta concentrazione di nutrienti, dei quali sia stata provata la *capacità salutare*, nei termini sopradescritti.

In questa definizione è presente una dimensione temporale: un cibo che non è funzionale può diventarlo se vi sono sufficienti prove dei suoi benefici sulla salute, sulla riduzione del rischio di specifiche malattie croniche, sulla sua influenza benefica per funzioni specifiche dell'organismo.

Per definire i confini del concetto di cibo funzionale viene anche distinta la carenza nutrizionale da altri effetti fisiologici come la riduzione del rischio di malattia; in tal senso un cibo che incrementi l'equilibrio nutrizionale non può essere considerato - su questa unica base - un cibo funzionale.

Mentre **tutti i cibi hanno un qualche grado di intensità funzionale,** un cibo funzionale deve averne un minimo grado accertato: tale intensità   viene misurata attraverso <u>gli effetti fisiologici</u> e la <u>concentrazione dei componenti attivi.</u>

Usando queste due dimensioni contemporaneamente si può definire con sufficiente esattezza l'universo dei cibi funzionali.

Esso appartiene al più vasto settore dei cibi salutari ed è comprensivo di *cibi che riducono il rischio di malattia, aumentano le funzioni dell'organismo e contribuiscono a ristabilire la salute con un minimo livello di intensità.*

Rispettivamente al di sotto e al di sopra dei cibi funzionali troviamo "i cibi-base" o salutari, i cibi arricchiti o modificati (che incrementano l'equilibrio nutrizionale) e i "cibi-medicina", di specifica competenza medica.

EFFETTI FISIOLOGICI (max) +			
Cura o salute			Medicinal-food
Contributo a ristabilire la salute		Cibi funzionali	*Cibi salutari*
Incremento funzioni		Cibi funzionali	*Cibi salutari*
Riduzione rischi		Cibi funzionali	*Cibi salutari*
Maggiore equilibrio nutrizionale		Cibi arricchiti/migliorati	*Cibi salutari*
Maggiore equilibrio nutrizionale		Basic foods	*Cibi salutari*
Bisogni basilari O			
Minore equilibrio nutrizionale			
Detrimento per la salute			
INTENSITA' FUNZIONALE (min.) -	Livello minimo di intensità	Livello di intensità crescente	

da Doyon e Labrecque, *Tabella adattata dall'Autrice*

Alla luce di queste considerazioni possiamo ridefinire i cibi funzionali distinguendoli dai cibi salutari (o basic-foods) che sono parte di uno stile di vita salutare e dai cibi medicina che curano direttamente le malattie.

I cibi funzionali si trovano al centro con la funzione prevalente di prevenzione delle malattie ed incremento dello stato di salute dell'individuo.

Cibi salutari	Cibi funzionali	Medicine
Alimento, quantità normalmente consumata nel regime alimentare quotidiano	*Alimento, quantità normalmente consumata nel regime alimentare quotidiano*	*Forme farmacologiche: capsule, compresse, sciroppi, etc.*
Parte di uno stile di vita salutare	Prevenzione delle malattie, incremento della salute. Benefici che vanno OLTRE le funzioni nutrizionali di base*	Cura delle malattie

**Cioè vanno oltre il semplice ammontare di vitamine, sali minerali ed energia necessari al benessere dell'organismo come risultano dalla normale assunzione di proteine, carboidrati e grassi (Diplock e altri, 1999, Ashwell, 2003).*
Il cibo funzionale contiene ALTRE SOSTANZE, I NUTRACEUTI, che - per la loro quantità ed effetti combinati - elevano la quantità complessiva di effetti salutari ed aiutano a ridurre il rischio di sviluppare certe malattie.

Secondo Howlett **il cibo funzionale** ha lo scopo di cambiare positivamente le funzioni fisiologiche del corpo, ma il suo modo di azione rimane quello di *rinvigorire, incrementare o mantenere i processi normali fisici e fisiologici entro parametri normali con lo scopo di ottimizzare salute e benessere oppure ridurre il sorgere di fattori associati con il rischio di contrarre* *certe malattie,* a differenza dei cibi-medicina, concetto nel quale potrebbero rientrare anche alcuni integratori alimentari.

I medicinal food agiscono in modo positivo su processi fisiologici alterati o incrementano i normali processi fisiologici oltre gli usuali confini per ottenere un preciso risultato; essi hanno dunque la funzione di trattare, prevenire o incrementare delle performance fisiologiche al di là dei livelli considerati normali. Fanno parte di uno speciale e controllato regime che rientra nelle competenze di specialisti e sono sottoposti a controlli specifici previsti in apposite leggi.

	Cibi funzionali	**Medicine**
Modo di azione	Modulazione di processi fisiologici entro la normalità	Intervento in un processo fisiologico disturbato o alterato
Obiettivo	Ristabilire/incrementare le normali funzioni al fine di ottimizzare la salute, il benessere e le proprie risorse (rendimento)	Trattare o prevenire malattie. Incrementare il rendimento oltre i normali limiti
Forma	Cibo, consumato come parte di una normale dieta	Capsule, compresse, sciroppo, etc. in dosi controllate da assumere secondo orari stabiliti, sotto controllo medico

da: Howlett, 2008, *traduzione dell'Autrice*

Esistono dei cibi naturali definiti da alcuni autori come **cibi-medicina** per le numerose proprietà salutari che manifestano assunti in dosi "normali"; i nutraceuti in essi contenuti svolgono una potente e specifica azione sulla salute tanto da essere consigliato il loro uso moderato e non continuo.

Un esempio è costituito dall'aglio, ricco di notevoli effetti benefici (antimicrobico, antiparassitario, antipertensivo, etc.); oltre alle controindicazioni per soggetti sofferenti di ulcera, infiammazione allo stomaco, ipotiroidismo, allergie, etc., se assunto in eccesso, sembra possa causare nausea, giramenti di testa, etc.

Un'altra considerazione , sulla quale riflettere è che il nostro corpo (come la mente) conosce *per differenza*, come possiamo verificare sperimentalmente.

Quando assumiamo un alimento o sostanza benefica gli effetti che sentiamo all'inizio mano a mano si affievoliscono; se noi abituiamo e saturiamo l'organismo con gli stessi alimenti o sostanze per un lungo periodo, senza adeguatamente variare, esso può sviluppare una reazione di intolleranza (per eccesso) e comunque non beneficiare più dei nutraceuti assunti.

<u>I supplementi nutrizionali</u> possono avere una forma simile alle medicine (pillole, compresse, etc.), mentre sono *anche* governati da leggi che riguardano i cibi, ma non possono essere considerati come alimenti che trattano o prevengono malattie.

Non avendo la forma di cibo e non essendo consumati come parte di una normale dieta <u>non</u> sono cibi funzionali.

➢ L'Unicità dell'Intero

L'attenzione della scienza sembra, almeno in parte, focalizzata intorno alla identificazione di nuovi cibi o alla possibilità di arricchire e migliorare cibi già esistenti al fine di ottenere dei prodotti che, pur avendo le caratteristiche esteriori di un corrispondente cibo naturale, tuttavia ne hanno incrementate le proprietà e gli effetti salutari o eliminati alcuni effetti nocivi.

Dimenticando che - come appare ormai come opinione diffusa in ogni campo del sapere - l'intero ha delle proprietà, sia positive che negative, che, da un lato si compensano le une con le altre, dall'altro concorrono ad un valore globale (quello dell'alimento integro) che oltrepassa la loro semplice somma aritmetica.

L'insieme genera una sostanza unica con proprietà uniche legate alle caratteristiche dei singoli componenti e alle loro interazioni (o associazioni); quando togliamo o aggiungiamo qualcosa rompiamo un equilibrio (la cui complessità spesso ancora sfugge alla stessa scienza).

Conosciamo sempre gli effetti anche a lungo termine del nuovo composto, cibo o integratore?

Sono sempre sufficienti le analisi e le sperimentazioni di laboratorio per garantirci la sicurezza?

➢ La sicurezza alimentare

Forse proprio l'aspetto dei rischi connessi, in termini di sicurezza alimentare, a questi nuovi prodotti modificati non viene preso in sufficiente considerazione: per ottenere gli effetti descritti da un cibo addizionato, ad esempio, dobbiamo consumarlo regolarmente, mentre in un dieta bilanciata quel tipo di cibo potrebbe dover rientrare solo in modo occasionale o addirittura esserne escluso!

(un esempio: la margarina addizionata di fitosteroli, che, secondo risultati clinici riconosciuti, contribuiscono a decrementare il colesterolo: quanta margarina dovremmo mangiare? che altre sostanze non benefiche essa contiene? per mezzo di quali processi è stata ottenuta? In realtà è un alimento che va *eventualmente* consumato con molta parsimonia (e solo se di una qualità garantita dal tipo di lavorazione) (*Vidal Carou et Mariné Font, 2006*)

Può inoltre accadere, ad esempio, che il consumatore con problemi di colesterolo (beneficio dell'assunzione di fitosteroli) e fiducioso nel consumo di cibi offerti dal mercato con la scritta *"aiuta a ridurre il colesterolo"*, sia indotto a ridurre o abbandonare gli eventuali trattamenti medici.

In aggiunta può accadere che esso ecceda in questi prodotti con conseguenze non ancora del tutto conosciute. Ad esempio vi sono cibi ricchi in fibra (che è sempre più salutare assumere insieme all'alimento che la contiene) o vitamine, che sono magari ricchi di grassi, sale, zuccheri (anche frazionati per tipologia, per non *spaventare* il consumatore) .

Infine eccedere con questo tipo di cibi può divenire un mezzo per evitare di *"guardarsi allo specchio"*, prendendo coscienza del proprio stile di vita.

Continuare ad alimentarsi in modo scorretto o nutrizionalmente insufficiente senza avere una visione globale del proprio comportamento alimentare, può nascondere un "rifiuto" della responsabilità innanzitutto verso se stessi, con conseguenze a lungo termine dannose.

La cura e la conoscenza di sé (di cui parlava Socrate) sono il fondamento della salute.

Politica economica, ambiente e benessere

➤ **Aspetti di politica economica**

I maggiori organismi internazionali si sono in questi ultimi anni sempre più interessati al campo dell'alimentazione per l'evidenza macroscopica del diffondersi delle malattie degenerative (e per la spesa sanitaria sempre più alta), collegabili tutte, in misura variabile, ad un errato o insufficiente regime alimentare e ad uno stile di vita sedentario e/o stressato. Sono stati avviati numerosi studi, elaborati programmi e linee guida e sollecitati interventi correttivi da parte dei vari Paesi ed organismi internazionali.

Le industrie si sono prontamente inserite nel settore in evoluzione recependo i risultati delle varie ricerche scientifiche e producendo soprattutto integratori di tutti i generi per tutte le patologie.

Il guadagno, notevole, risulta semplice ed immediato anche perché il mercato degli integratori è al di fuori di ogni prescrizione medica e la vendita si basa sulla pubblicità più convincente e sulla possibilità di lanciare messaggi sostanzialmente equivoci; ad esempio:

"aiuta o può aiutare a..:" - *"prodotto genuino...",* *"ingredienti naturali.." etc....*

Non si conoscono a fondo i possibili effetti negativi collegati ad un utilizzo a lungo termine ed eccessivo di sostanze estratte da piante o animali, utilizzo talora sostitutivo del consumo dell'alimento intero, quindi di facile assunzione. La prudenza va unita all'acquisizione della coscienza di cercare spesso al di fuori una panacea (in questo caso: *l'integratore magico*) che risolve "tutti i mali", senza dover fare alcun cambiamento dello stile di vita dannoso alla salute che si conduce, talora per inerzia e superficialità. L'approccio veramente olistico utilizza i risultati della scienza odierna per una indagine sull'ottimale sviluppo dell'organismo umano che faccia perno su una alimentazione veramente salutare.

Spesso le decisioni che riguardano il modo di alimentarsi e dunque la salute vengono prese da industrie "onnipotenti" con la complicità dei governi, senza che queste notizie vengano diffuse capillarmente dai vari mezzi di comunicazione, in modo tale da privarci del nostro diritto a scegliere cosa mangiare sulla base di una veritiera conoscenza degli effetti dei cibi.

Un esempio: **l'imposizione degli OGM senza realmente conoscere le loro implicazioni.**

L'esposizione agli OGM - ci informa J. Smith- sta portando ad un aumento dell'esposizione umana all'erbicida Roundup e alla tossina Bt, geneticamente manipolata e inserita nelle cellule del mais, soia e di altre piante.

Molte delle colture OGM della Monsanto - nata come azienda chimica bellica - e di altre industrie simili, sono state manipolate per resistere all'irrorazione massiccia di Roundup un erbicida brevettato dalla stessa società *(condannata per pubblicità ingannevole - prima a New York, poi in Francia - quando affermava che l'erbicida era biodegradabile)*, erbicida che ha generato super-erbacce resistenti, tanto che gli agricoltori hanno dovuto usare sostanze chimiche ancora più tossiche!

La manipolazione è stata effettuata anche per produrre l'insetticida Bt nelle cellule della pianta: esso sfonda lo stomaco degli insetti e li uccide, senza discriminazione e senza pensare al loro ruolo positivo (perlomeno di alcuni di essi) nell'economia della natura.

Potrebbe esso agire in modo simile nel nostro intestino?

Possiamo immaginare le conseguenze di tutto ciò sugli organismi umani a breve e a lungo termine?

L'American Academy of Environmental Medicine ha esaminato vari studi su animali allevati con mangimi OGM dai quali emergono, tra gli altri, numerosi e rilevanti danni alla salute: problemi immunitari, gastrointestinali, danni agli organi, invecchiamento accelerato, disfunzioni varie, etc.

Negli esseri umani gli OGM appaiono connessi con reazioni tossiche e malattie allergiche; in Gran Bretagna, ad esempio, subito dopo l'introduzione della soia OGM le allergie alla soia sono aumentate del 50%. Perché non è stato effettuato un riscontro per vedere se la soia OGM ne è stata la causa?

Ciò che si può dire sull'argomento è che si è evitato di indagare approfonditamente sulla relazione OGM – cancro e altri tipi di malattie per stabilire la loro influenza sull'aumento delle malattie degenerative.

Le motivazioni addotte dall'industria per produrre OGM sono: sfamare il mondo, creando colture resistenti alla siccità e nutrizionalmente superiori, con maggiori rendimenti e minore uso di pesticidi. In realtà le colture di mais OGM hanno funzionato solo in condizioni di moderata siccità ed esistono varietà convenzionali con rendimento migliore!

Non sembra si siano ottenuti prodotti in grado di sfamare il mondo o sradicare la povertà, come risulta da un rapporto internazionale sull'agricoltura mondiale.

Mentre possono essere collegati agli OGM e alle elevate quantità di insetticidi usati per queste colture alcuni allarmanti eventi come la moria di api che, ricordiamo, non solo producono miele, ma sono fondamentali per l'impollinazione di frutta ed ortaggi!

Con **il brevetto e il controllo sulle sementi** la stessa Monsanto persegue il controllo dell'intera catena alimentare - afferma il Dr. V. Shiva - con l'appoggio dei governi e della Organizzazione mondiale per il commercio.

Obiettivo: perdita della biodiversità, della libertà degli agricoltori che non sono più proprietari dei semi e della libertà dei consumatori che non sanno più ciò che mangiano, né gli effetti dei cibi sulla loro salute.
Ma i profitti sono enormi.

Quali le coltivazione coinvolte? Per cominciare: mais, fagioli di soia, cotone, barbabietola da zucchero, alcuni vegetali e cereali.
Vengono immessi nell'ambiente geni di cui non si conoscono gli effetti a lungo termine, né sulla salute, né sull'ambiente.
Il motore: interessi economici.

Le popolazioni vengono manipolate con parziali, ambigue e fuorvianti comunicazioni.
E poi il silenzio...

Non dovrebbe questa industria e le altre affini essere dichiarata colpevole di un programmato inquinamento ambientale?

L'industria pubblicizza ai nostri figli alcune delle più nocive sostanze con la parvenza di cibo... (*J. Robbins, op. cit.*) e molte politiche di vari Stati hanno finora sostenuto e rafforzato questi giganti dell'economia dediti unicamente al profitto e allo sfruttamento.

Tuttavia oggi l'opinione pubblica si sta facendo sempre più attenta grazie soprattutto alle **voci di autorevoli professionisti** (medici specialisti, medici di famiglia responsabili, scienziati ed altri coscienziosi professionisti della salute) che hanno dedicato la loro vita al trattamento e alla cura delle malattie degenerative attraverso il cambiamento dello stile di vita alimentare e globale e soprattutto della mentalità dominante.

Il potere dell'industria si basa sulla creazione "ad hoc" di **miti** resistenti nel tempo, grazie all'appoggio di ricercatori dipendenti (economicamente) dall'industria stessa e alle mezze verità su cui si basano.

Un esempio: il mito dei latticini che fanno bene alle ossa mentre un gran numero di ricerche con prove abbondantemente convincenti afferma il contrario. Questi prodotti vengono pubblicizzati come ricchi di proteine, cosa indubbia, ma numerose ricerche comprovano come un eccesso di proteine di origine animale (il vero problema dell'odierna società occidentale), aumenta i rischi di cancro, malattie cardiovascolari e disturbi simili, in quanto favorisce uno stato di acidosi metabolica (ambiente acido nell'organismo).

Come tutelarsi?

Incrementando processi già in atto o creando un'inversione di tendenza con l'acquisire:

> ➤ consapevolezza da parte dei coltivatori/produttori, (ma non solo) oggi in grado di conoscere gli effetti devastanti dell'utilizzo indiscriminato di sostanze chimiche, al fine di riorientare la produzione verso forme biologiche ed ecosostenibili;

> ➤ consapevolezza da parte delle industrie di trasformazione degli alimenti biologici (ma non solo) dell'importanza di lavorare e produrre alimenti con materie prime integrali o (almeno) semi-integrali: un cibo raffinato non ha nutrienti, anche se biologico, ed è dannoso e fuorviante proporlo al consumatore;

> ➤ consapevolezza da parte del consumatore che si deve sentire responsabile della propria salute e può contribuire a crearsi e a diffondere una cultura globale che comprenda come i cibi vegetali, integri ed integrali oltre che biologici (e, ancor meglio, biodinamici) siano il fondamento della salute;

> intima coerenza e coscienza individuale: si possono amare gli animali e poi accettare di ritrovarli nel piatto sapendo che non è necessario cibarsene? perlomeno nelle quantità oggi raggiunte? è possibile parlare di spiritualità senza preoccuparsi del cibo che si mangia e di come esso sia arrivato nei propri piatti?
> una capacità di scelta e una libertà di agire sulla base di una accresciuta conoscenza

Il cibo è il nostro carburante, mangiamo per vivere, per sentirci pieni di energia e vitalità, in equilibrio con noi stessi e in armonia con l'ambiente di cui facciamo parte.

> **Aspetti etici ed ambientali**

L'aspetto etico, potremo dire di umanità, è un concetto spesso *sgradito:* milioni di animali vengono allevati in condizioni di vita assolutamente terribili, alterando i loro ritmi naturali per ottenere una maggiore produzione (ad es.: le mucche per avere più latte vengono continuamente ingravidate) e terminano la loro vita con una morte violenta.

La stupidità e l'ignoranza umana (intesa come conoscenza evitata) arriva a non comprendere come nella carne che viene mangiata vi è impressa la sofferenza e il terrore della bestia, anche a livello biochimico (rilascio di ormoni): mangiamo carne e tossine, più i farmaci vari che vengono somministrati spesso in dosi massicce.

Con le parole di M. Yourcenar: *mangiamo l'agonia di altri esseri viventi.*

Molti consumatori sono più sensibili oggi verso questa problematica, ma ciò che si riesce ad ottenere è spesso solo il cambiamento delle etichette dei prodotti e della pubblicità che mostra la "mucca o la gallina felice".

La dicitura "allevamento a terra" implica solo l'obbligo di accesso a spazi aperti, ciò può anche riferirsi ad un allevamento in batteria in un capannone pieno di animali con una porta che accede ad un cortile altrettanto affollato! Riusciranno mai ad uscire quegli animali e a muoversi?

La stessa abusata parola "naturale" non significa <u>nulla</u> riguardo ai modi di allevamento, come riguardo ai metodi e ai prodotti delle coltivazioni; è una "giustificazione" per coscienze impegnate altrove!

Diveniamo consapevoli che la vita va rispettata ovunque, quindi anche nei vegetali pur necessari per la nostra nutrizione.

Il mio prossimo è tutto ciò che vive, diceva il Mahatma Gandhi.

In questo caso il rispetto per la vita, in qualsiasi modo essa si manifesta, ci conduce ad evitare inutili sprechi, riciclando il più possibile e consumando soprattutto i frutti delle piante o comunque generando loro il minimo danno possibile.

Il punto di vista ambientale può essere racchiuso in questa affermazione di B. McKibben:

le mucche impattano il nostro clima più delle automobili

Secondo il report della FAO, *Livestock Long Shadow*, il 18% delle emissioni di gas serra deriva dalla produzione del bestiame (metano); altri scienziati (Banca Mondiale) parlano del 50%: 1/4 della terra è usata come pascolo e 1/3 della terra coltivabile è usata per i mangimi degli animali.

Una parte di essa potrebbe essere riconvertita per la produzione agricola degli esseri umani e un'altra riforestata per ridurre la quantità di carbonio nell'atmosfera.

Un esempio: per produrre circa ½ kg di carne bovina (da allevamenti) sono necessari 4-5 kg di cereali o soia, ed essa è nettamente inferiore da un punto di vista nutrizionale rispetto a quella proveniente da animali che vivono all'aperto e mangiano - com'è naturale - erba.

"...Se sei convinto di essere naturalmente predisposto a mangiar carne, prova anzitutto a uccidere tu stesso l'animale che vuoi mangiare. Ma ammazzalo tu in persona, con le tue mani, senza ricorrere a un coltello o a un bastone o a una scure. Fà come i lupi, gli orsi e i leoni, che ammazzano da sé quanto mangiano..".
Plutarco, *Del mangiar carne, trattati sugli animali*, ed. Adelphi, Milano, 2001,

Allarghiamo la visuale

Una "via alternativa":
> ➤ ribaltare il rapporto tra allevamento ed agricoltura superando l'impasse costituito dagli enormi interessi economici delle industrie di settore che impediscono di realizzare concretamente le evidenze emergenti;
> ➤ incrementare la produzione di elevata qualità di cibi naturali aumentando le distese di terreno coltivabile con una maggiore cura di tutti i fattori che influenzano la crescita di un buon prodotto.

Nella maggior parte dei casi i cibi funzionali sono cibi vegetali, con alcune eccezioni (tra cui quelli estratti dai pesci) e la stragrande maggioranza dei nutraceuti si trova in natura.

Partendo dal presupposto che si possa considerare come conoscenza abbastanza diffusa e condivisa, sia a livello scientifico che di sensibilità individuale, la necessità di ridurre l'apporto proteico animale, ci sembra che andrebbe prioritariamente presa in considerazione la conversione di terreni dedicati all'allevamento in terreni coltivati.

Ciò permetterebbe di operare un incremento della produzione di cibi funzionali senza ricorrere necessariamente al laboratorio se non per le indispensabili ricerche e valutazioni scientifiche sulle proprietà dei vari nutraceuti e cibi funzionali, in relazione a qualità, quantità ed efficacia funzionale.

Questo aspetto viene tendenzialmente ignorato in quanto contrasta con i vari interessi industriali (da un lato industrie che ruotano intorno agli allevamenti di bestiame, dall'altro quelle che lavorano sulla estrazione di principi attivi e sulla creazione in laboratorio di sempre nuovi prodotti).

Come ricorda D. Icke:
"Un solo uomo non può cambiare il mondo, ma può diffondere un messaggio che cambierà il mondo".

Ogni ideazione, scelta, azione parte dal singolo individuo, ogni cambiamento può riguardare solo il singolo individuo, ma **l'esempio di vita è un faro che diffonde la sua luce ovunque.**

Quanta luce possono fare migliaia di fari nella notte più buia?

La decisione è solo nostra.

> **Aspetti relativi al benessere: come seguire un regime alimentare salutare?**

con la conoscenza....

Vi sono Autori (*Viviani 2011*) che sottolineano la difficoltà di seguire una dieta bilanciata in quanto si richiederebbero competenze specifiche riguardo alla conoscenza delle capacità nutritive di ogni singola sostanza e alla composizione dei cibi, nonché il tempo necessario per il reperimento dei "giusti cibi".

Sembra che essi identifichino un salutare regime alimentare con l'idea moderna di dieta (*rigida, da fare per poco tempo e necessariamente soffrendo, per poi tornare a mangiare prevalentemente cibi nocivi e compensatori*) e abbiano maturato l'idea che una corretta nutrizione richieda manuali e bilance oltre a forza di volontà e costanza.

Riteniamo che la realtà sia - almeno di base - molto più semplice; tutti i nutraceuti fondamentali per la salute sono contenuti per la quasi totalità nei vegetali e in pochi altri cibi, per cui ci sembra sufficiente una assunzione variata e abbondante degli stessi - con attenzione alla qualità, quantità, apporto calorico necessario e giuste modalità di assunzione - per "assicurarsi" uno stato di buona salute.

Naturalmente in presenza di intossicazione da cibi-spazzatura, disturbi e altre problematiche legate ad uno stile di vita irregolare e innaturale è fondamentale avere il sostegno di un professionista di fiducia per la necessaria graduale disintossicazione.

Un altro aspetto che viene enfatizzato è il fatto che una dieta sia appropriata solo se incontra le specifiche caratteristiche genetiche di un individuo, concetto che è alla base della **nutrigenomica**, la scienza che studia le basi molecolari dell'interazione tra i componenti del cibo, il genoma ed il metabolismo di ogni singolo individuo.

Anche se a livello genetico esistono delle peculiarità che possono riguardare preferenze, intolleranze e sensibilità verso i vari alimenti, ciò può essere almeno parzialmente verificato in modo sperimentale dai singoli individui nella loro vita quotidiana (anche con il supporto - quando necessario - di un professionista preparato nel settore) *semplicemente* ascoltando le esigenze del proprio organismo in relazione agli effetti del cibo introdotto sulla salute psicofisica.

In un'ottica più ampia, verificando anche gli effetti sull'equilibrio globale di una sana e misurata attività fisica, dei propri vissuti emozionali prevalenti e degli eventi di vita in genere.

Divenire responsabili della nostra alimentazione equivale a divenire responsabili della durata e della qualità della nostra vita.

Uno stile alimentare carente dei nutrienti e dei nutraceuti essenziali è quasi sempre associato ad uno stile di vita globale caratterizzato da poco esercizio fisico o sedentarietà, stress prolungato e/o eccessivo, incapacità di gestire le emozioni, atteggiamento dipendente dagli stimoli ambientali (reattività), scarsa coscienza del proprio stato psicofisico.

Sempre più numerosi sono gli studi da cui emerge come una alimentazione "salutare" sia la migliore prevenzione verso l'insorgere delle alterazioni del metabolismo e delle malattie degenerative che oggi affliggono sempre più persone e sempre più precocemente.

Ad esempio: **l'obesità** affligge sempre più bambini ed è indotta prevalentemente da distorte abitudini familiari.

I dati del progetto MONICA *(Monitoring of trends and determinants in Cardiovascular diseases study)* realizzato dall'Organizzazione Mondiale della Sanità (OMS) hanno dimostrato che i rischi per la salute provocati da un eccesso di grasso corporeo non sono solo legati ai gravi problemi dell'obesità, ma sono associati anche ad <u>un aumento di peso relativamente ridotto</u>.

Nella maggior parte dei Paesi europei, la diffusione dell'obesità ha registrato un aumento del 10-40% circa negli ultimi 10 anni; in Gran Bretagna, quasi i due terzi degli uomini adulti e oltre la metà delle donne adulte sono in sovrappeso o sono obesi.

(da: The International Obesity Task Force, www.iotf.org).

Negli Stati Uniti i tassi di obesità e malattie croniche sono tra i più alti nel mondo.

I più rilevanti problemi di salute associati con il sovrappeso sono stati identificati in:

➢ Diabete di Tipo 2
➢ Malattie cardiovascolari e ipertensione
➢ Malattie respiratorie (sindrome da "apnea nel sonno")
➢ Alcune forme di cancro
➢ Osteoartrite
➢ Problemi psicologici
➢ Alterazione della qualità della vita

Il grado di rischio è influenzato, ad esempio, dalla quantità relativa di peso in eccesso, dalla localizzazione del grasso corporeo, dall'importanza dell'aumento di peso nell'età adulta e dalla quantità <u>di attività fisica</u>. La maggior parte di questi problemi può essere migliorata con un calo di peso relativamente modesto (10-15%), soprattutto se abbinato ad un incremento dell'esercizio fisico.

Quante persone conosciamo con evidenti problemi di peso in eccesso?

Lo considerano normale? Sono "rassegnati"?

Una evidente distorsione cognitiva ("grasso è bello o almeno normale") viene avvalorata da una società basata sul consumo indiscriminato e sull'incoraggiamento alla compensazione col cibo.

Tuttavia anche quando il proprio peso è nella norma vi è il rischio di sviluppare malattie, nel caso di insufficiente apporto di nutrienti e nutraceuti di qualità.

Le cardiopatie sono in aumento anche tra i giovani, come è emerso purtroppo dall'esame di giovani deceduti in guerre (Vietnam, Corea) e per incidenti.

In un report di Lancet del 1951 veniva registrata tra le popolazioni private di cibi di origine animale e prodotti lattiero-caseari durante la guerra (Paesi del Benelux e Scandinavia) una diminuzione notevole dei decessi per attacchi cardiaci e colpi apoplettici durante gli anni di guerra, mentre - cessate le ostilità - al ritorno della carne e dei latticini, si innalzò di nuovo il livello di attacchi cardiaci, etc.

In culture con un'alimentazione a base di vegetali questa malattia (coronopatia) è quasi inesistente....

Essa, come affermano ormai molti professionisti della salute impegnati "sul campo", al pari di tutte le altre malattie degenerative, può essere controllata o fatta regredire abbandonando la dieta a base di cibi animali e trattati.

Identici risultati positivi sono stati ottenuti nel trattamento **del diabete e di varie forme di cancro.**

Il primo passo è dunque la consapevolezza.

Molte persone trascorrono una parte sempre maggiore della loro vita in una condizione di malattia; questa è una vita tremenda, ma ancora peggio è il fatto che ciò viene considerato *normale*, quasi inevitabile!!!

❧ La scienza spesso si occupa di quanto a lungo, più a lungo, si possa vivere, ma è di maggiore importanza la qualità della vita.

Oggi Governi, Istituzioni e la stessa ricerca scientifica si sono orientate - seppure con varie "riserve" - ad approfondire il legame tra una vita in salute ed una sana alimentazione unita ad uno stile di vita salutare. Tra le motivazioni di questo interesse vi è quella economica legata alle spese sanitarie in aumento per l'incremento notevole di malattie degenerative, che, unita all'allungamento della durata della vita, rischia di far saltare l'economia di vari Paesi.

Tuttavia l'obiettivo è positivo, anche se i risultati proposti sono da valutare sempre con attenzione, discriminando gli interessi industriali mascherati...

Diveniamo consapevoli che la vita in salute è la normalità e se interviene qualche disturbo, alterazione, malattia, esso è l' "avvertimentoo" di un equilibrio perso e qualcosa nella nostra vita va cambiato.

Non siamo forse organismi in continua trasformazione?

Possiamo tutti iniziare da oggi un processo che migliori la nostra esistenza.

Con l'azione e le proprie libere scelte....

La prima cosa cui guardare con occhio attento, critico ed onesto è: cosa mangiamo? come mangiamo? come e cosa dovremmo mangiare?

Mangiare per vivere bene, vitali, pieni di energia e in grado di coltivare buoni sentimenti verso di noi e verso gli altri, non vivere per mangiare, riempire vuoti fisici e psichici, seguire mode e tendenze, per noia, abitudine, ignavia....coltivando frustrazione, rabbia repressa, aggressività conclamata, invidia e rancori, vergogna e paura.

Questo possono fare le tossine nel nostro corpo dove tutto è collegato in una inestricabile e complessa rete: attaccano il sistema nervoso e trasformano un filetto di carne in una scarica di violenza che dura più o meno 48 ore (*la rilevanza dell'effetto dipende dalla sensibilità individuale*).

Tutte le nostre cellule reagiscono a ciò che immettiamo nel nostro apparato digerente, come all'aria che respiriamo o alle emozioni che ci attraversano; alcuni di noi, più sensibili, registrano ogni minimo cambiamento in positivo o negativo e ciò può - senza esagerare – salvar loro la vita; altri dallo "stomaco di ferro" sembrano digerire i peggiori alimenti senza problemi o accusando solo lievi appesantimenti dopo pasto (considerati normali!).... e ciò li porta inesorabilmente verso disturbi anche gravi.

E' normale essere vitali e pieni di energia dopo un pasto ancor più di prima se abbiamo immesso i nutrienti e i nutraceuti di cui abbiamo bisogno in quel momento e in relazione all'attività svolta per soddisfare l'equazione:

energia in entrata= energia in uscita e viceversa.

Il cibo è la nostra benzina.

Non è detto che per essere funzionale e salutare debba essere sgradevole!

Certo non è facile passare dall'abitudine del consumo di fette di torta e biscotti quasi quotidiani a frutta abbondante tutte le mattine e ad ogni "merenda".

Siamo stati per lo più condizionati al dolce non salutare, al gusto proibito, all'elaborato e raffinato...

Spesso siamo motivati solo quando interviene qualche problema più o meno grave o da un eccesso di peso e - come ci racconta la pubblicità - speriamo di risolverlo con una breve dieta per poi tornare alla vita di prima.

Alcune persone sentono però il bisogno - pur essendo in discreta salute - di migliorare, di raggiungere uno stato di *pienezza salutare*, in ogni ambito della loro vita.

Con un programma salutare...la cornice

Ognuno parte dal punto in cui si trova ed inizia a *rieducarsi,* o meglio a **ritrovarsi** scoprendo se stesso al di là e al di sotto della stratificazione di condizionamenti subiti fin dalla prima poppata (e anche prima).

Basta un passo nella giusta direzione, un primo sforzo che ci porti risultati positivi in termini di gusto, sapori, benessere.

> Ognuno parte dal punto in cui si trova
> Conoscenza di sé, il primo passo
> Consapevolezza della necessità di un cambiamento globale, il secondo
> Coraggio e sostegno da parte del proprio ambiente con l'eventuale aiuto di un professionista della salute, di fiducia, per proseguire
> Rispetto di sé ed ascolto dei propri effettivi bisogni e necessità, la trama del cammino
> Costanza nel mantenere la direzione verso la salute, attenzione e discriminazione, le colonne

Cambiare dieta implica cambiare stile di vita, e ciò è la base comune per registrare benefici per tutte le malattie, disturbi o disequilibri.

Il benessere tende oggi ad essere concepito come una diretta conseguenza dell'azione individuale delle persone: "farsi carico" della salute del corpo per assicurarsi un maggiore benessere.

Troppo spesso questa attenzione riguarda solamente l'aspetto superficiale, esteriore, poiché manca una sensibilizzazione e una conoscenza di base dei meccanismi e delle interazioni che avvengono all'interno dell'organismo.

Per favorire una percezione corretta della salute e del benessere in termini di *naturalezza*, sarebbe auspicabile ampliare le nostre conoscenze riguardo alle proprietà e caratteristiche specifiche degli alimenti, dai cosiddetti cibi tradizionali a quelli funzionali, ai nutraceuti in essi contenuti e alla loro corretta combinazione.

Valutando criticamente la tendenza emergente dalla pubblicità delle varie industrie ad indirizzarci verso la ricerca di cibi particolari, arricchiti o modificati o di integratori alimentari che si propongono di risolvere "d'incanto" problemi e disturbi che spesso nascondono una mancata presa di coscienza di noi stessi.

Siamo responsabili, noi, della nostra vita, delle nostre scelte consapevoli e di quelle condizionate, come delle nostre non-scelte.
E dei loro effetti.

Il cibo rappresenta - per la maggior parte delle persone e per almeno alcune fasi della vita - qualcosa che va oltre il fisiologico compito di "carburante energetico" dell'organismo.

La scelta del cibo è influenzata da motivazioni socio-culturali (abitudini, usanze, pubblicità, etc.) etiche, religiose, psicologiche, da precoci condizionamenti.

Acquisire coscienza anche di questo aspetto può significare recuperare la facoltà di agire liberamente.

Cosa mangiare, come mangiare...suggerimenti cosa....

Sulla base delle ultime ricerche e delle raccomandazioni che provengono da vari organismi internazionali, un regime alimentare basato su cibi di origine vegetale dà notevoli benefici in termini di salute ed è la chiave per una efficace prevenzione.

Dalla distinzione tra cibi buoni e cattivi (in termini di gusto e in termini di salute) passiamo a quella tra cibi più o meno salutari e cibi dannosi alla salute, in assoluto o se assunti in eccesso o troppo di frequente.

Per **vegetali** intendiamo soprattutto frutta e verdura, ma anche semi, frutta secca, cereali integrali *(e quindi necessariamente provenienti da coltivazione biologica per evitare un "pieno" di sostanze chimiche)*, dai quali prendere la maggior parte dei nutrienti che ci forniscono energia.

Verdura fresca (cioè del territorio e mangiata il più possibile appena colta o comprata) e cruda con la quale iniziare i pasti, per un apporto massimo di vitamine, sali minerali, enzimi, fibre e nutraceuti; verdura cotta poco (scottata o al vapore) in modo che mantenga il suo colore vivo e una parte dei nutrienti.

Alcune linee guida dietetiche europee (*Eufic: European Food Information Council, fornisce alcune informazioni sull' alimentazione)* consigliano di consumare tutti i tipi di verdura, fresca, congelata e in scatola, pur di mangiarne un'adeguata quantità.

Secondo le indicazioni riportate, in mancanza di verdura fresca o quando essa non è abbondante e a km 0, si può utilizzare quella surgelata o anche in scatola.

Viene riportato come questi tipi di conservazione implicano che la verdura venga almeno scottata prima; questo riduce i livelli delle vitamine idrosolubili meno stabili e di alcuni nutraceuti (es.: vitamine B1 e C ed antiossidanti), mentre le vitamine liposolubili A ed E ed altre sostanze sono più facilmente trattenute e in alcuni casi diventano più biodisponibili.

Tuttavia il sapore e la consistenza della verdura congelata risultano spesso poco appetibili, mentre tra i vegetali i piselli costituiscono una buona eccezione in termini di gusto.

La verdura in scatola viene trattata col calore e in effetti somiglia alla verdura cotta; alcuni nutrienti e nutraceuti stabili si conservano meglio (es.: minerali, fibre e alcuni antiossidanti) ma qui il problema, oltre a come e quanto viene previamente cotta, è: cosa viene aggiunto? conservanti, coloranti, cos'altro? e l'interno delle lattine cosa rilascia?

Anche il sale aggiunto nella salamoia può essere dannoso in quanto innalza i livelli di sodio.

I benefici nutrizionali si ottengono a seconda della verdura scelta.

Uno studio prospettico di coorte che è stato condotto seguendo per dieci anni 20.000 uomini e donne olandesi ha dimostrato che un elevato consumo di verdure abbassa il rischio di malattie cardio-vascolari, indipendentemente dal tipo di verdura consumata, se fresca o trasformata (*le verdure trasformate includono le verdure cotte a casa, quelle in scatola e quelle congelate e la salsa di pomodoro*).

Tuttavia, in Paesi come il nostro, con clima mediterraneo, è facile trovare vegetali freschi in abbondanza e, seguendo la stagione, cercare quelli che provengono dalle campagne più vicine e siano coltivati in modo sano.

Numerose ricerche consigliano come elementi costitutivi di una dieta sana i cibi vegetali, integri o integrali, con pochi grassi, sena zuccheri aggiunti, poco sale, niente carne o latte.
Alcune linee guida su cui riflettere:

➢ Vegetale integro ed integrale
➢ Biodinamico, biologico, o controllato
➢ Crudo in percentuale variabile e secondo regole che rispettano tempi e modi in cui i diversi cibi vengono metabolizzati, nonché le specificità individuali:

  o frutta fresca di stagione fuori pasto (a stomaco vuoto) dal mattino fino a metà pomeriggio: spremute, centrifughe, frullati, frutti interi. Banane e meloni preferibilmente da soli.

  o abbondanti verdure crude di stagione, variate e fresche (km. 0) ad inizio pasto

  o germogli di erbe salutari (alfa-alfa, trifoglio, etc.), crudi e ben masticati; di alcuni cereali/pseudocereali (proteici): quinoa, grano saraceno, miglio bruno e di alcuni legumi: lenticchie, ceci (fagioli cotti)

  o semi di canapa interi macinati e semi di lino interi macinati come integratori di omega-3 e di fibre (lino), di proteine (canapa) su insalate, nei frullati, etc.

  o olio a crudo come condimento, spremuto a freddo, per l'assunzione dei necessari acidi grassi (soprattutto omega-3): di oliva evo (extravergine), canapa, sesamo; saltuariamente burro di canapa o burro di sesamo (tahini) per mantecare a crudo, avocado

➢ Cereali e pseudocereali integrali, a rotazione, legumi (freschi o secchi) e abbondanti verdure scottate, al vapore o con breve cottura come secondo piatto, nella misura in cui è richiesto dall'organismo (previo ammollo di una notte per cereali e legumi secchi)

> Poche proteine animali (se preferite) ad un solo pasto privilegiando piccoli pesci, diminuendo gradatamente latte/latticini e carni e sostituendoli con cibi vegetali. Con tempi e modalità soggettive

> Evitare cibi raffinati e trattati, i concentrati di sapore privi di nutrienti, ideati per creare dipendenza (presenti anche nell'industria biologica)

> Curare l'idratazione quotidiana bevendo acqua naturale e arricchita (spremute, succhi fatti in casa, centrifughe, tisane ed infusi), in quantità variabile secondo il peso e l'attività che si svolge

> Evitare bevande gassate, zuccherate, light, con additivi, comprese le bevande comunque dolcificate

Mangiare male e troppo senza nutrirsi è uno stress continuo per l'organismo.

Evitiamo perciò *"Tutti i cibi che ci affamano perché stimolano i sensi mentre le cellule muoiono di fame".*

(J. Robbins)

Scegliamo il miglior regime alimentare su base vegetale possibile per noi, nel momento in cui "partiamo".

Possiamo mangiare meno sano un giorno e recuperare il giorno dopo, come saltare l'esercizio fisico un giorno e farne il doppio il giorno seguente, non avere un'ora intera per rilassarci o riposare o meditare ma farlo solo per 10 minuti....all'inizio.

In questo modo si instaura una nuova positiva abitudine e l'elasticità ci aiuta a vivere bene il cambiamento, sostenuti dalla consapevolezza del bene che facciamo a noi stessi e dai risultati concreti in termini di benessere.

Come...

Lo stile di vita è legato indissolubilmente al regime alimentare.

Anche il cibo migliore e più salutare può risultare indigesto (anche se in misura nettamente inferiore se vegetale e crudo) quando assunto sotto stress, stanchezza eccessiva o in preda ad emozioni forti.

Gli "accorgimenti":

> - Mangiare in ambiente sereno, concentrati su ciò che stiamo mangiando: la presentazione del piatto, odori, sapori, consistenza; assaporando ogni boccone, masticandolo ed insalivandolo prima di deglutirlo
> - Saziarsi, ma sapersi fermare prima di sentirsi pieni, esigenza più psicologica che fisiologica
> - Iniziare a sperimentare su se stessi nuovi gusti e sapori e verificare l'effetto dei cambiamenti effettuati.
> - Parallelamente allargare le proprie conoscenze attraverso le numerose fonti d'informazione disponibili, scegliendo quelle più affidabili ed indipendenti, confrontandole e approfondendo.

Lo stress cronico può abbreviare la vita; non è però l'evento in sé ad avere effetti negativi, ma la percezione di esso che soggettivamente abbiamo e come, di conseguenza, lo affrontiamo.

Il significato che noi attribuiamo ai vari eventi della vita dipende dalla nostra storia e dai nostri vissuti.

Così diviene importante la coscienza del modo in cui gestiamo e viviamo le nostre emozioni sia negative che positive; se dipendiamo da esse o comprendiamo che noi siamo *altro* rispetto al flusso continuo e talora inconscio delle emozioni.

Un distacco anche minimo è necessario per agire invece di reagire.

L'impegno mentale è egualmente importante per avere una vita "piena" ovunque esso sia diretto: studio, ricerca, diletto, curiosità....

Un salutare stile di vita comprende un'attività fisica quotidiana: l'essere umano è strutturalmente fatto per il movimento.

Camminare di buon passo ogni giorno, praticare yoga con regolarità e costanza, la corsa, il nuoto o un altro sport per mantenersi tonici e attivi, ciò che sentiamo più congeniale al nostro fisico e alle nostre capacità.

Per coloro che ne ravvisano l'importanza è fondamentale trovare il tempo, anche minimo, ogni giorno, per la meditazione o l'approfondimento spirituale.

e per concludere ...

Il Dr. D. Ornish, *un medico che con le sue ricerche ha dimostrato come dei cambiamenti nella dieta e nello stile di vita possono far regredire la cardiopatia e altre malattie degenerative e aiutare a recuperare la salute e rallentare l'invecchiamento*, contesta il mito della necessità di scegliere tra ciò che fa bene e ciò che piace: seguire un' alimentazione salutare ci dà (più) equilibrio, gioia, energia, si dorme meglio, si gode il cibo, migliora l'attività sessuale e si comprende cosa sia una vita felice!

Bibliografia

> **Sguardo d'insieme**

* *Aiello M., Functional foods: between new consumption trends and renewed perceptions of health, 2011, University of Verona, in Italian Sociological Review, 2011*
* *Doyon M., Labrecque J. Functional food a conceptual approach, 2008 in http://www.oeufs.fsaa.ulaval.ca/uploads/tx_centrerecherche /DOYON-LABRECQUE_Functional_Food_Conceptual_Approach.pdf*
* *Diplock A. T.e altri, Scientific concepts on functional foods in Europe: consensus document, 1999, in British Journal of Nutrition, n. 81*
* *Ashwell M., ILSI Europe Concise Monograph on Concepts on Functional Foods, 2003 The International Life Institute, Washington*
* *Howlett J., Functional Food: from science to health and claims, 2008, in Ilsi Europe,Concise Monograph Series, Brussels, in Aiello*
* *Vidal Carou et Mariné Font, Cuando deben recomendarse los alimentos funcionales ?, 2006, Jano, 1617*
* *Van Baarlen P., e altri, Human mucosal in vivo transcriptome responses to three lactobacilli indicate how probiotics may modulate human cellular pathways, 2010, PNAS Early Editio*
* *Kawa J. M. e altri, Buckweath concentrate reduces serum glucose in streptozotocin-diabetics rats, 2003Journal of Agricultural and Food Chemistry 51: 7287-7291*
* *Antonello, M. D. e altri, Prevention of hypertenion, cardiovascular damage and endothelial dysfunction with green tea extracts, 2007, American Journal of Hypertension,20: 1321-1328*
* *Rotimi E. Aluko, Functional Foods and Nutraceuticals, 2012, Springer Edition*
* *Gregory Bateson, Mary Catherine Bateson, Dove gli angeli esitano, Edizione Adelphi, Milano, 1989, (Biblioteca Adelphi 216)*

> **Politica economica, ambiente e benessere**

Aspetti politici

- *J. Smith, Elimina i cibi geneticamente modificati dalla tua dieta-immediatamente!, in J.Robbins, O. Robbins, Voci della food revolution, Gribaudi editore, Milano*
- *V. Shiva, Come fermare Big Ag (la grande agricoltura), in J.Robbins, O. Robbins, Voci della food revolution, Gribaudi editore, Milano*
- *T.C. Campbell, T. M. Campbell, The China Study, Macroedizioni, 2011*

Aspetti etici ed ambientali

- *K. Freston, Orientarci verso una vita più sana, un morso alla volta, in J.Robbins, O. Robbins, Voci della food revolution, Gribaudi editore, Milano*
- *G. Bauer, Cambiare il cuore e la mente delle persone sugli animali e sul cibo, in*
- *J.Robbins, O. Robbins, Voci della food revolution, Gribaudi editore, Milano*
- *B. McKibben, La più grande minaccia alla sopravvivenza della civiltà così come noi la conosciamo, in J.Robbins, O. Robbins, Voci della food revolution, Gribaudi editore, Milano*
- *http://www.davidicke.com/*

Aspetti relativi al benessere: come seguire un regime alimentare salutare?

- *Viviani D., Un nuovo concetto di salute, cura e corpo, 2011, in Agnoletti V., Stievano A., (a cura di) Antropologia, infermieristica e globalizzazione, Franco Angeli, Milano*
- *Di Nicola P., Del benessere o del Welfare, 2011, in Secondulfo D. (a cura di), Sociologia del benessere. La religione laica della borghesia Franco Angeli, Milano*
- *J.Robbins, O. Robbins, Voci della food revolution, Gribaudi editore, Milano*

CAPITOLO 8 – CONCLUSIONI

- *Obesità e sovrappeso, FONDAMENTI 06/2006, http://www.eufic.org/article/it/expid/basics-obesita-sovrappeso/*
- *WHO MONICA Project, Risk factors. International Journal of Epidemiology, 1989. 18 (Suppl 1): p. S46-S55.*
- *World Heath Organisation, Obesity: preventing and managing the global epidemic. WHO Technical Report Series 894. 2000: Geneva.*
- *Ruston, D., et al., National Diet and Nutrition Survey: adults aged 19 to 64 years. Volume 4, Nutritional status (anthropometry and blood analytes), blood pressure and physical activity. 2004, TSO: London.*
- *Sproston, K. and P. Primetesta, Health Survey of England 2002. Volume 1, The health of children and young people. 2003, The Stationery Office: London.*
- *Lean, M.E.J., Pathophysiology of obesity. Proceedings of the Nutrition Society, 2000. 59(3): p. 331-336.*
- *C. Esselstyn, Puoi prevenire e curare la cardiopatia. Punto., in J.Robbins, O. Robbins, Voci della food revolution, Gribaudi editore, Milano*
- *N. Barnard, Mangiare per essere in ottima salute, in J.Robbins, O. Robbins, Voci della food revolution, Gribaudi editore, Milano*
- *D. Ornish, Conquiste semplici e comprovate che stanno cambiando il mondo, in J.Robbins, O. Robbins, Voci della food revolution, Gribaudi editore, Milano*
- *http://www.eufic.org/article/it/salute-e-stile-di-vita/scelta-alimenti/artid/verdure-fresca-per-tutti/*
- *Rickman JC, Barrett DM & Bruhn CM. (2007). Nutritional comparison of fresh, frozen and canned fruits and vegetables. Part I. Vitamins C and B and phenolic compounds. Journal of the Science of Food and Agriculture 87:930-944.*
- *Rickman JC, Barrett DM & Bruhn CM. (2007). Nutritional comparison of fresh, frozen and canned fruits and vegetables. Part II. Vitamin A and carotenoids, vitamin E, minerals and fiber. Journal of the Science of Food and Agriculture 87:1185-1196.*

- *.Oude Griep LM et al. (2010). Raw and processed fruit and vegetable consumption and 10-year coronary heart disease incidence in a population-based cohort study in the Netherlands. PLoS One 5(10):e13609.*
- *Sánchez-Moreno C et al. (2009). Nutritional approaches and health-related properties of plant foods processed by high pressure and pulsed electric fields. Critical Reviews in Food Science and Nutrition 49(6):552-576.*
- *C.Campbell, Le proteine animali ti fanno bene?, in J.Robbins, O. Robbins, Voci della food revolution, Gribaudi editore, Milano*

Indice dei nomi

W

X

Z

APPENDICE I - MACRONUTRIENTI

I macronutrienti sono delle sostanze che devono essere assunte dall'organismo in quantità apprezzabile, in quanto necessarie per la produzione di energia, per la crescita e la rigenerazione del corpo.

Si suddividono in carboidrati (o glucidi), proteine (o protidi) e grassi (o lipidi).

Potrebbe essere considerata macronutriente anche l'acqua per la necessità che l'organismo ha di assumerne una certa quantità quotidianamente.

Tutte e tre le categorie di macronutrienti forniscono energia all'organismo anche se in percentuale diversa e con modalità biochimiche differenti.

I carboidrati o glucidi (dal greco glucos= dolce) sono formati da carbonio e acqua. Essi costituiscono la fonte energetica principale per l'organismo grazie alla rapidità con cui sono trasformati (metabolizzati) in glucosio, il carburante necessario allo svolgersi delle funzioni cellulari e tissutali.

Secondo la loro struttura chimica essi si suddividono in semplici e complessi.

Le maggiori fonti di carboidrati -semplici e complessi- sono la frutta, la verdura, i cereali integrali (che contengono anche fibre), farine, pane e pasta che derivano dalla loro macinazione e successiva elaborazione, patate e latte.

Il latte può essere considerato come un alimento a se stante, in quanto contiene - a parte l'acqua - uno zucchero, il lattosio, (nella percentuale circa del 5% con leggere variazioni a seconda se latte di mucca, capra o pecora) ed anche una notevole percentuale di proteine (dal 3,5-4% al 6% della pecora).

Le proteine (protos=primo elemento) hanno una funzione principalmente plastica, in quanto forniscono all'organismo i materiali per la crescita, il mantenimento e la ricostruzione delle strutture cellulari.

Sono utilizzate per produrre energia nel caso vi sia insufficiente assunzione di carboidrati.

Una carenza di glucosio sistematica -come nelle *diete iperproteiche*- porta alla produzione di un'eccessiva quantità di corpi chetonici per la degradazione degli acidi grassi a scopo energetico, con la conseguenza di creare una acidosi metabolica che affatica reni e fegato, mantenendo l'organismo in uno stato di stress continuo.

Le proteine possono suddividersi in animali e vegetali. Tra le prime vi sono le uova, il latte, la carne e il pesce.
Tra le seconde tutti i vegetali (con la parziale eccezione della frutta) che contengono proteine in misura variabile.

In particolare gli "pseudocereali", quali quinoa e amaranto, contengono proteine complete insieme agli altri nutrienti, mentre i legumi hanno proteine incomplete e perciò si consiglia di consumarli in associazione (ma non necessariamente nello stesso pasto) con i carboidrati.

Fa eccezione - tra di essi - la soia che contiene proteine complete considerate anche "pregiate".

Purtroppo la soia è uno dei cibi più a rischio OGM insieme al mais tanto che le coltivazioni di soia geneticamente modificata dalla fine degli anni '90 si sono molto diffuse fino a diventare negli USA la forma più diffusa. Sono presenti anche in Europa e il rischio è quello di una contaminazione indiretta delle colture tradizionali, favorita dalle condizioni climatiche, quali il vento.

I lipidi (lipos= grasso) sono anch'essi una fonte di energia che funziona come riserva energetica. Essi infatti liberano la propria energia molto lentamente.

Possono essere suddivisi in:

LIPIDI SEMPLICI costituiti principalmente da trigliceridi, i grassi più rappresentati nell'organismo (95% dei grassi corporei). Essi si differenziano -a seconda della struttura molecolare- in saturi (prevalentemente nel mondo animale) oppure insaturi (prevalentemente nel mondo vegetale). L'organismo umano è in grado si sintetizzare quasi tutti gli acidi grassi di cui ha bisogno a partire dagli altri principi nutritivi, ad eccezione degli AGE (acidi grassi essenziali), così chiamati poiché necessari alle funzioni vitali, che devono essere introdotti con la dieta.

LIPIDI COMPOSTI rappresentati da trigliceridi legati ad altri composti. Tra di essi i fosfolipidi che sono tra i componenti fondamentali delle membrane cellulari.

LIPIDI DERIVATI Contengono sostanze derivate da lipidi semplici e complessi. Il più noto è il colesterolo. Esso viene introdotto con gli alimenti di origine animale (colesterolo esogeno) e viene anche sintetizzato a livello epatico (colesterolo endogeno). Esiste un rapporto inverso tra introito dietetico e sintesi interna epatica del colesterolo che costituisce un meccanismo di controllo sui livelli di colesterolemia, con una notevole variabilità individuale.

Anch'esso è un componente essenziale delle membrane cellulari.

Le principali funzioni dei lipidi nell'organismo sono:

•riserva energetica

•protezione meccanica per alcuni organi

•strato isolante dal punto di vista termico

APPENDICE II- MICRONUTRIENTI: VITAMINE MINERALI FIBRE

AGISCONO IN SINERGIA CON I NUTRACEUTI

VITAMINE

Sono tutte preziose, al pari dei sali minerali, poiché ognuna svolge una funzione essenziale per la salute dell'organismo.
Anche questi composti agiscono in sinergia con tutte le altre sostanze contenute nella pianta.
La vitamina C e tutte quelle del gruppo B sono idrosolubili;
le vitamine liposolubili sono A,D,E,F,K.

La vitamina C o acido ascorbico è il principale antiossidante naturale, previene i danni causati dai radicali liberi, rafforza i vasi sanguigni, svolge azione antivirale, regola l'assorbimento del ferro ed è un antistaminico naturale. Sembra anche prevenire le malattie cardiovascolari e sostiene il sistema immunitario. E' presente in frutta e verdura fresca: agrumi, fragole, frutti di bosco, kiwi, verdure a foglia verde, etc. Si degrada per l'azione di luce, calore ed ossigeno, fumo, stress.

Le vitamine B o gruppo B svolgono un ruolo fondamentale nell'attività enzimatica e proteica e nella trasformazione del cibo in energia; hanno un'azione antistress e di compensazione della terapia antibiotica, alcune di esse riducono l'omocisteina (colesterolo del sangue). Si deteriorano col calore e con la luce. Si trovano in cereali integrali, lievito di birra, legumi, alghe, germe di grano, carni e pesce.
Di seguito alcuni dei nomi con i quali sono indicate: B1 (*tiamina*), B2 (*riboflavina*), B3 o Vitamina PP (*niacina*),

Vitamina B5 (*acido pantotenico*), Vitamina B6 (*piridossina*), B7 (*inositolo*), Vitamina B8 o Vitamina H (*biotina*),Vitamina B9 (*acido folico*), Vitamina B12 (*methylcobalamina o cobalamina*)
Tra di esse: B3 o PP (niacina) coinvolta nelle reazioni di ossidoriduzione e nella sintesi di acidi grassi e di aminoacidi, l'acido folico o B9 presente in tutti i vegetali a foglia verde, la B12 prodotta da microorganismi che si ipotizza vivano nell'acqua, nel terreno e nel tratto digestivo degli animali compreso l'uomo.

La vitamina A è una vitamina che si trova sotto forma di retinolo solo nel regno animale, come provitamina in quello vegetale, soprattutto in composti (i carotenoidi) responsabili del colore giallo-arancio dei frutti che li contengono (ma anche del tuorlo d'uovo).

La trasformazione del carotene in vitamina A **avviene nel fegato,** ma viene ostacolata da malattie intestinali, epatiche, renali o insufficienza tiroidea.

La vitamina A è indispensabile per l'integrità del sistema immunitario, la differenziazione cellulare e in particolare la salute della vista e della pelle.

Si trova in carote, albicocche, meloni, cachi, zucca, spinaci, patate dolci, alghe; olio di fegato di merluzzo, fegato, formaggi e latte, uova.

La vitamina E agisce come antiossidante neutralizzando i radicali liberi, rinforza la parete dei capillari, previene la sterilità. Uno dei suoi componenti più importanti è il **tocoferolo.**

La vitamina E naturale è quattro volte superiore alla sintetica; la sua carenza determina fragilità nelle piastrine e nei globuli rossi, così come ossidazione dei tessuti. È inoltre essenziale per il corretto funzionamento del sistema immunitario, del metabolismo e dell'apparato riproduttivo.

Numerosi studi hanno dimostrato che l'introduzione di vitamina E ad alte dosi può ridurre il rischio dell'infarto e dell'ictus.

La vitamina D consente l'assorbimento del calcio e del fosforo a livello dell'intestino, determina la mineralizzazione del tessuto osseo e delle cartilagini. La vitamina D mantiene la regolarità del ritmo cardiaco.

Essa è di derivazione animale: olio di fegato, di pesce, uova, funghi, aringhe, etc. e fra i vegetali si trova in oli, cereali e lieviti.

La vitamina K è indispensabile per la sintesi epatica, è importante per la regolazione dei processi di coagulazione ematica, contribuendo specificatamente alla formazione della protrombina; è altresì importante per la formazione di proteine utili ai tessuti e alle ossa.

Vitamina F costituita da una miscela di acidi grassi essenziali (AGE), prevalentemente acido linoleico (omega-6), acido alfa-linolenico (omega-3) e acido arachidonico, che è il principale responsabile dell'attività biologica di questa vitamina.

La vitamina F non viene prodotta dall'organismo e pertanto deve essere introdotta totalmente con l'alimentazione. Viene anche classificata come fattore vitamino-simile ed è un precursore delle prostaglandine.

Contrasta la deposizione di trigliceridi e colesterolo nelle arterie, favorisce la salute della pelle e dei capelli, stimola l'attività ghiandolare (1).

SALI MINERALI

Il nostro organismo ha bisogno sia dei sali minerali presenti in quantità misurabili (*grammi o milligrammi*) quali calcio, fosforo, magnesio, zolfo, sodio, potassio, cloro, sia dei cd. **oligoelementi** presenti in tracce *(milligrammi o microgrammi).*

Questi ultimi, la cui attività non è ancora completamente chiara, si possono suddividere in:

- essenziali o indispensabili: ferro, rame, zinco, iodio, selenio, cromo, cobalto, fluoro; ipotizzati come essenziali: silicio, manganese, nichel, vanadio;
- potenzialmente tossici ed utili solo in concentrazioni molto basse; arsenico, piombo, cadmio, mercurio, alluminio, litio, stronzio.

Cenni sui più importanti minerali
Calcio

Si trova soprattutto nello scheletro e nei denti, in una piccola parte nelle cellule e nel sangue.

Favorisce la salute ossea, l'attività muscolare, la coagulazione sanguigna, la trasmissione degli impulsi nervosi. Agisce in sinergia con il magnesio di cui ha bisogno per essere assimilato.

Nel mondo animale il calcio si trova in latte e derivati, uova e pesci.

Nel mondo vegetale in legumi, sesamo, noci e mandorle e tra le verdure soprattutto nelle Brassicaceae (tutti i tipi di broccoli e cavoli), agretti, altre verdure a foglia verde: cicoria, cime di rapa, rucola e lattuga, sedano, finocchio, cavoli, porri e nella salvia.

E' più biodisponibile negli alimenti vegetali.

Magnesio

Il magnesio, insieme al fosforo ed al calcio, si trova nel tessuto osseo, in quello nervoso e muscolare.

E' essenziale per il regolare funzionamento della pompa sodio/potassio, l'equilibrio acido/base e il metabolismo di calcio, fosforo e vitamina C.

Attiva la produzione energetica nella cellula, con conseguenze sul ritmo e sulla funzionalità cardiaca e contribuisce a regolarizzare la pressione.

Si trova in noci, nocciole, cacao, foglie di tè, mandorle; le spezie come il ginger (zenzero) e i chiodi di garofano offrono buone quantità di magnesio,

Fosforo

È largamente diffuso nel tessuto osseo e nei denti ed è anche presente nel tessuto muscolare e nel sangue. Svolge un ruolo fondamentale nella produzione di energia.

I cibi che contengono un buon tenore di fosforo sono: latte, formaggio, carne, pesce e legumi, semi di cereali. Il fabbisogno giornaliero di fosforo è pari a quello di calcio.

Le carenze da fosforo sono responsabili di debolezza, demineralizzazione delle ossa e malessere.

L'eccesso provoca calcificazione e ossificazione dei tessuti molli.

Sodio

Partecipa insieme al potassio alla pompa sodio-potassio fondamentale per gli scambi cellulari.

Contribuisce all'equilibrio acido/base e stimola gli impulsi nervosi e la contrazione muscolare cardiaca.

Il suo eccesso riduce l'assorbimento di potassio e determina ritenzione idrica.

Sembra che un quantitativo superiore ai 3-4 grammi favorisca l'ipertensione arteriosa.

Sono molto ricchi di questo minerale, il sale da cucina, formaggi, insaccati e tutti i cibi addizionati in eccesso con sale.

Potassio

Insieme al sodio influenza l'attività della membrana cellulare; è un integratore salino come il magnesio e agisce come miorilassante, regolatore del ritmo cardiaco e della trasmissione degli impulsi nervosi.

Ne sono ricchi le patate, i pomodori crudi, le banane, le pesche, i fagioli, i piselli, gli spinaci, gli asparagi, i cereali, la frutta secca, il pollo e il merluzzo.

Cloro

Particolarmente abbondante nei succhi gastrici, partecipa al processo di digestione del bolo alimentare.

E' molto importante per la regolazione dei flussi di liquidi che attraversano le cellule.

In natura si trova -ad esempio- legato al sodio nel sale da cucina.

Ne sono ricchi i cibi stagionati, i formaggi, i salumi, l'acqua ed i prodotti da forno salati.

Il suo eccesso è dannoso anche perché si accompagna ad un eccesso di sodio.

Zolfo

Lo zolfo è indispensabile per l'attività cellulare, lo sviluppo degli annessi cutanei (peli, capelli ed unghie) e l'integrità del tessuto connettivo (dermatosi, cicatrici, etc.), per la formazione e sviluppo delle cartilagini, la salute articolare la riduzione delle infiammazioni.

Lo zolfo è presente nelle proteine animali, nella frutta e in alcuni cereali.

Viene meglio assorbito in sinergia con la vitamina C.

L'MSM (*Metil-Sulfonil-Metano*) è una forma naturale e biodisponibile di zolfo.

Questo minerale è un elemento fondamentale di tutti gli organismi viventi, (si trova nelle cellule di fluidi, tessuti, etc.) dove svolge importanti funzioni tra cui: protezione del connettivo e delle articolazioni, attività antiinfiammatoria, funzionalità del sistema gastrointestinale, etc.

Negli alimenti si trova in frutta, verdura, carne, pesce e latte. Essendo idrosolubile esso si facilmente si perde con il lavaggio degli alimenti e con la cottura.

Agisce in sinergia con la vitamina C.

Ferro

La maggiore riserva di ferro si trova nel fegato, midollo osseo, milza e sangue.

Esso entra nella costituzione dell'emoglobina e permette il trasporto dell'ossigeno nel corpo; partecipa a varie reazioni enzimatiche e agisce stimolando il sistema immunitario.

Le principali fonti alimentari di ferro sono: vegetali a foglia verde scuro, broccoli, lenticchie e ceci secchi, semi di sesamo e di girasole, timo, origano, prezzemolo, cacao amaro, pomodori secchi, carni, pesci, uova.

Il ferro viene ben assimilato in presenza di Vitamina C, mentre il suo assorbimento è compromesso, tra l'altro, dall'assunzione di tè e caffè, (per la presenza di tannini), da un eccesso di fibre, da troppo calcio, da acido fitico e fitati, da alcuni farmaci.

Rame

E' presente soprattutto nel cuore, reni, cervello.

E' necessario per la formazione e lo sviluppo di ossa, muscoli e tendini; per l'assorbimento del ferro e la formazione dell'emoglobina.

Alimenti che lo contengono: germe di grano, cereali integrali, semi vari, fegato, legumi, crostacei.

Zinco

Funge da catalizzatore di varie reazione chimiche.

Favorisce la risposta immunitaria e svolge attività antivirale, contribuisce al corretto sviluppo e funzionamento dell'apparato genitale, migliora la produzione di insulina, è utile per la integrità del tessuto connettivo,

Si trova nelle carni, latte, tuorlo d'uovo, sardine e crostacei; nel mondo vegetale   in cacao e noci.

Fluoro

È un minerale presente nelle ossa e particolarmente nei denti.

Il fluoro si trova in diversi alimenti soprattutto nel pesce e nei frutti di mare; in tè, birra, patate (soprattutto la buccia), cereali, spinaci ed altri vegetali.

Nelle acque minerali la concentrazione è molto variabile.

Iodio

Sotto forma di ioduro, si trova in piccola quantità nelle acque marine, mentre come iodato di sodio si trova in alcuni depositi salini.

E' indispensabile per il corretto funzionamento della ghiandola tiroidea.

Sono ricche di iodio le alghe e i molluschi.

Cromo

E' coinvolto nel metabolismo del colesterolo e degli zuccheri, nella sintesi degli acidi grassi e permette una normale funzione dell'insulina.

Il cromo è presente in cereali integrali, lievito di birra, frumento, carote, funghi barbabietole, pepe nero, piselli.

Selenio

Svolge azione antiossidante e di protezione delle membrane cellulari; è un protettore cardiovascolare, rimuove i metalli pesanti.

Si trova in cereali integrali, lievito di birra, noci, (soprattutto quelle brasiliane), semi, pomodori, crucifere, alcuni alimenti di origine animale.

Cobalto

È una sostanza che entra nella formazione della vitamina B12.

Si trova nei latticini, carne, molluschi, nei funghi, nei cereali, in alcuni frutti e ortaggi.

E' necessario per l'accrescimento ed il mantenimento del peso corporeo, protezione dalle tossine, prevenzione dell'anemia.

Manganese

E' un antiossidante e partecipa a numerose reazioni enzimatiche; interviene nel processo di crescita cellulare.

Si trova in cereali integrali, noci, legumi, frutta, verdura a foglia verde, lievito, pesce, latte.

Silicio

E' presente in tutte le cellule. Partecipa alla sintesi di elastina e collagene, che assicurano l'integrità dei vasi sanguigni, della pelle e dei suoi annessi.

E' necessario per la fissazione del calcio, la robustezza delle ossa e la flessibilità muscolare.

Svolge un ruolo positivo nei processi infiammatori.

Alimenti ricchi in silicio: segale, miglio, patate, grano, topinambur, granturco, asparagi, orzo, riso, girasole prezzemolo, equiseto.

Germanio

Sembra abbia una funzione antiossidante e contribuisca all'attivazione immunitaria e alla quantità e al trasporto di ossigeno nei tessuti e nelle cellule.

Presente nel fungo Reishi (*ganoderma lucidum*) e in quantità minori in ginseng, aglio, consolida.

Molibdeno

Il molibdeno, presente soprattutto a livello epatico, entra nel ciclo dell'acido urico. L'essere umano assume il minerale nutrendosi di frattaglie, legumi e cereali. La riduzione della concentrazione organica di molibdeno porta a facile irritabilità e tachicardia. L'incremento, oltre i normali livelli, provoca maggior concentrazione di acido urico. [2], [3].

FIBRE

Le fibre sono contenute nei carboidrati integrali (frutta, verdura, cereali integrali e legumi). Si suddividono in fibre solubili e insolubili e sono differenti a seconda dell'alimento che le contiene, con il quale vanno assunte (la crusca come alimento a parte è da evitare).

Le fibre solubili (pectina, gomma di Guar, Beta glucano di orzo e avena) combinandosi con l'acqua producono gel.

Dopo essere passate inalterate attraverso l'intestino tenue, nel colon fermentano ad opera dei batteri intestinali (dei quali sono l'indispensabile nutrimento) formando una gelatina e producendo acidi grassi a catena corta (soprattutto acido acetico, propionico, butirrico, ma anche lattico e formico) che agiscono ulteriormente sull'assorbimento di zuccheri e grassi (alcuni anche a livello del fegato, interferendo con gli enzimi alla base della sintesi del colesterolo), ne riducono l'assorbimento e controllano il livello di colesterolo e glicemia nel sangue.

A causa della loro consistenza possono favorire un effetto costipante soprattutto se non accompagnate da molti liquidi [4].

Comprendono: **pectine** *(agrumi, mele)*, **gomme** *(avena, guar, legumi)*, **mucillagini** *(semi di lino, agar agar)*, **emicellulose solubili,** come i beta-glucani *(avena, orzo, segale)* e gli arabinoxilani a catena corta *(cereali)*, **amido resistente** (banane acerbe e legumi) **fruttani** divisi a loro volta in:

- Oligosaccaridi di differenti tipi nelle verdure, nel latte, nei legumi,
- Inulina nella cicoria cipolla, aglio, banane, frutta, gran
- Levani da batteri e funghi [5].

In particolare:

la pectina *(usata come addensante industriale)* si trova un po'
in tutta la frutta, soprattutto nella scorza degli agrumi, nelle
mele, carote, etc.; essa forma una sorta di gel che può
assorbire dei nutrienti come colesterolo, acidi biliari, glucosio,
riducendo il loro assorbimento nel colon. Essa fermenta ad
opera di batteri (*Bifidobatteri e Lattobacilli*) che,
incrementando l'acidità, possono essere letali per i
microorganismi patogenetici.

la gomma di Guar *(usata come addensante industriale)* è
ricavata dai semi di Guar, pianta leguminosa originaria di
India e Pakistan; è un polisaccaride vischioso il cui
meccanismo di base sembra essere soprattutto quello di di
ridurre la concentrazione di colesterolo libero nel fegato.
Induce inoltre un prolungato senso di sazietà.

il glucomannano (pianta di Konjac) polisaccaride idrosolubile
utilizzato per la regolarità dell'intestino, come additivo, come
farina per varie preparazioni e per fare i noodles tipici della
cucina orientale.

Amido resistente, cioè indigeribile, ma utile come nutrimento
dei batteri intestinali che lo fermentano.

Le fibre solubili (β-glucani) **di avena e orzo** –a catena corta-
riducono la risposta glicemica post-prandiale e agiscono
positivamente sul colesterolo [6].

Le fibre insolubili hanno una ridotto assorbimento di acqua
e non formano massa come le fibre solubili.
Non vengono digerite nel tratto gastrointestinale superiore;
fermentano ad opera dei microorganismi e formano acidi
grassi a catena corta benefici per la salute.
Comprendono: cellulosa *(verdure, legumi)*, emicellulose
insolubili, arabinoxilani a catena lunga *(cereali)*, lignina *(tutti
i vegetali)*, cutina, chitina e chitosano *(crostacei, funghi)*.
Tali fibre hanno un effetto positivo sul transito intestinale.

Le fibre svolgono una funzione generale di stimolazione della microflora con

- *modulazione della crescita e differenziazione cellulare*
- *resistenza ai patogeni e alle infezioni*
- *stimolazione del sistema immunitario*
- *produzione di vitamine*
- *riduzione dei grassi nel sangue*
- *idrolisi delle fibre insolubili che rilasciano composti polifenolici bioattivi dall'azione probiotica*
- *accrescimento dell'energia*

APPENDICE III – ACIDI GRASSI

TABELLA 1 Fonti vegetali di acidi grassi della famiglia degli Omega-3		
CIBI (per porzione)	**Omega-3** (gr)	**Omega-6** (gr)
Olii:		
Olio di lino, 1 cucchiaio	6.6	1.6
Olio di canola, 1 cucchiaio	1.6	3.2
Olio di noce, 1 cucchiaio	1.4	7.6
Olio di soia, 1 cucchiaio	1.0	7.0
Noci e Semi:		
Semi di lino, macinati, 2 cucchiai	3.2	0.8
Noci (inglesi), 2 cucchiai	1.0	5.4
Verdura, frutta e legumi		
Semi di soia, cotti, 1 tazza	1.1	7.8
Tofu, compatto, ½ tazza	0.7	5.0
Latte di soia, 1 tazza	0.4	2.9
Bacche, ½ tazza	0.2	0.2
Piselli, ½ tazza	0.2	0.2
Legumi, ½ tazza	0.05	0.05
Vegetali a foglia verde (broccoli, cavolo, insalata, etc) 1 tazza se crudi o ½ tazza se cotti.	0,1	0,03
Cereali		
Germe d'avena, 2 cucchiai	0.2	1.6
Germe di grano, 2 cucchiai	0.1	0.8

Bibliografia Appendice III

(1) G. Bertagna, G. A. Morina, Scienza dell'alimentazione naturopatica, Vitamine, Casa Editrice Ebook Morina Editore

(2) G. Bertagna, G. A. Morina, Scienza dell'alimentazione naturopatica, Minerali, Casa Editrice Ebook Morina Editore

(3) M. Fraticelli, Sali minerali nell'alimentazione in http://www.benessere.com/dietetica/arg00/dieta_sali_minerali.htm

(4) Rotimi E. Aluko, Functional foods and Nutraceuticals, Food Science Text Series Springer Edition, General Introduction 2012

(5) La mia macrobiotica mediterranea, in http://lamiamacrobiotica.wordpress.com/2010/03/17/fibre-salute-garantita/

(6) http://www.efsa.europa.eu/it/press/news/110630.htm, in http://www.optizone.it/forum/pop_printer_friendly.asp?TOPIC_ID=6557

APPENDICE IV - L'ACQUA

L'acqua è un cristallo liquido composto chimicamente da due parti di idrogeno e una parte di ossigeno (H2O).

Tutte le reazioni chimiche -metaboliche e digestive- delle nostre cellule avvengono in presenza di acqua.

L'acqua presente nel nostro corpo ha due origini:

-**l'acqua esogena** è quella introdotta con cibi e bevande;

-**l'acqua endogena o metabolica** si forma a seguito dei processi di ossidazione delle proteine, dei grassi e degli zuccheri: in presenza di ossigeno le cellule "bruciano" questi nutrienti e ne ricavano energia, mentre si libera acqua.

L'acqua endogena

La quantità di acqua interna all'organismo varia secondo l'età, la costituzione, il tipo di attività e il tipo di alimentazione.

Da giovani siamo più ricchi d'acqua, soprattutto nei tessuti molli, nella pelle e nei tessuti connettivi; con il passare dell'età la quantità d'acqua si riduce progressivamente: da circa il 75% del bambino piccolo a circa il 50% nella maturità.

Volume totale dell'acqua in base all'età

- Feto 85-90%
- Neonato 75-80%
- Adulto (uomo-donna) 65% - 55%
- Anziano 40-50%

Dal 40% al 50% dell' acqua corporea è contenuta all'interno delle cellule e forma il cosiddetto liquido intracellulare. Il 20% rimanente forma il liquido extracellulare che si trova negli interstizi tra le cellule.

Il liquido intracellulare è ricco di ioni potassio, quello extracellulare di ioni sodio. L' equilibrio di questa *pila naturale* (la pompa sodio-potassio) è indispensabile per la vita e per il corretto svolgimento delle funzioni metaboliche.

Organi e tessuti sono idratati in modo diverso, in funzione dei compiti che svolgono. Anche le ossa contengono acqua anche se molto meno dei tessuti molli.

L'acqua entra nella costituzione dei seguenti organi secondo delle percentuali indicative:

- sangue 80%
- cervello 75-85%%
- massa muscolare 75%
- cute 70%
- tessuto connettivo 60%
- scheletro e ossa 22% -30%

I tessuti a maggiore attività metabolica sono quelli più ricchi di acqua.

L'acqua è il solvente fondamentale per i processi dell'organismo:

- regola il volume cellulare
- regola la temperatura corporea attraverso la sudorazione
- permette il trasporto dei nutrienti (anabolismo): l'assorbimento a livello dell' intestino, il trasporto e l'assimilazione da parte delle cellule e la loro trasformazione in energia
- è essenziale per eliminare le scorie metaboliche dall'organismo (catabolismo)
- aiuta il corpo a metabolizzare il grasso accumulato
- aiuta la respirazione
- protegge tessuti, organi e articolazioni contribuendo alla loro lubrificazione
- assicura l'idratazione e la salute della pelle

- rende le cellule più resistenti all'attività dannosa delle radiazioni ultraviolette UV
- entra nella composizione o circonda organi come l'occhio, l'orecchio interno, il cervello
- diluisce le sostanze ingerite compresi i medicinali, riducendone l'impatto negativo sull'organismo.

Tuttavia alcune delle caratteristiche e delle attività svolte dall'acqua sono ancora poco conosciute: **trasmissione** di informazioni, **memoria** dell'acqua, ricarica energetica....

L'acqua esogena
L'acqua che introduciamo con gli alimenti, come le vitamine e i minerali, è considerata *un fondamentale costituente non energetico* dell'alimentazione, in quanto non apporta calorie.
Secondo uno studio dell' Università Virginia Tech presentato al Meeting dell'American Chemical Society (da Brenda Davy) bere due bicchieri d'acqua prima dei pasti contribuisce ad un senso di sazietà che fa mangiare di meno (in termini di calorie è stato stimato circa 100 Kc. in meno).

Il fabbisogno di acqua varia notevolmente per i singoli individui a seconda del tipo di alimentazione, dell'attività svolta, del clima cui si è esposti, dell'età, etc.
Si parla frequentemente della necessità di bere un minimo di 1 e ½ lt di acqua al giorno.

Si suggerisce anche, per calcolare la quantità d'acqua di cui si ha bisogno, di moltiplicare per 3 il proprio peso corporeo e dividere per 10. Ad esempio una persona di 50 kg berrà 1,5 lt. di acqua circa (rimangono da valutare le variabili sopra accennate).

L' assunzione di acqua tramite bevande ed alimenti è vitale in quanto essa è un nutriente essenziale per l'organismo e la quantità di acqua prodotta con il metabolismo non è sufficiente a coprire il fabbisogno giornaliero.

Il fabbisogno idrico dell' organismo è collegato al cosiddetto **bilancio idrico**, che corrisponde al rapporto tra l'acqua introdotta nel nostro corpo e quella eliminata con le urine, le feci, la respirazione e la sudorazione: il ricambio quotidiano ammonta a circa un 6% di acqua.

L'equilibrio tra acqua assunta o prodotta e acqua eliminata è regolato **dall'ipotalamo** (centro della sete) e **dall'ormone antidiuretico** (ADH), che aumenta il riassorbimento di acqua nel rene.

Di base, **il 60% circa della perdita giornaliera di acqua** avviene **con l'urina**, tuttavia l'aumento di temperatura e l'esercizio fisico fanno aumentare le perdite idriche attraverso una aumentata traspirazione e la vera e propria sudorazione.

Le perdite di acqua ammontano a circa il 2% del peso corporeo. Per compensarle l'organismo mette in moto un meccanismo attraverso il quale si riduce il volume di urina: aumenta la secrezione della vasopressina (ADH, secreta dall'ipofisi posteriore), che, a livello renale, promuove il riassorbimento di acqua, riducendo così la sua eliminazione con le urine.

Il bisogno di bere insorge quando la perdita di acqua supera lo 0,5%, grazie a degli specifici recettori che entrano in funzione attivando lo stimolo a bere.

La sete insorge per due motivi:
1. riduzione del volume di sangue dovuta ad una perdita di acqua (volemia);
2. eccessiva presenza di sale (es.: cibi troppo salati), che altera la concentrazione dei soluti nel liquido extracellulare, richiamando acqua fuori dalle cellule.

La disidratazione o cattiva idratazione peggiora molti disturbi considerati comuni, ma non "normali", tra cui: mal di testa, affaticamento, allergie e dolori muscolari.

Le funzioni dell'organismo -in caso di carenza di acqua- possono venire rallentate e ciò potrebbe contribuire a determinare, tra l'altro:

- Depositi e intossicazioni al fegato
- Calcificazione delle articolazioni
- Cataratta
- Calcoli renali e biliari

L'acqua contribuisce anche ad un buon tono muscolare.

Una diminuzione dell'acqua totale corporea del 2% del peso del corpo può alterare la termoregolazione e influire negativamente sul volume plasmatico, rendendo il sangue più viscoso, limitando l'attività e le capacità fisiche del soggetto, affaticando il cuore.

Con una diminuzione del 5% si hanno crampi; una diminuzione del 7% del peso del corpo può provocare allucinazioni e perdita di coscienza. Perdite idriche vicine al 20% risultano incompatibili con la vita.

Quale acqua bere per una corretta idratazione?

L'acqua che beviamo dovrebbe essere "pura" il più possibile: di buona qualità, igienicamente sicura, con caratteristiche organolettiche gradevoli per facilitarne l'assunzione.

Inoltre sono da valutare alcuni importanti parametri che ne definiscono la qualità, tra cui:

- PH
- Temperatura alla sorgente
- Conducibilità elettrica
- Residuo fisso

Il **ph** indica la concentrazione di ioni di idrogeno nell'acqua.

Un valore di 7 è considerato neutro; superiore a 7 è basico (l'acqua ha più sostanze ed è meno pura), un ph inferiore a 7 è acido, e quindi l'acqua è più leggera.
Una buona acqua dovrebbe avere un ph leggermente acido, tra 6 e 6,8.
La **temperatura alla sorgente** dovrebbe essere bassa, tra i 5° e i 10°.
La **conducibilità elettrica** dovrebbe essere molto bassa - all'incirca sotto i 100 ppm (parti per milione); una conducibilità elevata indica che nell'acqua sono presenti molte sostanze.
Il **residuo fisso** indica la quantità di minerali inorganici presenti nell'acqua; viene misurato portando l'acqua ad una temperatura di 180 gradi.
Tutto quello che non riesce ad evaporare è il residuo fisso.
L'acqua più leggera e pura ha un residuo fisso basso: esso dovrebbe essere tra i 30 e i 100 mg/lt.

Questo perché i minerali che l'uomo riesce ad assimilare sono solo quelli organici, cioè già metabolizzati dalle piante, che invece hanno la capacità di assimilare i minerali inorganici.

Noi metabolizziamo bene i sali minerali provenienti da frutta e verdura di cui dovremmo nutrirci in abbondanza; i minerali inorganici, se assunti direttamente, rischiano di accumularsi e depositarsi nell'organismo, con la possibilità di creare danni.

Per quanto concerne la scelta dell'acqua: *rubinetto o in bottiglia, rubinetto con quale depuratore,* sono disponibili molte informazioni sulla base delle quali ognuno di noi può farsi un'opinione.
Alcuni punti essenziali da tener presente:
-l'acqua dei rubinetti viene abbondantemente disinfettata come misura igienica precauzionale e perciò in essa sono presenti cloro (candeggina) e nitrati (sembra in misura

maggiore che nelle acqua in bottiglia) nonché possono essere presenti metalli pesanti e arsenico, e molto altro di *non molto salutare.*

Altro elemento da tener presente è lo stato interno dei tubi, che, in verità, non sappiamo cosa rilasciano nell'acqua (si fanno le analisi è vero, ma chi le fa? chi le paga?)
-l'acqua in bottiglia si può controllare in relazione ai parametri prima descritti, ma c'è da tener presente che le bottiglie di plastica sarebbero da evitare in quanto la struttura flessibile dell'acqua assimila velocemente le sostanze tossiche rilasciate dalla plastica ed inoltre non sappiamo in che condizioni avvengono i trasporti. Ad es.: d'estate la plastica si surriscalda... si dovrebbero dunque scegliere le bottiglie di vetro, dai costi superiori.
-una possibili soluzione può essere quella di utilizzare acqua del rubinetto trattandola adeguatamente in modo da renderla il più possibile pura.

Da molti Autori viene consigliato *il metodo dell'osmosi inversa,* che funziona indipendentemente dal tipo di inquinante da eliminare e sembra offrire la garanzia di fermare la maggior parte delle sostanze inquinanti prima che arrivino al rubinetto. Con questo processo si ha una separazione dei corpi estranei (elementi minerali, chimici, colloidi e agenti infettivi) dall'acqua mediante l'utilizzo di membrane semipermeabili.

Per approfondire l'argomento si possono consultare vari siti web di cui abbiamo riportato un esempio in Bibliografia.

E' importante una precoce educazione a bere acqua "buona", senza alcuna aggiunta, fin dall'infanzia.
E a bere acqua "arricchita": spremute, centrifughe, succhi fatti in casa, tisane, tè ed infusi leggeri.

Col procedere dell'età si può sentire sempre meno lo stimolo a bere; di solito nelle persone anziane viene riportata una minore capacità di avvertire lo stimolo della sete (*dipende dal tipo di alimentazione seguito: infatti una rilevante assunzione di vegetali crudi e cotti poco, sensibilizza alla necessità di acqua*)

Questa minore sensibilità unita ad una alterazione dei sistemi interni di controllo della sete *-diminuzione della capacità di concentrazione delle urine da parte del rene, diminuita efficienza dei sistemi ormonali di controllo* -porta ad una conseguente diminuzione dell'acqua corporea totale e quindi ad una eccessiva presenza di sodio nel sangue.

Quando bere?

I momenti migliori per bere:

-al mattino appena alzati e a digiuno, un bel bicchiere di acqua calda o tiepida, a seconda delle stagioni, da sola o con succo di limone (da ½ a 1, *non crea alcun problema di stitichezza, dopo pochi giorni l'organismo si abitua*). Acqua e succo di limone aiutano il fegato e "cancellano" eventuali residui acidi accumulati durante la notte, ripulendo la bocca;

Gli agrumi, pur avendo un gusto acido sono considerati alcalinizzanti perché, dopo essere stati metabolizzati, (circa 20 minuti dall'ingestione a stomaco vuoto) rilasciano un residuo alcalinizzante;

-un bel bicchiere d'acqua (250-300 ml) all'incirca mezz'ora prima del pasto -secondo il Dott. **F. Batmanghelidj-** riduce l'appetito, evita o limita l'addensamento del sangue conseguente all'avvio della digestione, aiuta il dimagrimento se necessario;

-durante tutta la giornata, lontano dai pasti, almeno 2 e ½ ore dopo aver mangiato e mai subito dopo, altrimenti si diluiscono troppo i succhi gastrici e si rischia di rallentare la digestione.

Il resto si berrà durante la giornata, fino a qualche ora prima di andare a letto.

Se si ha difficoltà ad ingerire acqua da sola si possono usare infusi o tisane anche riutilizzando più volte lo stesso sacchetto.

Bere poco e spesso.

La caffeina, come l'alcool, disidrata, quindi dobbiamo "accompagnarli" con abbondane acqua.

E' importante anche che l'acqua non sia fredda, mai, neppure d'estate.

La temperatura interna del nostro corpo oscilla intorno ai 36°, il processo della digestione avviene quindi in ambiente "caldo" sempre; introdurre acqua o altra bevanda gelata è un vero e proprio choc per l'organismo!

Non aspettiamo di avere sete; quando arriva questo segnale infatti il corpo è già disidratato.

Un importante indizio è costituito dal colore dell'urina che deve essere abbondante, quasi incolore o giallo chiaro/paglierino e inodore, altrimenti vuol dire che abbiamo urgente bisogno di acqua.

L'acqua negli alimenti

L'acqua negli alimenti è presente in due diverse forme:

- **acqua legata** con ponti idrogeno alle molecole organiche, soprattutto alle proteine e ai sali; rappresenta circa il 25% del totale,
- **acqua libera** (la maggior parte dell'acqua contenuta negli alimenti), non impegnata in legami con altre molecole e trattenuta negli spazi interstiziali solamente a causa della tensione superficiale; è il mezzo in cui si svolgono i vari processi chimici, biologici ed enzimatici. Processi tipici di tutti gli organismi viventi, anche dei microbi; per questo motivo una bassa umidità preserva maggiormente gli alimenti.

Anche gli alimenti hanno delle caratteristiche in relazione all'acqua:

- capacità di trattenere l'acqua: ne determina la tenerezza e la ricchezza in succo
- capacità di legare l'acqua: ne favorisce la stabilità e ne ostacola la degradazione.

E' importante sapere che assumiamo acqua anche dagli alimenti in particolare frutti succosi e verdure, consumati al naturale.

Le proprietà dell'acqua ancora poco conosciute

I nostri organi vivono le nostre emozioni: *sentiamo lo stomaco chiudersi, contorcersi o rilassarsi, i polmoni aprirsi o quasi neppure sollevarsi al respiro, il cuore accelerare o diminuire i suoi battiti, il fegato affaticarsi e rallentare la sua azione disintossicante oppure filtrare tutto con leggerezza, l'intestino trattenere troppo o rilasciare a seconda del cibo e delle emozioni, i muscoli tendersi o irrigidirsi.....e così gli altri organi dei quali siamo meno coscienti: cistifellea, pancreas, ghiandole, tessuti, etc. risentono dei momenti di esaltazione, di equilibrio o di depressione che coinvolgono sempre psiche e corpo, ... tutto in noi vibra all'unisono con le emozioni che ci attraversano.*

Ogni parte di noi è costituita da cellule che si sono specializzate in varie strutture e funzioni.

In ogni cellula vi è acqua che –oltre alla funzione nutritiva– porta informazioni da una cellula all'altra e fornisce energia.

Anche le cellule sono attraversate dalle nostre emozioni.....

L'acqua non è solo un cristallo liquido composto chimicamente da due parti di idrogeno e una parte di ossigeno (H2O).

Nonostante la stessa struttura cristallina, non è possibile trovare due fiocchi di neve identici.

Se lasciamo sciogliere uno di questi e poi lo facciamo gelare di nuovo nelle stesse condizioni, riavremo lo stesso fiocco identico nella struttura.

Ogni molecola d'acqua è dotata, dunque, di "**memoria**" **e possiede un'identità originale ed unica.**

L'ambiente esterno influenza l'acqua di cui siamo fatti

E' stato lo scienziato giapponese Masaru Emoto ad aver studiato -tra i primi studiosi a noi conosciuti- la struttura e le caratteristiche dei cristalli dell'acqua e ad aver scoperto che essi modificano la loro struttura geometrica in relazione ai "messaggi" che ricevono: esposta alle vibrazioni di parole e pensieri positivi la molecola d'acqua forma dei cristalli dai bellissimi "disegni", simili a quelli della neve, invece esposta alle vibrazioni di parole e pensieri negativi reagisce creando strutture prive di armonia.

Ogni cristallo d'acqua porta in sé un'informazione.

Più precisamente, la geometria del cristallo <u>è</u> l'informazione stessa che si cristallizza.

L'acqua, nel suo viaggio sotterraneo assorbe tutte le frequenze elettromagnetiche del nostro pianeta e l'acqua interna costituisce **il collegamento tra il nostro organismo** (e le sue frequenze) **e la frequenza terrestre.**

Le proprietà "informative" dell'acqua biologica presente nel corpo umano sono state studiate, tra l'altro, in due ricerche, una francese (coordinata dal medico francese Luc Montagnier) e una italiana (coordinata dal fisico italiano Emilio Del Giudice).

E' emerso come *alcune sequenze di DNA possono indurre segnali elettromagnetici di bassa frequenza in <u>soluzioni acquose altamente diluite,</u> le quali mantengono poi "memoria" delle caratteristiche del DNA stesso....*

Secondo **Paracelso** l'acqua è la *"madre di tutto ciò che esiste"*. Egli somministrava acqua a temperatura corporea a scopo terapeutico, convinto che essa avesse in sé tutte le capacità di guarigione.

Curiamo dunque la qualità della nostra Acqua.

Bibliografia

- *L'acqua in una dieta bilanciata*, in http://www.ilnutrizionista.com/index.php/alimenti/la cqua
- Clodoveo M. L. e Fusillo D., *Alimenti funzionali*, in http://www.scienzattiva.eu/wp-content/uploads/2014/
- *L'acqua negli alimenti*, in comet.eng.unipr.it/~miccio/master2002-03/acqua_alimenti.doc
- Società Italiana di Medicina Generale (a cura della), *Acqua componente primaria del corpo umano, Consensus Document (estratto), "Idratazione per il benessere dell'organismo"*, in http://www.progettoasco.it/riviste/rivista_simg/2012/03_2012/7.pdf
- Di Gioia F. *Chimica degli alimenti: l'acqua*, in http://www.esserebio.it/article.php?id=33&t=L%5C'ac qua&lang=it
- Bortolotti D. *Più si beve acqua e più si dimagrisce: Dott.ssa Brenda Davy*, in http://www.salute-e-benessere.org/nutrizione/
- Zanasi A, Solimene U. Idratazione per il benessere dell'organismo – 2011
- *L'importanza dell'acqua per il corpo umano*, in http://www.cristalfarma.it/
- *Il corpo umano e l'acqua*, in http://www.medicinaecologica.it/
- *Principali funzioni biologiche svolte dall'acqua*, in www.gojuryu.it/Informazioni_scientifiche/Acqua.pdf
- *Acqua, componente primaria del corpo umano* Focus Idratazione Rivista Società Italiana di Medicina Generale 25

- Batmanghelidj F. *Il Tuo Corpo Implora Acqua,* Macroedizioni 2004
- Serino R. *Acqua Pura: cosa bisogna sapere per poterla ottenere. Guida ad un'acqua sicura.* http://robertoserino.wordpress.com/
- Panfili A. *Medicina ortomolecolare,* Tecniche Nuove, 2000
- *L'importanza dell'acqua che beviamo,* Vita & Salute luglio-agosto 2002, in http://web.cheapnet.it/aironx/ e www.acqua-point.com
- De Lorenzis P. *SAI CHE ACQUA BEVI?,* in di http://www.fiorigialli.it/dossier/articolo_stampa.php?articolo=956
- Emoto M. *La Coscienza dell'Acqua,* https://www.youtube.com/watch?v=rXkEWjDkPiE
- Emoto M., *I messaggi dell'acqua,* Mediterranee, 2005
- Emoto M., *l'uomo dell'acqua,* in http://www.lifegate.it/persone/stile-di-vita/masaru_emoto_1_uomo_dell_acqua1
- *Gli studi sull'acqua di Masaru Emoto,* Testi ed immagini M. Stefanelli, in http://www.amadeux.net/sublimen/dossier/masaru_emoto.html
- *L'acqua ha memoria. Montagnier: «Così si diagnosticano le malattie»,* in http://salute24.ilsole24ore.com/articles/13380
- *Il caso dell'Unesco che sostiene la memoria,* indell'acquahttp://www.wired.it/scienza/lab/2014/09/19/unesco-mermoria-acqua-montagnier/

Finito di stampare nel mese di Aprile 2015
per conto di Youcanprint *Self-Publishing*